La Rose de Mayfair

HOPE

TARR

La Rose de Mayfair

ROMAN

Traduit de l'américain
par Viviane Ascain

J'AI LU

Titre original
VANQUISHED

Éditeur original
Published 2006 by Medallion Press, Inc.

À ma mère, Nancy Louise Tarr,
pour son constant soutien et son amour
maternel inconditionnel, du fond du cœur.

Remerciements

La Rose de Mayfair est mon premier roman après trois ans d'éloignement de l'écriture. Ce livre représente pour moi une sorte de renaissance, aussi bien sur le plan professionnel que personnel. Comme la plupart des résurrections, cet ouvrage m'a apporté son lot de nuits blanches et ses moments de cruelles incertitudes. Je serais bien ingrate de ne pas remercier mes proches et les confrères et consœurs qui m'ont soutenue par leurs encouragements et leur affection.

Avant tout, je tiens à exprimer ma plus vive reconnaissance à Earl Pence. Dix-sept ans d'étroite et affectueuse collaboration ne sont pas un mince cadeau, et les merveilleux souvenirs que j'en ai gardés suffiraient à combler les attentes de n'importe quel écrivain.

Mes affectueux remerciements à ma mère, Nancy Louise Tarr, qui m'a offert la sécurité d'un refuge et m'a soutenue de ses encouragements et de son amour inconditionnel quand j'en avais le plus besoin.

À Marvin et Clara Pence, ma seconde famille, qui me manquent plus que je ne saurais dire.

Mes remerciements les plus chaleureux à Lisa Davila, mon amie la plus proche, qui m'a tour à tour fait rire et laissée pleurer chaque fois que j'en éprouvais le besoin, ainsi qu'à Susan Shaver et Nancy Greer, les meilleures copines dont on puisse rêver sur cette terre.

Je voudrais également remercier Terry Wright, connue sous le nom de plume de T. A. Ridgell, Lori Pepio, Pamela Moniz, Paul Lewis, Karen Derrico, Carole Bellacera, et Christopher Whitcomb, qui m'ont comprise comme seuls d'autres écrivains pouvaient le faire.

Mille mercis à Kathy Liu, une lectrice qui habite de l'autre côté de l'Océan, d'avoir écumé les bibliothèques londoniennes pour m'aider à résoudre nombre de questions difficiles sur les suffragettes britanniques. Toute erreur ou inexactitude sur le sujet serait donc entièrement de mon fait.

J'aimerais enfin exprimer ma reconnaissance à Helen Rosburg, Leslie et Wendy Burbank, et toute la merveilleuse équipe de Medallion Press qui ont accueilli dans leur maison d'édition la peu ordinaire idylle de Callie et d'Hadrien.

Prologue

Je tiens à souligner tout d'abord ce qui peut sembler une évidence. Si la prostitution existe et prospère, c'est qu'il y a une demande pour les services qu'elle propose.

William Acton, *Prostitution, Considered in its Moral, Social, and Sanitary Aspects* (*De la prostitution considérée sous ses aspects moraux, sociaux et sanitaires*), seconde édition, 1870

Covent Garden, Londres. Hiver 1875

Une bise coupante transperçait la veste et le pantalon élimés de l'adolescent qui claquait des dents tandis que la neige fondait sur son visage bleui par le froid. Les gros flocons cotonneux semblaient aussi doux et légers que des plumes, mais leur piqûre était aussi douloureuse que celle de centaines d'aiguilles.

Il n'était pas encore sept heures, et le temps semblait bien long à Harry Stone. La colonnade de la cathédrale St Paul qu'il atteignit enfin lui offrit un abri et un excellent poste d'observation. La vaste esplanade, grouillante de monde quelques heures plus tôt, était maintenant presque déserte. À la lueur tremblotante des becs de gaz, les vendeurs du marché finissaient de charger sur leurs charrettes les cageots de fruits et de légumes invendus. Dès qu'ils seraient tous partis, Harry se glisserait entre les étals de bois pour ramasser tout ce qui pourrait constituer un repas. Hélas ! il avait encore un bon moment à attendre...

Il sortit de sa poche intérieure un flacon de gin, dévissa le bouchon de ses doigts gourds et avala une bonne lampée. Adossé à une colonne, il laissa la chaleur bienfaisante de l'alcool se répandre dans ses membres et s'absorba dans son passe-temps favori, le meilleur antidote qu'il connaissait contre la misère. Il aimait prendre mentalement des photographies de ce qu'il voyait. *Nuit de neige sur la place de Vénus*, voilà comment il aurait appelé celle qu'il aurait faite en cet instant si le précieux appareil qu'il avait fabriqué n'avait pas été fracassé des mois plus tôt.

Avec ses garnis miteux, ses bains turcs, ses maisons de jeux et ses fumeries d'opium, Covent Garden avait la réputation d'abriter plus de prostituées que tout le reste de Londres et Harry était tout prêt à le croire, lui qui était le fils de l'une d'elles.

Bien entendu, il n'avait pas l'intention de continuer indéfiniment à mendier dans les rues... Pas jusqu'à la fin de ses jours, en tout cas. Tôt ou tard, il finirait bien par trouver le moyen d'économiser un peu pour s'acheter un nouvel appareil photo, le plus perfectionné qui soit, et il deviendrait enfin un véritable photographe professionnel, comme son idole Roger Fenton, dont les images de la guerre de Crimée avaient fait le tour du monde. Il ferait de magnifiques clichés, de véritables œuvres d'art, si belles qu'elles donneraient à voir ce que l'œil et l'esprit humains ne pouvaient déceler seuls.

Mais plus que les grandes batailles ou les événements importants, c'était les gens qui l'intéressaient, les gens ordinaires. *Ode au peuple de l'ombre,* voilà comment il appellerait la série photographies qu'il ne cessait de prendre mentalement. Il les connaissait tous maintenant, et savait par cœur leur histoire. Celle de la grande blonde surnommée Polly-la-Vérole à cause de la plaie qui suintait au coin de sa bouche depuis des lustres, celle de Maria, la jolie petite Italienne qui, à l'aide d'une éponge imbibée de vinaigre, se refaisait chaque soir une virginité... Il y avait aussi celle de Randy Rogers, dont l'opium avait déjà fait un vieillard alors qu'il était à peine plus âgé que lui, et celle de tant d'autres. Ils étaient ses semblables, ses frères... Que cela lui plaise ou non, il était des leurs, il appartenait à ce peuple de l'ombre.

Autoportrait de jeune homme appuyé à une colonne... Sa tête baissée, ses épaules rentrées, ses mains obstinément enfoncées au fond de ses poches, tout en lui proclamait qu'il aurait préféré se trouver à des lieues de là. En fait, il ne s'agissait pas d'un véritable portrait, puisqu'on devinait à peine le haut front dissimulé sous une épaisse tignasse blonde, l'arête aristocratique du nez, et la ligne d'un menton volontaire.

Cela faisait plus d'un an qu'il n'avait pas eu l'occasion de se regarder dans un miroir, et le souvenir de ses traits se brouillait un peu plus chaque jour au fond de sa mémoire.

Naguère, se regarder dans une glace était moins un rituel quotidien qu'une fatalité. Il avait passé son enfance au Palais des Plaisirs, chez Madame Dottie, où tous les plafonds et pratiquement chaque mur des chambres où les femmes comme sa mère recevaient leurs « invités » étaient tapissés de miroirs. Un jour, son amie Sally lui avait révélé un secret. La grande glace qui couvrait tout un pan de la plus belle chambre était sans tain et, de la pièce voisine, on pouvait observer tout ce qui s'y passait. Quand il avait demandé à Sally ce qu'il pouvait bien y avoir de si intéressant à regarder, elle lui avait expliqué en riant que le monde se divisait en deux groupes, les exhibitionnistes et les voyeurs, plus ceux qui appartenaient aux deux catégories à la fois. À l'époque, il n'avait pas compris de quoi elle parlait.

Par la suite, il avait découvert ce qu'elle voulait dire.

Une crampe d'estomac le ramena aux dures réalités du moment. La dernière charrette s'éloignait en grinçant. La vaste esplanade était enfin déserte, à l'exception d'un homme d'un certain âge, vêtu d'un élégant pardessus et d'un haut-de-forme, qui marchait à pas pressés.

Le cœur battant la chamade, Harry se hâta jusqu'au bas des marches et alla se planter devant le passant.

— Vous auriez une petite pièce pour manger ? implora-t-il.

L'inconnu l'examina de la tête aux pieds. Son regard perçant sous des sourcils broussailleux, son front barré d'un pli soucieux et son visage sévère taillé à la serpe rappelaient à Harry les Méthodistes qui prêchaient au coin des rues de l'East End et distribuaient une soupe claire à la mission chrétienne de Whitechapel Road. Mais derrière leur compassion, Harry devinait une ardeur fiévreuse qui lui rappelait celle qui animait les plus assidus des clients de sa mère. Depuis longtemps, il avait compris que seule une mince frontière séparait le Ciel de l'Enfer, et qu'entre les saints et les pécheurs, la différence était infime.

— Je me suis trompé… Désolé, bredouilla-t-il après un coup d'œil à la solide canne que le passant serrait d'une main vigoureuse. Bonne soirée !

— Pas si vite ! l'arrêta l'inconnu comme il tournait les talons.

Une poigne de fer s'abattit sur son épaule, anéantissant tous ses espoirs de disparaître entre les piles de cageots abandonnés et les tas de trognons de choux.

— Hé ! Laissez-moi ! Je me suis trompé, je vous dis ! protesta Harry, aussi indigné qu'effrayé.

— Vous vous méprenez, mon jeune ami ! Je ne vous veux aucun mal, je veux simplement vous dire deux mots.

Harry considéra d'un œil expert la haute silhouette un peu voûtée mais néanmoins impressionnante du passant et ses larges épaules. Son manteau et son chapeau venaient visiblement d'un excellent faiseur, et le pommeau de sa canne brillait d'un éclat qui évoquait furieusement l'or pur.

— Si vous y tenez… Mais ça va vous coûter un peu, grommela-t-il.

— Cela vous paraît-il suffisant ? soupira l'homme en sortant de sa poche un billet de cinq livres.

— Ben… ben, oui, bafouilla Harry en empochant prestement le billet.

— Comment vous appelez-vous ? reprit l'inconnu.

Harry eut un temps d'hésitation. Dire son nom à un étranger pouvait s'avérer risqué, surtout quand les intentions de votre interlocuteur n'étaient pas vraiment claires.

— Ça dépend qui le demande.

— Mon nom est William.

— Le mien est Harry.

Il avait deux bonnes raisons de ne pas révéler le nom de famille de sa mère. La première, c'était que William, si toutefois il s'appelait ainsi, n'avait pas non plus indiqué le sien. La seconde, c'était que si les choses venaient à mal tourner, il pouvait lui prendre l'envie de s'enfuir avec la bourse du vieux monsieur. Et dans ce cas, mieux valait garder l'anonymat.

— Eh bien, quel âge as-tu, mon cher Harry ?

« Ça vous regarde ? » était la réponse qu'il faisait le plus couramment à toute question un tant soit peu personnelle. Toutefois, les manières raffinées de William, sa stature imposante, et surtout le billet de cinq livres méritaient quelques égards.

— Quatorze, quinze ans peut-être. Je ne sais pas exactement.

— As-tu des parents ou des amis susceptibles de te porter secours et de s'occuper de toi ? poursuivit gentiment l'inconnu.

— Seulement ma mère, et elle est morte. Du typhus..., répondit Harry en se demandant pourquoi il fallait être susceptible pour s'occuper de lui.

Le typhus, contrairement à la vérole qui vous rendait fou après vous avoir couvert de lésions purulentes, était une maladie respectable. Évidemment, vu le métier qu'avait exercé la défunte, elle pouvait parfaitement avoir attrapé la vérole aussi, mais il ne voyait pas la nécessité d'entrer dans les détails. D'ailleurs Sally lui avait assuré que sa mère était morte du typhus, et Sally était la seule personne au monde à qui il pouvait se fier.

Il fallait bien qu'il y en ait une.

— Je vois. Et si je te proposais un emploi stable à la campagne, où tu mangerais à ta faim, où tu serais décemment vêtu et où tu disposerais d'un bon lit, qu'est-ce que tu dirais ?

— Dans une fabrique ? cracha Harry pour laver ses lèvres de ce mot abhorré.

Tout le monde savait que dans les fabriques, les enfants devaient travailler toute la journée et prier toute la nuit, et qu'on les battait s'ils ne montraient pas suffisamment d'ardeur à l'une ou l'autre de ces occupations.

— Roxbury House n'est pas une fabrique. Il s'agit d'un orphelinat géré par des Quakers, la Société des Amis. Leur mission n'est pas seulement d'assurer à des enfants sans parents une famille chrétienne, mais aussi d'arracher les pécheurs à leurs vices et de les aider à se réinsérer dans la société pour y mener une vie laborieuse et respectable.

— Et qu'est-ce que je viens faire là-dedans ?

— Il se trouve que l'orphelinat a besoin d'un jeune homme capable pour assister le jardinier. Ce travail assure beaucoup d'exercice et une vie au grand air.

Le seul air que Harry ait jamais respiré était celui de la capitale, chargé de poussière de charbon et d'effluves pestilentiels. Quant au jardinage, il n'était pas certain de savoir faire la différence entre un radis et un poireau. Ce qu'il savait, cependant, c'était que lorsqu'il avait du mal à s'endormir, il lui suffisait d'évoquer des prés couverts d'herbe verte où paissaient des vaches placides, des vergers où l'on pouvait se régaler de pommes croquantes, et l'infini d'un ciel toujours bleu pour trouver le sommeil.

— Tu es peut-être ce jeune homme capable. Qu'en penses-tu ? demanda l'inconnu.

La neige tombait de plus en plus dru, et Harry rentra la tête dans les épaules en frissonnant. À vrai dire, il ne savait trop que penser, sinon qu'une telle chance ne se présenterait certainement pas deux fois.

— Je suis aussi capable qu'un autre, marmonna-t-il comme dans un rêve.

— Pour cette nuit, tu vas m'accompagner chez moi, où ma chère épouse te donnera à souper. Et dès demain, tu pourras faire tes premiers pas dans une vie nouvelle, dit en souriant l'homme à la canne, visiblement satisfait de cette réponse laconique.

Sans un mot de plus, il reprit d'un pas vif la direction de James Street, laissant dans la neige qui s'accumulait la fine empreinte de sa canne.

Pris de court, Harry resta figé sur place pendant un moment.

— Attendez ! Attendez ! hurla-t-il enfin de toute la force de ses poumons.

Il s'élança, ignorant la musique à deux sous, les rires avinés et les cris aigus qui s'échappaient des portes des tripots et des bordels et rattrapa William juste au moment où il montait dans une berline cossue, semblable à celles qui déposaient les élégantes à la porte des théâtres de Drury Lane.

Il s'y engouffra à sa suite sous le regard surpris du cocher et, à bout de souffle, s'affala sur la banquette de cuir.

— Eh bien, mon cher Harry, arrête-moi si je me trompe, mais tu me parais bien décidé à renoncer à ta vie de débauche et de larcins !

La portière se referma avec un claquement sec qui secoua toute la carcasse frissonnante de Harry. Sans un mot, son mentor lui tendit une couverture de voyage et lui désigna au pied de son siège deux briques chaudes enveloppées de flanelle. S'abandonnant à la chaleur bienfaisante, Harry appuya la tête contre le dossier et sentit ses yeux se fermer malgré lui. Quand il les rouvrit, la berline s'était arrêtée et une main douce mais ferme le secouait gentiment.

— Où sommes-nous ? demanda-t-il, immédiatement sur ses gardes.

— Chez moi, à Downing Street, expliqua William sans se vexer le moins du monde. Dix, Downing Street, pour être précis.

Cette adresse sonnait de façon vaguement familière aux oreilles de Harry, qui s'en étonna, car il était absolument certain de n'avoir jamais mis les pieds dans cette élégante artère.

Avant qu'ils aient eu le temps de lever le heurtoir de cuivre, une femme au visage avenant avait ouvert largement la porte. Elle s'empressa de débarrasser William de son chapeau et de son manteau et de l'installer devant une belle flambée, et Harry en déduisit qu'il devait s'agir de la « chère épouse » de son bienfaiteur. Quant à lui, il se retrouva vite devant la cheminée de la cuisine, un plaid de mohair sur les épaules, attablé devant une assiettée de ragoût fumant et une bonne miche de pain blanc.

La brave dame le confia ensuite aux bons soins d'une femme de chambre rondelette qui le conduisit à l'étage, dans une chambre sentant si bon le propre qu'il se crut au Paradis. Il aurait aimé mettre un peu d'ordre dans ses idées et réfléchir au tournant inattendu que venait de prendre sa vie, mais dès qu'il eut posé la tête sur l'oreiller, il sombra dans un sommeil sans rêves.

Le lendemain matin, sur le quai de Victoria Station, après un bon bain et un petit déjeuner plantureux, vêtu comme un milord, même si les habits étaient un peu grands pour lui, il serrait si fort dans sa main son billet pour le Kent qu'il ne sentait plus ses doigts.

— Notre Seigneur accorde autant d'amour aux pécheurs qu'à ses saints, lui assura William au moment du départ. Sois bon envers ton prochain, travaille dur, honore ton Créateur, et tu deviendras un homme respectable et respecté.

Des années plus tard, c'est avec un amusement teinté de crainte rétrospective que Harry se rappellerait sa première et unique rencontre avec William Ewart Gladstone, à l'époque Premier ministre du Royaume-Uni de Grande Bretagne. Car pendant cette glaciale nuit d'hiver, son incroyable rencontre avec celui qu'on appelait alors William le Populaire avait scellé la fin de Harry Stone et donné naissance à Hadrien St Claire.

1

En me déniant le droit de voter en qualité de citoyenne, vous me déniez le droit de consentir à être gouvernée librement, vous me déniez le droit d'être représentée en qualité de contribuable, vous me déniez le droit d'être jugée par mes pairs si je viens à enfreindre la loi ; vous me déniez ainsi l'exercice de mes droits les plus sacrés à la vie, à la liberté, à la propriété…

Susan B. ANTHONY, *Les États-Unis d'Amérique contre Susan B. Anthony,* 1873

Westminster, Londres. Février 1890

— Droit de vote pour les femmes ! Droit de vote pour les femmes ! TOUT DE SUITE !

Les voix des manifestantes paraissaient de plus en plus aiguës à Hadrien tandis qu'il luttait contre le vent, qui faillit lui arracher son chapeau alors qu'il traversait Westminster Bridge. Il serra contre lui son appareil photo, une véritable petite merveille de fabrication allemande qu'il avait testée dans l'après-midi en allant photographier au St Thomas Hospital une anomalie anatomique que l'on venait de découvrir.

Un pauvre hère doté d'une peau tavelée de tumeurs, d'un énorme scrotum, et de tics chroniques qu'un appareil moins perfectionné que le sien n'aurait jamais permis de fixer...

Ravaler l'un de ses semblables au rang de phénomène de foire avait cependant mis Hadrien mal à l'aise et la patience résignée de ce garçon au regard si triste, qui avait docilement pris les poses les plus invraisemblables, n'avait fait qu'augmenter sa gêne. Par-dessus le marché, maintenant qu'il avait les pieds gelés et mourait de faim, voilà qu'on l'empêchait de regagner son atelier !

Avant de rentrer chez lui, il lui fallait d'abord traverser cette foule déchaînée de suffragettes vociférant qui avaient envahi Parliament Square. Voilà deux jours qu'elles se rassemblaient là et perturbaient la circulation des piétons aussi bien que des véhicules. Avec leurs stricts vêtements sombres qui s'accordaient parfaitement à la grisaille du ciel hivernal, on aurait pu croire à une procession funéraire, si les pancartes qu'elles brandissaient et le raffut qu'elles faisaient avaient laissé le moindre doute sur leurs intentions.

Conférence de Mlle Caledonia Rivers sur l'émancipation féminine... à Caxton Hall... demain soir à sept heures précises, lut-il sur l'une des pancartes.

Que des femmes ayant la chance d'avoir un toit au-dessus de leur tête perdent leur temps à battre le pavé par un tel froid dépassait l'entendement d'Hadrien. Elles étaient aussi ridicules que ces bonnes âmes qui faisaient la tournée des bordels pour ramener les pensionnaires dans le droit chemin. Elles l'agaçaient prodigieusement et lorsqu'un de ces bas-bleus aux yeux globuleux eut l'audace de lui fourrer un tract dans la main, il ravala de justesse un juron digne des tripots de l'East End et se dépêcha de franchir la grille du square pour leur échapper.

Il comprit immédiatement son erreur. Encombrer les rues ne suffisait apparemment pas à ces fléaux en jupon ; il avait fallu qu'elles envahissent aussi le square. Une estrade avait été dressée au milieu de la pelouse où un essaim de ces désespérantes créatures s'affairait à disposer des banderoles et allumer des lanternes. Harry les ignora et entreprit de traverser rapidement le jardin, l'œil fixé sur la grille opposée.

Le coup de sifflet strident d'un policier dans la rue le fit se retourner brusquement. Dans le mouvement, il se cogna violemment à quelqu'un.

Hadrien se figea, horrifié. La femme qu'il avait heurtée gisait maintenant à ses pieds, le chapeau de travers et les jupes entortillées autour des chevilles. Sur le gazon humide de givre, une serviette de cuir avait déversé son volumineux contenu.

— Je suis désolé, madame, et vous présente toutes mes excuses. Vous êtes-vous fait mal ? s'inquiéta-t-il en s'agenouillant au côté de sa victime.

Elle sursauta lorsque, déposant son précieux appareil photo, il passa un bras secourable sous ses épaules. À travers une sobre voilette et une paire de lunettes cerclées de métal, ses grands yeux verts étincelaient de colère.

— Mademoiselle ! rectifia-t-elle sèchement en rabaissant prestement ses jupes avant qu'Hadrien ait eu le temps d'entrevoir autre chose que deux chevilles délicates. Et j'irais parfaitement bien si vous vous étiez donné la peine de regarder devant vous !

Repoussant les plumes cassées de son chapeau qui pendaient lamentablement devant son nez, elle s'agenouilla et entreprit de rassembler ses papiers éparpillés.

La courtoisie envers les dames était une des rares valeurs qu'Hadrien avait totalement assimilées, et son seul point commun avec un véritable gentleman. Aussi, au lieu de lui faire remarquer que, pour être entrée aussi brutalement en collision avec lui, elle non plus ne devait pas regarder devant elle, lui tendit-il galamment une main secourable pour l'aider à se relever.

— Si vous voulez bien me permettre...

— Merci ! Vous m'avez suffisamment aidée pour aujourd'hui !

À peine avait-elle ramassé la moitié de ses papiers qu'une bourrasque de vent les éparpilla aux quatre coins de la pelouse.

— Mes notes ! Eh bien, ne restez pas planté là ! Essayez de vous rendre utile ! s'écria-t-elle en se mettant à courir après les feuilles qui voletaient çà et là.

Suppliant le ciel que personne ne lui subtilise son appareil, Hadrien emboîta le pas de son irascible victime. Luttant contre le vent, il arracha quelques feuillets plantés sur les pointes acérées des grilles et en retrouva deux ou trois au pied d'une statue du défunt Benjamin Disraeli. Cédant devant l'insistance de la dame, il grimpa sur les branches d'un chêne particulièrement grand et noueux pour en récupérer deux autres. À bout de souffle, les paumes à vif, après avoir fait un accroc à son manteau, il fourra les feuillets dans sa poche pour se retrouver seul une fois en bas. Son intraitable rencontre s'était évaporée.

Il était prêt à abandonner les recherches et à reprendre son chemin lorsqu'il la localisa enfin.

À quatre pattes, elle était enfouie jusqu'à mi-corps dans un buisson.

— Mais qu'est-ce que vous faites là ?

— Je cherche mes papiers, naturellement ! lança-t-elle en émergeant des branchages, les plumes de son chapeau pendouillant lamentablement devant elle, serrant d'un gant maculé de terre quelques feuilles froissées.

Cette fois, elle accepta sans protester la main qu'il lui tendait. Elle était plutôt grande, même si elle ne pouvait pas rivaliser avec son mètre quatre-vingts. Ce n'était ni une gamine ni une beauté, décida-t-il en scrutant la voilette autant que la courtoisie le lui permettait. Il lui donnait la trentaine ; peut-être avait-elle un ou deux ans de plus que lui, et elle était certainement célibataire. Même sans le « Mademoiselle » impératif qu'elle lui avait jeté à la figure, il suffisait de se fier à l'austérité de sa tenue. Mais les grands yeux émeraudes qui brillaient comme des escarboucles sous les sourcils de jais, les lèvres pulpeuses et le menton décidé formaient un tableau aussi intéressant qu'attachant.

Une petite toux discrète le tira de sa contemplation.

— Je crois que tout y est, s'excusa-t-il en lui tendant les papiers qu'il avait oubliés dans sa poche.

— Je vous remercie.

Hadrien frissonna de la tête aux pieds lorsque les doigts gantés de l'inconnue effleurèrent sa main.

— Mon Dieu, dans quel état je me suis mise ! s'alarma-t-elle en remarquant la terre et les feuilles mortes qui souillaient le devant de sa jupe. Et comme d'habitude, j'ai oublié de prendre un mouchoir !

— Prenez le mien, je vous en prie !

Elle accepta sans faire de façons et, de nouveau, le même frisson fiévreux le parcourut lorsque ses doigts effleurèrent la paume de l'inconnue.

— Merci encore ! sourit-elle gracieusement en faisant mine de le lui rendre, une fois les dégâts réparés.

— Gardez-le, je vous en prie ! C'est bien le moins que je puisse faire après m'être comporté comme un chien dans un jeu de quilles !

Elle rit d'un rire pur et cristallin qui rappela à Harry le carillon de sa logeuse.

— Si vous insistez... Attention à ne pas perdre vos papiers, vous aussi, le mit-elle en garde avant de tourner les talons.

— Mes papiers ? Ô Mon Dieu, oui !

Non seulement il avait abandonné son plus bel appareil photo au beau milieu d'une pelouse, mais voilà qu'il l'avait complètement oublié ! Mais que lui arrivait-il donc ? Tandis qu'il se hâtait d'aller le récupérer, il pensa à son appartement où seule l'attendait sa chatte Dinah, et il se rendit compte qu'il était soudain beaucoup moins pressé de rentrer.

Pas seul, en tout cas...

— D'ordinaire, je n'ai rien d'un goujat ! cria-t-il, cherchant désespérément quelque chose de spirituel à dire dans l'espoir de retenir son inconnue.

— Je vous demande pardon ? dit-elle en s'arrêtant.

— Je dis que d'ordinaire, je n'ai rien d'un goujat !

— Ah ! Et moi, d'ordinaire, je n'ai rien d'une mégère, sauf quand je suis tendue ou, comme aujourd'hui, en retard.

— Vous n'avez rien d'une mégère. C'est à cause de toutes ces furies et de ces vieilles aigries qui ont envahi la rue et le square, comme si elles étaient chez elles ! Elles énervent tout le monde ! Si j'ai coupé par ici, c'était pour les éviter.

— Et ça ne vous a servi à rien, remarqua-t-elle avec un grand sourire en désignant l'estrade et le groupe de suffragettes qui s'affairaient autour.

Elle avait le plus joli sourire du monde, et de petites dents nacrées comme des perles.

— Non, ce n'était pas une bonne idée. Il y a un salon de thé juste au coin de la rue. Permettez-moi de vous offrir une tasse de thé pour me faire pardonner, proposa-t-il en s'apercevant soudain qu'ils étaient le centre de tous les regards.

— C'est très aimable à vous, mais j'ai... un rendez-vous, et je suis déjà en retard, déclina-t-elle avec une timidité délicieuse, qui la fit soudain paraître beaucoup plus jeune.

Elle l'avait déjà dit, mais imaginer son inconnue débarrassée de cet horrible tailleur gris, vêtue seulement d'un pan de drap de lit, par exemple, le poussa à insister.

— Puisque vous êtes déjà en retard, pourquoi ne pas annuler purement et simplement ce rendez-vous, ou au moins le repousser jusqu'à ce que vous vous soyez remise de vos émotions ?

— C'est impossible. Je suis désolée, mais il faut que je file.

— Eh bien, j'espère que nous aurons une nouvelle occasion de nous rencontrer, de façon moins brutale cette fois-là, suggéra-t-il en cherchant une carte de visite, ce qui lui permettrait de lui demander son nom.

— Qui sait ? répondit-elle distraitement.

C'était une fin de non-recevoir, polie mais ferme. La charmante inconnue tournait déjà les talons lorsqu'une dame grisonnante, un peu masculine, fondit sur eux.

— Mon Dieu, Callie, j'espère que vous n'êtes pas blessée ! J'étais à l'entrée du square, on vient juste de m'apprendre votre accident.

— Ne vous inquiétez pas, Harriet, je n'ai rien du tout. Je suis tombée et ma serviette s'est ouverte, ce n'est pas la fin du monde. Ce monsieur a eu la gentillesse de venir à mon aide.

— J'ignore pour quelle feuille de chou vous travaillez, mon cher monsieur, mais si vous comptez provoquer un scandale et salir Mlle Rivers en la faisant tomber et en la photographiant dans une position embarrassante, vous risquez d'être déçu, c'est moi qui vous le dis ! s'exclama la nouvelle venue en scrutant de ses petits yeux de moineau l'appareil photo d'Hadrien.

Surpris, Hadrien s'apprêtait à protester lorsqu'une jeune femme munie d'un porte-voix traversa la pelouse dans leur direction.

— Discours de Mlle Caledonia Rivers dans cinq minutes ! Cinq minutes, mesdames, cinq minutes…

Callie Rivers. Caledonia Rivers… C'est à l'énoncé de ce nom que la lumière se fit dans l'esprit d'Hadrien. La mystérieuse inconnue était l'une de ces suffragettes qui l'agaçaient tant. Et pas n'importe laquelle : leur leader ! Il considéra d'un œil neuf l'austère ensemble gris, l'affreux chapeau, et la mallette de cuir qui contenait ces papiers tellement importants. Comment ne l'avait-il pas deviné plus tôt ? Comment un sourire charmant et une paire de chevilles ravissantes avaient-ils pu lui tourner la tête au point de le rendre complètement idiot ?

— C'est cela, votre important rendez-vous ?

— Exactement, acquiesça-t-elle sans ciller.

Une fois revenu de sa surprise, il put goûter toute l'ironie de la situation. Pour une fois qu'une femme retenait son intérêt, il fallait que ce soit une de ces féministes qu'il méprisait cordialement.

— Je n'ai pas eu le temps de me présenter. Mon nom est St Claire, Hadrien St Claire, et je ne suis pas journaliste, mais photographe, expliqua-t-il en lui tendant sa carte. Mon atelier est tout près d'ici, dans Great George Street. Je me suis spécialisé dans les portraits.

— Je n'aime pas beaucoup poser pour les photographes, s'excusa-t-elle en fourrant distraitement la carte dans sa poche.

— Quel dommage ! Vous feriez un modèle extrêmement intéressant. J'aurais dû vous reconnaître, mais les dessins des journaux ne vous rendent pas justice. Vous êtes plus jeune que je ne l'aurais pensé, et beaucoup plus jolie.

— Vous vous moquez de moi, murmura-t-elle tandis que ses joues s'empourpraient sous la voilette.

— Mais pas du tout, mademoiselle ! Et si l'un de nous fait l'objet de moqueries, je crois que pour le moment c'est plutôt moi, corrigea-t-il en désignant un groupe de jeunes femmes qui les observaient en pouffant.

Harriet le foudroya du regard avant de lui tourner carrément le dos.

— Il est plus que temps d'y aller, Callie, dit-elle en passant d'autorité son bras sous celui de son amie pour l'entraîner.

— Mesdames, s'inclina Hadrien en soulevant son chapeau.

Pensif, il suivit Caledonia Rivers des yeux tandis qu'elle se hâtait vers l'estrade, ses jupes tachées de boue et les plumes cassées de son chapeau voletant au vent.

Telle était donc la porte-parole du mouvement féministe, la célèbre suffragette qui défrayait la chronique et faisait la une de tous les journaux. Comment l'appelait-on, déjà ? Ah oui, la Rose de Mayfair… Car, contrairement à nombre de ses consœurs aux mœurs douteuses, Caledonia Rivers jouissait d'une réputation sans tache, ce qui n'empêchait pas cette petite hypocrite de se laisser aller de temps en temps à un brin de flirt dans un jardin public…

En lui faisant des compliments, il avait surtout cherché à la retenir, mais il n'avait fait qu'énoncer la vérité. La femme avec qui il venait de passer quelques minutes particulièrement délicieuses, les premières depuis longtemps, ne ressemblait que de très loin à l'austère amazone que décrivait la presse.

Quant au surnom qu'on lui avait attribué, il ne demandait qu'à vérifier s'il était mérité.

— Vous avez manqué votre vocation, Harriet. Vous auriez dû être détective, s'amusa Callie tandis qu'elle montait sur l'estrade avec sa secrétaire. Je pensais que sa mallette renfermait des papiers, comme ma serviette.

— J'ai appris à reconnaître un appareil photo quand j'en vois un, mais j'aurais dû me douter qu'un modèle aussi perfectionné était au-dessus des moyens d'un simple journaleux.

Depuis le temps qu'elle militait, Callie connaissait de vue pratiquement tous les photographes de presse, et elle était bien certaine qu'elle n'avait jamais rencontré M. St Claire. Elle s'en serait souvenue.

— En tout cas, il ne m'inspire pas, reprit obstinément Harriet. Il a un regard lubrique.

Callie piqua du nez dans ses papiers en se remémorant la façon dont il l'avait déshabillée des yeux.

— Vraiment ? Je l'ai trouvé plutôt sympathique.

Sympathique, mais sans aucun doute très audacieux, et avec du charme à revendre. Il ne devait certainement pas être habitué à ce que les femmes lui refusent quoi que ce soit. De toute façon, charme ou pas, elle avait eu tort de s'attarder à bavarder avec lui, surtout au beau milieu de la manifestation. Même s'il s'agissait d'une conversation parfaitement innocente, elle devait se montrer prudente et surtout ne jamais prêter le flanc à la critique, ni dans la presse à sensation ni même au sein du mouvement.

La révision de la loi électorale devait être débattue à la Chambre des communes à la fin du mois, et ce n'était pas le moment de prendre des risques avec sa réputation. Depuis que la presse l'avait affublée de ce sobriquet ridicule, la Rose de Mayfair, ses ennemis conservateurs la surveillaient sans cesse, à l'affût du moindre commérage dont ils pourraient faire un scandale. Elle et ses consœurs se battaient depuis trop longtemps pour échouer stupidement dans la dernière ligne droite et voir leurs espoirs s'écrouler comme un château de cartes. Tous les membres de la Société londonienne pour le vote des femmes, que présidait sa vieille amie Mme Fawcett, et toutes celles qui affrontaient aujourd'hui le froid et les quolibets comptaient sur elle pour les amener à la victoire.

Elle ne pouvait pas les décevoir.

Mais cela faisait tellement longtemps qu'un homme ne lui avait pas dit qu'elle était jolie...

Très occupé à graver dans sa mémoire chaque trait du visage de Caledonia Rivers, Hadrien s'engagea en fredonnant dans l'étroit passage derrière son atelier. Quand il entendit les pas derrière lui, il était trop tard. La bouche sèche, il coula un regard prudent par-dessus son épaule et reconnut l'impressionnante carrure de Sam Sykes et de son non moins imposant acolyte Jimmie Deans.

Tout ce qu'il pouvait faire, c'était dissimuler prestement son appareil photo derrière une poubelle et compter sur sa chance légendaire.

— Bonsoir ! Vous êtes venus vous faire tirer le portrait ? lança-t-il crânement en se demandant combien de dents ils comptaient lui laisser.

— Tu ne vas plus sourire longtemps, mon vieux St Claire, grasseya Sykes. Tu as trois mois de retard, et Bull veut ses quatre cents livres. Tu connais ses conditions aussi bien que moi...

Il parlait de Bull Boyle, un ancien lutteur de foire propriétaire d'une maison de jeux à l'enseigne du Lièvre fou, établissement où Hadrien regrettait amèrement d'avoir jamais mis les pieds. Les « conditions » de Bull étaient des plus simples : une livre de chair fraîche pour chaque centaine de livres sterling impayée. Des conditions auxquelles il aurait dû réfléchir avant de jouer quatre mains de baccarat contre la maison, à cent livres chacune. À crédit... Mais il avait un pied et des plaques à acheter, le loyer à payer, sans compter les orphelins de son amie Sally qui comptaient sur lui pour les aider à passer l'hiver.

— Dites à Bull que j'ai besoin d'un peu plus de temps. Une petite quinzaine, pas plus, et que je le rembourserai au double du taux habituel.

— Des mots, toujours des mots ! cracha Sykes. Parler, c'est tout ce que tu sais faire ! Je ferais mieux de te couper la langue, au lieu de perdre mon temps à écouter tes salades. Allez, au boulot, Jimmie ! conclut-il en sortant un couteau de son veston criard.

Avec une agilité surprenante chez un homme de sa corpulence, Jimmie cloua Hadrien contre le mur.

— Je commence par son nez ou par ses oreilles ?

— Ça m'est égal ! Comme tu préfères, mon pote.

Les deux malfrats étaient parfaitement capables de le découper comme une dinde de Noël.

— J'ai une grosse commande ; je ne serai plus bien long à rembourser, expliqua Hadrien le plus posément possible.

— De combien ? demanda Sykes en pressant la lame effilée de son poignard sur la gorge d'Hadrien qui sentit un filet de sang glisser le long de son cou.

— Je dois faire le portrait du prince de Galles. Qu'est-ce que vous en dites ?

C'était un mensonge éhonté, mais les deux truands ignoraient sûrement que le célèbre John Mayall était depuis des années le photographe attitré de la famille royale.

— J'en dis que tu nous bourres le mou !

— Croyez ce que vous voulez, mais je ne vois pas comment je pourrais photographier le prince si je suis à l'hôpital. Et si je vais voir ce brave Édouard la tête enturbannée de bandages, il me demandera certainement ce qui m'est arrivé. Dans mon délire, il se pourrait que je glisse un nom ou deux à l'oreille princière, si vous voyez ce que je veux dire…

— Il baratine, hein ? C'est pas vrai qu'il connaît le prince de Galles ? s'inquiéta Deans.

— Vous pouvez penser ce que bon vous semble, c'est votre droit, mais je ne crois pas que Bull serait ravi d'avoir une visite de la police. À votre place, je n'aimerais pas qu'il m'en tienne responsable. Dieu sait ce que la rousse pourrait trouver chez lui… Et ça ne m'étonnerait pas qu'il veuille récupérer lui-même une livre de chair fraîche ou même deux, si vous voyez ce que je veux dire, remarqua-t-il d'un air entendu.

Sykes lança un long jet de salive noirâtre aux pieds d'Hadrien et s'essuya la bouche d'un revers de manche avant de se gratter la tête, visiblement perplexe.

— C'est bon. Je te donne tes deux semaines de boni mais ensuite…, conclut-il en se passant lentement le doigt en travers de la gorge, au cas où il n'aurait pas été suffisamment clair.

— Bull ne va pas être content, marmonna Deans en grattant son menton balafré.

— Dans deux semaines, ça fera cinq cents livres au lieu de quatre… Pour le moment, on peut lui laisser ses yeux et ses oreilles, Bull a suffisamment de trophées dans ses bocaux à cornichons. Mais si tu n'as pas l'oseille dans quinze jours, c'est pas tes copains de la haute qui m'empêcheront de te découper en rondelles, St Claire !

Dès qu'ils eurent tourné le coin de la ruelle, Hadrien souleva son chapeau pour essuyer son front ruisselant de sueur et récupéra son appareil photo. Le vent lui apportait des bribes de discours enflammé.

— Chères consœurs, chères camarades, chers amis des deux sexes qui nous apportez votre soutien…

Malgré les distorsions du porte-voix, la voix s'élevait haute et claire, avec autant d'énergie que d'assurance. Un timbre mélodieux, indubitablement féminin, mais indiscutablement celui d'un chef et d'un orateur-né.

C'était bien la voix de Caledonia Rivers. Qui aurait cru que sa rencontre mouvementée avec la suffragette constituerait le meilleur moment de sa journée ?

Le soir tombait lorsque Callie s'avança sur l'estrade, et les photographes de presse se dépêchèrent de prendre leurs photos tant qu'ils avaient suffisamment de lumière. Comme chaque fois qu'elle devait prendre la parole en public, elle avait les mains moites et son cœur battait la chamade.

Pourtant, elle savait que dès qu'elle ouvrirait la bouche, son appréhension et sa nervosité s'envoleraient comme par enchantement et qu'elle n'aurait aucune difficulté à communier, par les yeux et par le cœur, avec son auditoire. Il n'était pas très nombreux ce soir-là, une cinquantaine de personnes tout au plus, suffragettes convaincues pour la plupart, militantes des principales organisations féministes mais, après deux jours passés à battre le pavé dans le froid et sous la pluie, peut-être que même les militantes les plus endurcies avaient besoin de voir ranimée leur ardeur.

Avant de prendre la parole, Callie remonta ses lunettes sur son nez. Elle avait une excellente vue, et aucun besoin de porter ces austères bésicles. Toutefois, si ridicule que cela puisse paraître, regarder le monde à travers ces verres légèrement teintés lui donnait une plus grande confiance en elle.

— Chères consœurs, chères camarades, chers amis des deux sexes qui nous apportez votre soutien…, commença-t-elle en adressant un petit signe de connivence à son ami Théodore Cavendish, alias Teddy, qui, du premier rang où il était assis, lui souriait chaleureusement.

Elle survola l'assistance du regard et, devant tous ces nez rougis par le froid, décida aussitôt d'écourter son intervention. Le porte-voix constituait une gêne et, très vite, elle préféra s'en passer et poursuivre sans son aide.

Son discours terminé, elle passa une bonne demi-heure à serrer des mains et à remercier toutes celles qui étaient venues l'écouter, bourgeoises ou femmes du monde, ouvrières ou négociantes, femmes indépendantes ou femmes au foyer qui dépendaient du bon vouloir d'un époux pour le moindre liard, femmes qui n'avaient jamais connu un seul jour de labeur et femmes qui ne connaîtraient jamais un seul jour de repos.

Bien avant d'avoir terminé, elle avait les doigts gourds et le nez qui coulait. Elle chercha son mouchoir et extirpa de sa poche un carré de tissu brodé aux initiales « H.S. », qu'elle se hâta de rempocher en rougissant.

— Bravo, Callie ! Tu as été très convaincante, comme toujours, la félicita la vice-présidente Lydia Witherspoon. Mais tu me parais toute fiévreuse. Tu n'as pas pris froid, au moins ?

— C'est sûrement le vent et aussi le café dont Harriet m'a abreuvée. Elle devait avoir peur que je m'endorme au milieu d'une phrase ! plaisanta-t-elle en se tournant vers l'intéressée. J'ai bien peur de ne plus avoir de voix pour demain soir, lui chuchota-t-elle à l'oreille.

— J'espère bien que vous l'aurez retrouvée d'ici là ! Nous attendons au moins deux cents personnes, s'alarma la fidèle secrétaire.

Caledonia soupira. Elle était exténuée. Maintenant que le meeting était fini, elle n'aspirait plus qu'à rentrer chez elle et à se mettre au lit. Comme elle serait bien, lovée sous les couvertures avec une tasse de thé bien chaud et un bon livre, peut-être un roman d'amour comme elle n'en avait pas lu depuis qu'elle avait quitté l'école ! Malheureusement, ces temps-ci, lézarder au lit ou rêvasser au souvenir d'un séduisant photographe était un luxe qu'elle ne pouvait se permettre.

— Oh non ! Le voilà !

Le cœur de Callie bondit quand elle entendit l'exclamation atterrée de Harriet. Hadrien St Claire était revenu ! Elle se retourna, un large sourire aux lèvres, pour se trouver face au brave Teddy Cavendish, accoutré d'un pantalon écossais qui jurait avec son manteau vert bouteille.

— Teddy ! Je vous ai vu de l'estrade. Comme c'est gentil à vous d'être venu ! le remercia-t-elle en s'efforçant de dissimuler sa déception.

— Je n'aurais pas manqué ce rassemblement pour tout l'or du monde ! assura-t-il en s'inclinant sur la main de Callie. Ce passage sur la nécessité de briser le joug du patriarcat a fait vibrer toute l'assistance.

— Si vous voulez bien m'excuser, j'ai toutes les pancartes à ranger. Elles ne vont pas rentrer toutes seules dans leurs boîtes, marmonna Harriet d'un air renfrogné avant de s'éloigner.

— J'ai l'impression que je commence à l'apprivoiser, se rengorgea Teddy.

— Je ne m'y fierais pas trop, si j'étais vous, sourit Callie.

— Mais enfin, qu'est-ce qu'elle me reproche ?

Callie détailla la moustache cirée dont les pointes se dressaient, aussi raides que des poignées de vélocipède, de chaque côté des joues de son ami. Impossible d'imaginer embrasser la petite bouche rose qui s'arrondissait dessous ! Embrasser Hadrien St Claire, par contre, ne demanderait aucun effort, elle en était persuadée. Rien qu'à évoquer la douceur de ces lèvres pleines et sensuelles contre les siennes, Callie sentit un frisson délicieux la parcourir.

— Mais rien du tout, voyons ! Cette chère Harriet a le sérieux chevillé au corps, et elle s'attend à ce qu'il en soit de même pour tout le monde, c'est tout.

— Eh bien, maintenant je sais ce qu'il faut faire pour conquérir cette mégère. Ce que j'aimerais savoir, c'est comment vous conquérir, vous ! Vous ne pourriez pas me donner la recette ?

— Mais enfin, Teddy, vous m'avez déjà conquise depuis longtemps ! Comme une amie ! s'exclama Callie sans plus se donner la peine de dissimuler son agacement.

À plusieurs reprises déjà, il l'avait demandée en mariage, et elle aurait aimé pouvoir lui faire une réponse différente. En dépit de ses tenues voyantes et de sa mollesse apparente, Teddy était un homme fiable et sans complications. Il aurait fait un compagnon idéal à bien des égards. Il était aussi seul qu'elle, Caledonia en avait la conviction, n'avait pas une once de méchanceté et surtout, même s'il fallait sans doute chercher la raison de son ralliement à la cause féministe dans le plaisir qu'il prenait à contrarier son père, un conservateur comme on n'en faisait plus, il ne lui avait jamais mesuré un soutien aussi ardent qu'inconditionnel.

Comme à l'accoutumée, il prit de bonne grâce le refus de Callie d'aller plus loin dans leur relation.

— Eh bien, en tant qu'ami, j'espère que vous me laisserez vous raccompagner avant que vous n'attrapiez la mort. Vous semblez épuisée, et Harriet est parfaitement capable de se débrouiller sans l'aide de personne. Je doute d'ailleurs qu'elle accepterait la mienne…

— C'est entendu, acquiesça Callie, soulagée qu'il prenne du bon côté cette nouvelle rebuffade.

Elle prit le bras qu'il lui offrait et se laissa guider jusqu'à la station de fiacres la plus proche. Une fois en voiture, elle s'adossa avec délices à la banquette et ferma les yeux tandis que son compagnon posait une couverture sur ses genoux.

— Vous êtes trop gentil avec moi, mon cher Teddy ! protesta-t-elle hypocritement.

Un regard bleu azur vint percer la brume de ses pensées, et elle se remémora le nez aristocratique et le menton volontaire surmonté d'une bouche sensuelle.

« Mon Dieu, Callie, pourquoi ne peux-tu jamais te contenter de ce que tu as ? » soupira-t-elle intérieurement.

Elle dut prendre sur elle pour revenir à ce bon Teddy, assis en face d'elle, à son bon visage sans malice. C'était un garçon simple, fiable, solide et plein de bonté.

Que demander de plus ?

2

Un homme libre est une créature estimée de tous ; une femme libre est un objet de mépris. La liberté signifie pour un homme s'émanciper des conditions de vie dégradantes qui nuisent à l'épanouissement de son esprit et l'empêchent d'atteindre les qualités divines que sont la grandeur et la noblesse, et la poursuite de cette liberté est communément considérée comme un penchant naturel pour lui. La liberté pour une femme, au contraire, consiste à échapper aux limitations imposées par sa condition pour l'empêcher de tomber dans le vice et la dégradation ce qui, présume-t-on inconsciemment, est son penchant naturel.

Victoria Woodhull et Tennessee Claflin,
Woodhul & Claflin Weekly, 1871

Un peu plus tard dans la soirée, tandis que tout en lavant ses mains souillées de nitrate d'argent il contemplait pensivement les photographies prises à l'hôpital, Hadrien éprouva un profond sentiment de fraternité avec le pauvre être difforme qui lui avait servi de modèle. Lorsqu'il avait nettoyé le sang qui maculait sa gorge, il s'était vu exactement le même regard empreint d'une tristesse désespérée…

Un regard de bête traquée.

Tout en développant ses clichés, il avait réfléchi au meilleur moyen de réunir les cinq cents livres qu'il lui fallait pour s'acquitter de sa dette envers Bull Boyle. À part dévaliser une banque, il n'en avait trouvé qu'un seul : demander un nouveau prêt à son ami Gavin Carmichael.

La première fois qu'il s'était présenté chez lui, il y avait de cela un peu plus d'un an, le jeune avocat l'avait accueilli non pas comme un compagnon d'orphelinat perdu de vue depuis quinze ans, mais plutôt comme un frère qu'on a trop rarement l'occasion de voir.

Gavin lui avait trouvé sa nouvelle identité ; Hadrien comme le grand empereur romain – un orphelin comme eux deux – et St Claire parce qu'ils s'étaient accordés à trouver du cachet à ce nom d'emprunt qui, selon eux, fleurait bon la vieille bourgeoisie et l'opulence de bon aloi. Ce patronyme leur paraissait parfait pour mettre à l'aise les heureux élus qui jouissaient de la véritable opulence. C'était encore lui qui avait emmené le jeune photographe dans les soirées élégantes et les théâtres à la mode, qui l'avait introduit dans la bonne société et chez de riches négociants, qui l'avait parrainé à son club, et présenté à toutes ses connaissances susceptibles de lui être utiles.

Alors que Gavin se contentait d'un modeste appartement près du Palais de Justice, il avait prêté à son ami de quoi s'établir dans le grand atelier de Great George Street. Comment le solliciter encore une fois, pour lui demander une somme qu'un avocat débutant sans fortune personnelle ne pouvait de toute façon pas posséder ?

S'il se trouvait dans une situation aussi critique, il ne pouvait s'en prendre qu'à lui-même, après tout.

Non, décidément, il préférait laisser Sykes et Deans le découper en morceaux !

Hadrien avait beau jouer les bravaches, il ne put s'empêcher de sursauter en entendant tinter la clochette du magasin et faillit renverser sa bassine d'eau. Il n'y avait pourtant pas de quoi s'affoler. Le jour où Boyle et ses acolytes viendraient, ils n'entreraient pas par la grande porte. Cependant, il était déjà six heures passées et, à l'exception de la Chambre des communes qui reprenait ses débats en séance de nuit, ce quartier de bureaux et d'administrations aurait dû être désert. L'atelier aurait d'ailleurs dû être fermé, mais Hadrien était si troublé par sa rencontre dans le square qu'il avait oublié de verrouiller la porte et de tirer la grille.

Il se débarrassa de son tablier de cuir et se hâta vers la boutique. L'homme d'un certain âge qui arpentait nerveusement les lieux n'avait rien de commun avec Bull et ses malfrats.

— Puis-je vous aider, monsieur ? s'enquit courtoisement Hadrien.

— Cela dépend.

L'élégance discrète, le ton impérieux, tout dénotait l'homme habitué à commander ; un parlementaire ou un haut fonctionnaire, certainement. Exactement le genre de clientèle qu'il avait visé en s'établissant dans ce quartier.

— Vous êtes Hadrien St Claire ? questionna-t-il, l'air sévère, en le toisant de la tête aux pieds.

Hadrien prit soudain conscience de ses manches relevées, de son col ouvert et de ses doigts maculés.

— C'est bien moi.

Fervent adepte de la morpho-analyse, Hadrien détailla discrètement le visage de son visiteur. Le haut front creusé de rides horizontales indiquait une forte tendance à l'inquiétude, le long nez aquilin l'arrogance et sans doute un complexe de supériorité, le pli amer de la bouche l'amertume et un certain ressentiment diffus. Si l'inconnu attendait beaucoup de la vie, celle-ci avait dû se montrer chiche envers lui. Cependant, l'élément le plus parlant de son visage était bien évidemment les yeux, les miroirs de l'âme, comme on les appelait. Si l'on pouvait se fier à ces prunelles grises aussi froides que la banquise, cet étrange client ignorait jusqu'au sens du mot « pitié ».

— Josiah Dandridge, député de Horsham.

L'honorable parlementaire ne jugea pas utile de le gratifier d'une poignée de main.

— Et que puis-je faire pour vous, monsieur le député ?

— Vous allez le savoir. Ce cliché est le même que celui qui trône dans votre vitrine ? demanda Dandridge en désignant le portrait d'une femme élégante réduit au format carte de visite.

— Lady Katherine Lindsey est l'une de mes BP les plus demandées actuellement, expliqua Hadrien en souriant.

Les BP, ou Beautés Professionnelles, désignaient les femmes du monde qui consentaient à voir leur photographie reproduite et vendue à grande échelle. Hadrien avait eu l'idée de tirer, en plus des grands formats qui n'étaient pas à la portée de toutes les bourses, ces miniportraits qui se vendaient comme des petits pains. En contrepartie des cinquante pour cent de royalties qu'il lui reversait, lady Katherine lui avait accordé l'exclusivité sur son image. Ce qu'elle faisait de sa part de profits, Hadrien l'ignorait, mais la belle dame n'était certainement pas la première aristocrate à avoir des dettes cachées.

— Vous avez un talent remarquable pour révéler la vulnérabilité de votre modèle.

Décidément, l'honorable parlementaire devait être un homme dangereux.

— Je ne pense pas que l'intéressée apprécierait beaucoup de se voir qualifiée de vulnérable, remarqua Hadrien en contemplant le beau visage de son modèle et son regard farouche teinté de tristesse. Lady Katherine est l'une des personnes les plus indépendantes que j'aie jamais rencontrées.

— Vous parlez d'indépendance comme s'il s'agissait d'une qualité pour le sexe faible ! gronda Dandridge. Ne me dites pas que vous faites partie de ces idéalistes au regard embué qui donneraient le droit de vote aux femmes, comme le réclament ces harpies hystériques !

— La politique ne m'a jamais intéressé, répondit prudemment Hadrien, soulagé cependant de constater qu'il n'était pas le seul à s'agacer des manifestations des suffragettes devant le Parlement.

— Mais vous devez bien avoir des convictions, croire en des principes que vous souhaiteriez voir progresser ?

— Je laisse les principes et les convictions à ceux qui ont le temps et la fortune nécessaires pour les cultiver. Pour nous autres qui sommes dans l'obligation de gagner notre pain à la sueur de notre front, nous mettre au service d'autres intérêts que les nôtres est un luxe au-dessus de nos moyens.

— Ainsi, vous êtes avant tout un pragmatique, constata l'austère parlementaire en se détendant un peu. Comme c'est rafraîchissant !

Il fit tranquillement le tour de la boutique, examinant avec attention les photographies exposées. Hadrien refréna son envie de lui faire remarquer que le magasin était fermé et s'astreignit à la patience. Il avait désespérément besoin d'argent et, si un client potentiel aux poches bien remplies avait envie de le garder toute la nuit, il ne pouvait que mettre son orgueil dans sa poche avec son mouchoir par-dessus et dire « merci », comme le laquais qu'il s'était pourtant bien juré de ne jamais devenir.

Dandridge tomba en arrêt devant un nu féminin nonchalamment allongé sur un sofa recouvert de cachemires et de soieries. Un clair-obscur très élaboré mettait parfaitement en valeur la courbe délicate d'une poitrine marmoréenne.

— Très joli, apprécia-t-il. La clarté du premier plan et la délicatesse des ombres sont saisissantes, et le décor dénote un soin du détail qu'on ne trouve pas souvent...

Son visiteur faisait preuve de goût, c'était toujours ça. Ce tableau plutôt classique avait nécessité beaucoup de travail, et Hadrien y avait mis beaucoup d'amour. Il avait passé une bonne quinzaine de jours à essayer différentes poses et accessoires, ainsi que les éclairages les plus variés, avant d'arriver à la composition voulue. Il avait pensé un temps exposer le cliché au Salon de la Société photographique, mais il se rendait compte maintenant qu'il pourrait peut-être en tirer un meilleur parti.

— Si vous souhaitez l'acheter...

D'un geste, Dandridge anéantit tous ses espoirs.

— Je remarque que tous vos modèles appartiennent au beau sexe.

— Les bonnes raisons de préférer travailler avec des femmes ne manquent pas. La première, c'est qu'elles ont en général moins de mal à se tenir tranquilles que les hommes.

— Je vois. Et est-ce qu'elles vous rendent la pareille et prennent en général plaisir à poser pour vous ? Cette femme, par exemple, devait vous être très attachée pour vous laisser la photographier dans une tenue et une position aussi intimes.

— Justine est un modèle professionnel. Elle a l'habitude de poser pour des peintres.

— Tout de même, je me demande si un autre portraitiste est jamais parvenu avant vous à obtenir d'elle un tel abandon et une telle sensualité sans affectation…

— Je l'ignore, coupa Hadrien qui, même s'il avait effectivement partagé le lit de son sujet, n'avait aucune intention de raconter sa vie privée à un étranger. Il est tard, cher monsieur. Si vous vouliez bien me dire ce que je peux faire pour vous…

— Je suis venu vous demander de me faire une photographie dans le genre de celle-ci. Avec cependant un modèle bien particulier.

On y arrivait enfin ! Ce vieux libertin avait sans doute une maîtresse, et il voulait son portrait nue. Hadrien se retrouvait à son affaire.

— Si vous voulez bien prendre place, nous allons voir ensemble ce que vous souhaitez exactement, proposa-t-il en avançant une chaise.

— Je veux la photographie la plus scandaleuse que vous puissiez faire. À part cela, je vous laisse carte blanche.

— S'il s'agit d'une plaisanterie…

— Je ne plaisante pas le moins du monde, je peux vous l'assurer ! Je veux voir le modèle mis à nu jusqu'au tréfonds de son corps et de son âme ; je veux la voir exposée au monde entier comme la méprisable traînée qu'elle est en réalité.

— Si vous cherchez un détective pour espionner votre maîtresse, j'ai un ami avocat qui pourra vous en indiquer un de toute confiance.

— Vous ne m'avez pas compris. Je ne veux pas d'une photo floue prise à la sauvette ! Ce que je veux, c'est un portrait. Un portrait que seul un photographe aussi expérimenté que vous peut réussir. Et je suis prêt à y mettre le prix qu'il faudra.

— Jusqu'où êtes-vous prêt à aller ? s'enquit Hadrien.

— Que diriez-vous de... cinq mille livres ? proposa Dandridge avec un sourire que n'aurait pas renié Lucifer.

Cinq mille livres ! Pour Hadrien, c'était une véritable fortune. Il imagina la mine de Sykes et de Deans quand ils apprendraient qu'il s'était acquitté de sa dette envers Boyle et qu'ils n'auraient pas le plaisir de le découper en morceaux. Il considéra ses doigts encore tachés de nitrate d'argent. Peut-être pourrait-il engager un assistant pour l'aider au développement, entretenir les appareils et s'occuper de la boutique... Peut-être même pourrait-il s'attacher les services d'un autre photographe pour s'occuper des commandes de moindre importance...

— C'est une très grosse somme, monsieur le député. À supposer que j'accepte votre offre, qu'est-ce qui vous fait croire que la dame acceptera de poser pour moi, surtout dans le plus simple appareil ?

— Ne faites pas le modeste, St Claire ! Vous êtes très beau garçon, les dames ne doivent pas résister longtemps à votre charme. Et je suis certain que vous savez vous montrer convaincant si vous le décidez. Si seulement la moitié de ce qu'on raconte sur vous est vraie, il ne vous faudra pas deux semaines pour que cette traînée s'offre à vous et à votre appareil les cuisses grandes ouvertes. À moins qu'elle ne préfère les femmes… C'est fréquent chez ces hystériques, vous savez.

— De qui parlez-vous au juste ?

— Des suffragettes, bien entendu ! s'exclama Dandridge. C'est une véritable plaie qui s'est abattue sur ce malheureux pays, un chancre immonde qui le ronge de l'intérieur. Et comme pour le chancre, le seul remède possible est d'en extirper le germe, en l'occurrence leur meneuse.

— Et vous pensez qu'une simple photographie suffira à en venir à bout ? objecta Hadrien.

— Pas une photographie ordinaire, mon cher. Votre œuvre. Un cliché qui exposera la véritable nature de Caledonia Rivers !

Caledonia Rivers !

Comme l'image dans un bain de révélateur, devant les yeux d'Hadrien apparurent une longue silhouette engoncée dans un manteau démodé, une tête au port altier cachée sous un vilain chapeau, et l'ovale délicat d'un visage à moitié dissimulé sous une voilette noire. Un instant il revécut ce moment délicieux où, ignorant encore l'identité de l'inconnue, il la contemplait avec un émerveillement innocent, espérant naïvement que le vent soulèverait la voilette.

S'il acceptait l'offre de Dandridge, ce ne serait pas seulement le visage de la jeune femme qu'il exposerait.

— Pourquoi elle ? demanda-t-il d'une voix étranglée.

— Caledonia Rivers est jeune, issue d'une bonne famille et, contrairement à ses consœurs suffragettes, elle jouit, jusqu'à maintenant du moins, d'une réputation sans tache. En tant que présidente de la Société londonienne pour le vote des femmes, elle est l'une des trois meneuses qui doivent avoir une entrevue privée avec le Premier ministre avant que ce ridicule projet de loi n'arrive en discussion devant la Chambre des communes à la fin du mois.

Visiblement très excité, Dandridge fit une pause.

— Éliminez-la et vous tuez dans l'œuf tout leur satané mouvement ! Prouvez qu'elle n'est rien d'autre qu'une traînée, et tous les parlementaires susceptibles de voter ce texte infâme lui retireront leur soutien. Le projet de loi n'arrivera même pas en dernière lecture ! Mais nous ne pouvons nous permettre aucune ambiguïté. La photographie ne doit pas laisser place au moindre doute ; elle doit être sans équivoque aucune. Je veux voir Caledonia Rivers non seulement discréditée, mais vaincue. Vaincue, St Claire, vous m'entendez ?

Charlotte, sa tante – Lottie pour les intimes –, attendait Caledonia sur le pas de la porte de sa maison de Half Moon Street.

— Mon Dieu, Callie ! Qu'est-ce qui t'est arrivé ? Tu t'es fait renverser par une voiture ? s'inquiéta la vieille dame devant les ruines du chapeau et les vêtements maculés de terre de sa nièce.

— Ne dramatise pas, tantine !

— Mais je me fais du souci pour toi ! Tu te fatigues beaucoup trop. Un peu de distraction ne te ferait pas de mal, tu sais ! Tu devrais sortir un peu. La nouvelle opérette de Gilbert et Sullivan se joue au Strand, et il paraît que c'est un spectacle vraiment délicieux. Tu devrais y aller !

— J'ai l'impression d'entendre Teddy ! soupira Callie en enlevant son chapeau.

Dieu qu'elle était heureuse de s'en débarrasser ! C'était vraiment à se demander quelle mouche l'avait piquée d'acheter cette horreur. On ne se méfiera jamais assez de l'éloquence des modistes.

Avec son zèle habituel, Jenny, leur jeune femme de chambre, posa les gants et le chapeau sur une table avant d'aider sa maîtresse à enlever son manteau.

— Il a besoin d'un bon coup de brosse, remarqua-t-elle en emportant le vêtement souillé dont s'échappa une boule blanche.

Les joues en feu, Caledonia se précipita pour ramasser le mouchoir mais Lottie, malgré son âge, fut plus rapide.

— Qu'est-ce que c'est que ça ? Qui est « H.S. » ? questionna-t-elle, son beau visage ridé plein de curiosité.

— Personne..., balbutia Callie comme une enfant prise la main dans le pot de confiture. Un homme. Quelqu'un que j'ai rencontré à Parliament Square. Enfin, je ne l'ai pas vraiment rencontré... Nous nous sommes cognés, pour être plus précise. Tu sais, je ne désire rien tant qu'une bonne tasse de thé bien chaud, poursuivit-elle en entraînant sa tante vers le salon.

Hélas ! Lottie n'était pas femme à renoncer aussi aisément.

— Parle-moi de ce H.S., commença-t-elle à peine assise sur le canapé recouvert de chintz à fleurs. Comment vous êtes-vous rencontrés ? Quelle est sa profession ? C'est un sympathisant de notre cause ?

— Il n'y a pas grand-chose à dire, protesta Callie, déjà épuisée par ce feu roulant de questions, en se laissant tomber dans son fauteuil favori. Il s'appelle Hadrien St Claire et il est photographe. Il possède apparemment un atelier tout près de Parliament Square, et nous nous sommes littéralement cognés l'un dans l'autre.

— Allons, ne me fais pas languir, ma chérie ! Continue.

— Il n'y a rien à ajouter. Il a eu la gentillesse de me donner son mouchoir et de m'aider à ramasser les pages de mon discours avant de continuer son chemin.

Elle avait envie de passer une soirée tranquille et ne voyait pas l'utilité de mentionner son invitation à prendre une tasse de thé, invitation qu'elle n'aurait de toute façon pas acceptée, même si elle en avait eu le temps.

Lottie paraissait très occupée à enlever de sa jupe des poussières imaginaires, mais Callie voyait bien que son imagination allait bon train.

— Il faut que tu lui rendes son mouchoir. Une fois qu'il aura été lavé et repassé, bien entendu, conclut enfin la vieille dame. C'est une question de courtoisie.

— C'est inutile. Il m'a dit de le garder. Il doit en posséder des douzaines, expliqua Callie en se remémorant son élégance discrète.

— Quand bien même, il ne doit pas y avoir tellement de photographes autour de Parliament Square. Je suis certaine que nous pouvons le retrouver sans grandes difficultés.

Callie se garda bien de mentionner la carte de visite enfouie au fond de sa poche. L'arrivée de Jenny avec le plateau du thé lui offrit une diversion bienvenue.

— J'ai mis beaucoup de lait et trois morceaux de sucre, comme vous aimez, mademoiselle.

— Jenny, est-ce qu'on vous a déjà dit que vous étiez une perle inestimable ?

— Pas ces derniers temps, en tout cas, mademoiselle, répondit la servante en souriant.

Lottie prit la tasse qu'on lui tendait et attendit que la jeune bonne ait quitté la pièce.

— Au fait, comment s'est passée ton intervention ?

— Très bien, à part les nez qui coulaient et les quintes de toux, expliqua Callie, ravie de changer de sujet. La mobilisation ne faiblit pas.

— Théodore était venu t'écouter, j'imagine.

— En dehors de quelques journalistes qui n'avaient pas le choix, il était le seul représentant de la population masculine du royaume, j'en ai peur.

— Il t'est très attaché, tu sais.

— Je sais ! En ce qui me concerne, j'éprouve beaucoup d'amitié pour lui, mais pas plus. Et malgré toutes ses déclarations enflammées, chaque fois que j'ai refusé ses avances, il m'a paru aussi soulagé que moi, finalement.

À la grande surprise de sa nièce, Lottie ne protesta pas.

— Teddy est un garçon charmant. Cela dit, je suis d'accord avec toi, vous n'iriez pas bien ensemble. Je ne saurais expliquer pourquoi, mais j'ai l'impression que vous ne vous entendriez pas longtemps. Et comme le prouve ce mouchoir, Théodore Cavendish n'est pas le seul célibataire fréquentable de Londres.

— Par « fréquentable », je suppose que tu veux dire qui ferait un époux convenable ?

— Les chaînes du mariage sont les premiers instruments de l'oppression féminine, une véritable prostitution légale, je le sais ! Est-ce que j'ai oublié quelque chose ?

— Tu as bien résumé l'essentiel, répondit Callie en souriant.

— Tu auras peut-être quelques difficultés à me croire, mais le mariage peut s'avérer une expérience très heureuse, pourvu que ce soit avec la personne adéquate. Mon cher Édouard, Dieu ait son âme, était un compagnon des plus agréables, et un excellent amant.

— Tante Lottie !

Callie manqua en renverser sa tasse de thé. Au bout de dix ans de conversations sur les questions les plus diverses, elle éprouvait toujours un profond malaise lorsque sa tante abordait sans la moindre gêne des sujets aussi intimes.

— Mais si ! soupira la vieille dame en se laissant aller languissamment contre les coussins. Le sexe avec une personne profondément aimée peut se révéler une expérience unique, un avant-goût du divin sur terre.

— Dans ce cas, explique-moi pourquoi l'acte sexuel transforme tant d'hommes en bêtes fauves, s'il te plaît, répliqua Caledonia qui, toute sa jeune vie, avait passé son temps à éviter le chemin de l'autel.

— L'amour doit constituer un plaisir pour la femme comme pour l'homme. Quand la passion est complétée par de tendres attentions et par une tolérance mutuelle, le résultat peut s'avérer hautement satisfaisant pour les deux partenaires, expliqua patiemment sa tante.

Un partenaire… C'était bien ce qu'à une époque elle avait attendu de Gérald une fois qu'ils seraient mariés. Ni un maître et son esclave, ni un conquérant et sa conquête, mais deux compagnons parcourant côte à côte le chemin de la vie… Malheureusement, toutes ces belles illusions d'adolescente naïve étaient vite tombées en poussière, si brutalement que, depuis ce jour, la seule idée de se trouver une fois encore dans une position aussi vulnérable provoquait en elle une véritable panique.

Malgré tout, il pouvait lui arriver de se laisser captiver par l'insolence d'un regard d'outremer, et de s'y perdre au point d'oublier quelques instants tous ses principes.

— Je suis bien obligée de te croire sur parole, concéda-t-elle pour couper court. Tu ne m'en voudras pas si je monte dans ma chambre ? Je voudrais revoir mon intervention de demain soir.

— Mais bien sûr que non, ma chérie. Callie…, ajouta Lottie alors que sa nièce était sur le pas de la porte.

— Oui ?

— Tu ne vas pas te cacher derrière ces lunettes jusqu'à la fin de tes jours, tout de même. Il va falloir qu'on en parle à un moment ou à un autre, tu sais.

Callie s'apprêtait à répondre vertement, mais l'inquiétude qu'elle vit sur le visage de sa tante l'en dissuada.

— Entendu, mais pas ce soir.

Et les autres non plus, s'il ne tenait qu'à elle.

Dandridge s'assit en face d'Hadrien et sortit de sa mallette un paquet soigneusement enveloppé.

— Vous avez là tout ce que cette satanée agitatrice a publié ces dernières années, et tous les articles la concernant. Lisez-les attentivement pour vous faire une idée.

Hadrien prit au hasard une petite brochure intitulée *Dissertations de la bouche des esclaves – Traité sur la subjugation des femmes.*

— Une œuvre de la redoutable demoiselle Rivers, à ce que je vois…

— Il va vous falloir digérer les divagations de cette anarchiste, de cette maudite pétroleuse, si vous voulez remplir votre contrat, mon bon !

« Votre contrat. »

Hadrien se remémora leur rencontre inopinée à Parliament Square. Quelques heures plus tôt, Caledonia Rivers n'était pour lui qu'une séduisante inconnue qu'il avait invitée à prendre le thé dans l'espoir de l'attirer dans son lit. Quand il lui avait rapporté ses papiers, elle lui avait adressé son plus radieux sourire, comme s'il s'était agi d'un chevalier en armure venu la délivrer du dragon et non d'un pauvre photographe qui lui rapportait quelques feuilles maculées de boue.

La visite de ce parlementaire au regard d'acier donnait à cette rencontre de hasard une autre signification, comme si quelque force maléfique avait conduit la jeune femme vers lui. Il lui restait à se faire admettre dans un milieu qu'il supposait très fermé.

— Et selon vous, comment puis-je l'approcher ? J'ai dans l'idée que si je vais lui proposer mes services de but en blanc, je risque de me la mettre à dos pour un bon moment.

— Tout est prévu, le rassura Dandridge en tirant de sa poche un pli scellé. Voici votre billet d'entrée dans le cercle très étroit des intimes de Mlle Rivers.

— Vous devriez m'en dire plus, si vous ne voulez pas que je brise le cachet de cette lettre.

— C'est Millicent Fawcett, la présidente de la Société nationale pour le vote des femmes, qui a servi de mentor à Caledonia Rivers à ses débuts dans les cercles féministes. La Fawcett vient justement de s'embarquer pour une tournée de conférences aux États-Unis, ce qui constitue une véritable aubaine pour nous. Par cette lettre, elle informe sa protégée qu'elle vous a chargé de prendre une série de photographies en prévision de la marche des femmes sur le Parlement, qui aura lieu pour la dernière lecture du projet de loi.

— Si j'ai bien compris, cette lettre est un faux ?

— Évidemment. Cela vous choque ?

— Je suppose que vous n'avez pas fait tout ce chemin uniquement pour m'apporter une lettre falsifiée et un tas de vieilles coupures de journaux ? l'interrompit Hadrien en se remémorant fugitivement ses jeunes années et son apprentissage de voleur à la tire et de coupeur de bourses.

— C'est exact. Voilà ! Vous toucherez l'autre moitié quand vous aurez fait le travail, ajouta le vieux parlementaire d'un air matois en lui tendant une liasse de billets.

« Le prix du sang », songea Hadrien. Le cœur battant à tout rompre, il vérifia rapidement le montant avant d'enfouir l'argent au fond de sa poche.

— C'est une grosse somme. Vous n'avez pas peur que je disparaisse après l'avoir empochée ?

— Vous n'avez pas l'air particulièrement idiot. Si deux mille cinq cents livres peuvent améliorer vos conditions de vie, imaginez ce que peuvent faire cinq mille ! Et je suppose que vous avez également l'instinct de survie. S'il vous prenait l'idée de me doubler, gronda-t-il, abandonnant la courtoisie de façade qu'il avait observée jusqu'alors, vous finiriez comme tous ces pauvres bougres anonymes qu'on retrouve flottant dans la Tamise.

Que lui arrivait-il donc ? se demanda Hadrien tandis que Dandridge se levait. C'était la deuxième fois de la journée qu'il recevait des menaces de mort, alors que jamais personne n'avait manifesté l'intention de tuer le pauvre petit voleur qu'avait été Harry Stone.

— Un instant !

Dandridge se retourna sur le pas de la porte. Pendant quelques secondes, Hadrien faillit lui rendre son argent et refuser la mission, mais il était trop tard. Il en savait trop pour se retirer sans avoir à craindre pour sa vie.

— Quand j'aurai la photographie, comment pourrai-je vous prévenir ?

— Le moment venu, je le saurai, ne vous inquiétez pas. Et c'est moi qui vous contacterai.

Le tintement de la cloche marqua la signature de ce pacte diabolique, et Hadrien s'affala sur sa chaise. Il suivit distraitement du doigt la longue estafilade qui balafrait sa main gauche, souvenir d'une époque où il devait se traîner à quatre pattes pour gagner de quoi survivre. Il avait fait beaucoup de chemin depuis et, s'il tombait, la chute n'en serait que plus rude.

Son contrat avec Dandridge ne se limitait pas à séduire une femme et à prendre d'elle des photos osées. Il s'était engagé à ruiner sa vie. Il avait beau être le fils d'une prostituée, avoir grandi dans une maison close, avoir mendié et volé, jamais il ne s'était abaissé à ce point.

Le mieux qu'il pouvait espérer, c'était que Caledonia Rivers se révèle effectivement une personne odieuse. Pour mieux s'y préparer, il passa en revue les défauts qu'il lui connaissait ou qu'il lui supposait déjà. D'abord, c'était une de ces suffragettes qui l'insupportaient, et non la moindre : leur porte-parole le plus en vue. Ensuite, elle venait d'un milieu aisé. Dandridge avait dit qu'elle était issue d'une bonne familles, ce qui, pour Hadrien, signifiait « une famille riche ».

Il avait vu défiler dans son atelier beaucoup de ces belles dames de l'aristocratie. À l'exception notable de lady Katherine, elles étaient toutes mesquines et imbues d'elles-mêmes, et se souciaient comme d'une guigne de ceux et celles qui cuisinaient pour elles et les servaient à table, qui les aidaient à se laver et à s'habiller, ou qui suaient sang et eau dans les manufactures de leurs époux pour qu'elles puissent rouler en calèche et s'offrir bijoux et fourrures à ne plus savoir qu'en faire.

Un peu ragaillardi, il revint à la brochure qui trônait sur le dessus de la pile. Le titre à lui seul suffisait à démontrer que Caledonia Rivers n'avait rien de ces hypocrites grenouilles de bénitier qui affectaient de faire le bien ni de ces mondaines qui ignoraient tout des difficultés de la vie dans sa cruelle nudité.

À propos de nudité…

À quoi ressemblerait-elle une fois débarrassée de ses horribles vêtements ? Elle devait être bien en chair, à en croire la poitrine généreuse qu'il avait sentie pressée contre la sienne pendant quelques secondes. Même s'il préférait d'ordinaire les femmes plus minces, il avait dans l'idée que ses formes sensuelles lui allaient bien. Quant à son visage, ce qu'il en avait vu était tout à fait plaisant. Elle devait être brune, à en juger par les sourcils dont l'arc gracieux soulignait ses magnifiques yeux d'émeraude, et elle possédait ce teint de lait dont seules les Anglaises ont le secret.

Son physique n'avait aucune importance, décida-t-il. Caledonia Rivers n'était pour lui qu'un moyen de parvenir à ses fins, son droit d'entrée au paradis des riches en quelque sorte, son dernier espoir de s'assurer enfin l'avenir doré pour lequel il s'était donné tant de mal.

Caledonia Rivers n'était qu'une commande de plus, et il était grand temps qu'il se mette au travail.

3

Ce matin, j'ai reçu une délégation d'un syndicat ouvrier... Je dois préciser que s'il faut le faire, j'en suis capable, et qu'il ne sert à rien de demander aux femmes de se lancer dans la vie publique et de leur conseiller d'éviter toute publicité. Je regrette cependant que ce soit inévitable, car je ne vois pas ce que je peux avoir à dire dans quatre discours successifs. Cette série d'épreuves débutera la semaine prochaine. C'est un exercice difficile et fatigant.

Elizabeth GARRETT, première candidate féminine au Conseil d'administration de l'école de Marylebone, 1870

La proximité de Caxton Hall, à l'origine mairie du quartier de Westminster, avec le Parlement en avait fait un lieu très demandé pour les réunions politiques, y compris pour les meetings féministes. La vaste salle était donc pleine à craquer lorsque Hadrien se fraya péniblement un chemin entre les quelques centaines de personnes, essentiellement des femmes, qui s'y pressaient.

L'appareil photo pesait lourdement à son épaule et il commençait à regretter amèrement de ne pas avoir demandé une place dans la loge réservée à la presse. Debout au fond de la salle entre une opulente matrone vêtue de carmin et une vieille fille qui sentait le talc et la pomme cuite, il aurait vendu son âme au diable pour un peu d'air frais, s'il ne l'avait pas déjà vendue à Dandridge.

Dandridge... Pour un peu, il se serait presque attendu à voir l'implacable parlementaire surgir de derrière le pilier d'une des loges qui flanquaient l'estrade, mais les hommes de son espèce ne se salissaient pas les mains. Ils laissaient à leurs séides le soin de reconnaître le camp ennemi.

Le bourdonnement de centaines de voix féminines le tira de ses pensées. Au milieu des applaudissements frénétiques et du crépitement des appareils photographiques, le rideau de velours qui fermait l'estrade venait de s'ouvrir sur Caledonia Rivers et sur une petite femme dans la cinquantaine.

— Mesdames... et messieurs, mes chers amis, mes chers collègues, mes chères sœurs, j'ai l'honneur et le plaisir de vous présenter ce soir celle qui est devenue notre meilleur porte-parole auprès du grand public et des masses populaires...

Trop occupé à détailler le joli visage de la messagère en question, Hadrien prêta peu d'attention au reste de la tirade. Contrairement à la plupart des femmes présentes dans la salle, Caledonia Rivers était tête nue, sa chevelure brune relevée en chignon dégageant sa nuque délicate. Débarrassée des amples vêtements qui dissimulaient sa silhouette la veille, elle lui apparaissait à la fois mince et altière, comme une fière amazone montant à l'assaut du pupitre, ses notes à la main.

— Mesdames et messieurs, bonsoir ! Je ne suis pas venue ce soir pour vous faire de beaux discours, mais pour examiner avec vous les raisons fondamentales de notre présence ici. Parce que nous voulons le droit de vote, me direz-vous. Nous sommes effectivement ici parce que notre but est d'obtenir le suffrage universel, le droit inaliénable pour tout membre d'une société libre et autogouvernée de donner son avis et de participer, par son vote, à ce gouvernement.

Elle marqua un temps d'arrêt pour parcourir l'assemblée des yeux et Hadrien éprouva la pénible impression qu'elle le regardait. Il eut beau se répéter qu'il était trop loin, que le grand lustre qui illuminait le centre de la salle le laissait dans la pénombre, il ne put empêcher son cœur de battre à tout rompre. C'était ridicule ! Elle ne pouvait pas le voir, il le savait, mais il ne pouvait lutter contre le sentiment que sa voix mélodieuse s'adressait à lui directement.

— Pourtant des hommes, et même des femmes parfois, me demandent pourquoi nous nous donnons tant de mal pour obtenir cette réforme au niveau national alors que la plupart d'entre nous passons l'essentiel de notre existence dans la même commune, et que par conséquent la politique locale se révèle bien plus déterminante sur notre vie que la politique nationale et internationale. À ceux et celles d'entre vous qui pourraient entretenir ce genre de doutes, je répondrai qu'il n'existe qu'un seul chemin pour accéder aux droits civiques, à une meilleure éducation et à l'égalité entre hommes et femmes : celui du droit de vote.

Tandis que s'élevaient les applaudissements frénétiques et les clameurs d'approbation, Hadrien observa la salle, aussi vibrante qu'une ruche. Jeunes ou vieilles, belles ou laides, riches ou pauvres, toutes ces femmes rayonnaient et leurs regards brillaient de ferveur. Il revint à la silhouette solitaire qui se dressait sur l'estrade. Malgré sa taille et son allure altière, Caledonia Rivers lui parut soudain beaucoup trop jeune, beaucoup trop fragile et trop profondément féminine pour se trouver le centre d'un tel déchaînement de passions.

En oratrice expérimentée, elle attendit patiemment que le calme revienne et que son auditoire lui accorde à nouveau toute son attention.

— Il ne s'agit pas, mesdames et messieurs, d'une révélation soudaine. C'est en 1867 que l'Honorable John Stuart Mill, membre de la Chambre des communes, a présenté au Parlement le premier projet de loi accordant le droit de vote aux femmes propriétaires de leur maison. Cette proposition, soutenue par une pétition de mille cinq cents femmes de tous les coins de Grande-Bretagne, fut repoussée par la Chambre des communes par 196 voix contre et 73 pour.

Comme on pouvait s'y attendre, un concert de huées et de sifflets accueillit ce rappel des faits.

De la main, Caledonia réclama le silence et Hadrien se demanda quel effet ces doigts fuselés feraient sur sa peau.

— Étant donné que des millions d'Anglaises résident dans ce pays, mille cinq cents signatures paraissent une infime minorité, je vous l'accorde. Pourtant, si l'on considère que bien peu de femmes se voient encouragées, oserais-je dire autorisées, à exprimer des opinions politiques indépendantes de celles de leurs maris, pères, frères et parfois fils adultes, il devient évident que celle qui y parvient doit être considérée comme la représentante d'un nombre de consœurs beaucoup plus important.

Aux yeux d'Hadrien, il s'agissait d'un argument spécieux. Si les représentantes du beau sexe n'avaient pas suffisamment de jugeote pour se forger une opinion à elles et pour l'exprimer sans l'aide de quiconque, pourquoi alors leur accorder le droit de vote ? Il se rappela soudain qu'en l'occurrence, son avis importait peu. Tout ce qui comptait, c'était ce que Caledonia Rivers penserait de lui. Il s'appliqua donc à paraître vivement intéressé pour écouter la suite.

— Le fait que nous reconnaissions une femme pour souveraine contredit l'opinion générale qui veut que nous soyons inaptes à gouverner. Si le sexe n'est pas un obstacle à l'exercice des plus hautes responsabilités politiques, il ne doit pas l'être à celui des plus élémentaires, y compris à l'exercice du droit de vote.

Elle s'arrêta pour boire une gorgée d'eau et, devant ces lèvres pleines et sensuelles, Hadrien sentit l'émotion monter le long de ses reins.

— Pourtant, au cours des années soixante-dix, nous avons vu pratiquement tous les ans les projets présentés par nos fidèles amis comme lord Brassey arriver en seconde lecture. Chaque fois, nous avons déposé des pétitions et nous avons attendu. Nous avons attendu patiemment, en toute confiance, pour voir nos espoirs foulés aux pieds par la bruyante minorité qui nous opprime.

À en juger par le ton qui se faisait plus véhément, on approchait de la péroraison.

— Mesdames et messieurs, ce que je suis venue vous dire ce soir, c'est que ma patience est à bout et que j'en ai assez d'attendre ! Je suis venue vous demander de joindre vos voix à la mienne pour exiger de nos distingués représentants le « droit de vote pour les femmes, tout de suite ! »

— Droit de vote pour les femmes ! Tout de suite ! rugirent des centaines de voix féminines avec tant de passion qu'Hadrien lui-même se sentit vibrer à l'unisson.

Une fièvre inconnue s'était soudain emparée de l'assemblée. Les bancs, les chaises et tout ce qui servait de siège avaient été abandonnés. À l'appel d'une seule femme, des centaines de personnes s'étaient levées d'un seul mouvement. Même des dames qui n'avaient jamais dû élever le ton de leur vie tapaient du pied et vociféraient comme des poissonnières de la halle. Hadrien vit même une femme élégante en demi-deuil, apparent parangon de respectabilité, brandir le plus haut qu'elle pouvait son poing ganté en hurlant comme un lutteur de foire après la victoire.

Sur l'estrade, derrière son pupitre, l'oratrice attendait calmement, le sourire aux lèvres, saluant de temps en temps d'un signe de tête un visage connu.

Elle sait que tout ce raffut est nécessaire, mais le succès ne lui monte pas à la tête. Elle est plus vulnérable qu'elle veut bien le montrer, pensa Hadrien.

Les talents oratoires de Caledonia Rivers auraient fait pâlir d'envie n'importe quel politicien chevronné, et il ne doutait pas de sa sincérité ni de son dévouement à la cause qu'elle défendait. Elle était visiblement dotée d'une brillante intelligence et d'une grande culture, et parlait certainement plusieurs langues étrangères.

En résumé, aux yeux d'Hadrien, elle possédait l'éducation et la culture que l'on n'acquiert jamais, à moins de les avoir reçues dès la naissance. Elle représentait tout ce qu'il avait toujours détesté, en somme.

Cependant, il en était convaincu, sous l'armure qu'elle s'était forgée, malgré son éducation et sa culture, malgré ses tenues austères, Caledonia Rivers n'était qu'une femme qui cachait les mêmes désirs et les mêmes faiblesses que toutes les autres représentantes du beau sexe. Celle qui l'intéressait n'était pas la brillante oratrice ou la porte-parole du mouvement féministe, mais la femme, tout simplement, car c'était elle qu'il entendait conquérir.

Quand l'assistance commença à se disperser, tandis qu'une partie se pressait vers la sortie et que l'autre faisait sagement la queue pour saluer l'héroïne de la soirée, Hadrien n'hésita pas une seconde et se dirigea vers l'estrade.

Caledonia crut que son cœur cessait de battre lorsqu'elle leva les yeux du programme qu'elle venait de dédicacer. Sûr de lui, un sourire légèrement ironique aux lèvres, l'Adonis aux yeux d'azur de la veille se dirigeait vers l'estrade. Hadrien St Claire, le photographe qu'elle pensait ne plus jamais revoir, dont elle avait caché le mouchoir et la carte de visite au fond d'un tiroir avec ses plus précieux souvenirs, venait la rejoindre.

Elle tenta de se concentrer sur les paroles de son interlocutrice, comprit vaguement qu'on l'invitait à intervenir quelque part dans le Hampshire, et se hâta de la diriger vers Harriet, qui veillait au grain, carnet de rendez-vous en main.

La vieille dame laissa place à d'autres solliciteurs, dont un journaliste du *Times* qui demandait une interview. Quand elle put enfin souffler un peu, la salle s'était considérablement vidée, mais Hadrien St Claire avait disparu. Qu'est-ce que cela pouvait bien lui faire, après tout? Fallait-il qu'elle se sente seule pour ressentir une telle déception! C'était ridicule, cet homme ne lui était rien, tenta-t-elle de se persuader, rien qu'un étranger qui l'avait aidée à ramasser ses papiers.

Une main se posa tout à coup sur son épaule et elle se retourna d'un bond… pour se trouver face à face avec le séduisant photographe. De saisissement, elle lâcha le texte de son discours, dont les feuillets s'éparpillèrent sur le sol.

— Mon Dieu! Ça tourne à la manie! plaisanta-t-elle en se baissant pour les ramasser.

— Oui, il est temps de nous entendre pour trouver un autre mode de rencontre, répondit-il avec un grand sourire.

Elle accepta la main qu'il lui tendait pour l'aider à se relever et se sentit parcourue d'un délicieux frisson.

— Comment êtes-vous arrivé jusqu'ici? demanda-t-elle pour masquer son trouble.

— Je n'aime pas beaucoup attendre, s'excusa-t-il en désignant du menton la file de personnes qui patientaient au pied de l'estrade. Vous ne m'en voulez pas, au moins?

Peut-être le regard insistant dont il l'enveloppait et qui paraissait transpercer ses vêtements était-il une qualité propre aux photographes, une sorte de pouvoir radiographique développé par l'exercice de son métier? En tout cas, elle qui avait gardé un calme olympien tout le temps de son intervention tremblait maintenant de la tête aux pieds, et cette vague brûlante qu'elle avait refoulée avec détermination remontait de son ventre, la laissant aussi faible qu'une enfant.

La dernière fois qu'elle s'était laissée aller à ce genre de trouble, elle l'avait payé très cher et avait été bien près de gâcher sa vie... Face à un inconnu beau à damner une sainte, il était facile de l'oublier. Or, c'était son intelligence qui devait lui dicter sa conduite, et non ses émotions. Et on ne pouvait jamais se fier à un homme, quel qu'il soit ! Cela non plus, il ne fallait jamais l'oublier.

— Bien au contraire ! Votre venue m'étonne cependant. D'après vos remarques, je n'aurais jamais pensé que vous pouviez être un sympathisant de notre cause.

— Mes remarques ? s'étonna Hadrien.

Beaucoup de choses étaient arrivées depuis la veille et, même s'il pouvait décrire dans ses moindres détails la tenue de la jeune femme, depuis son manteau informe jusqu'à sa voilette noire, en passant par les plumes cassées de son chapeau, il n'avait pas le moindre souvenir de ce qu'il avait pu dire.

— Il était question de furies et de vieilles filles aigries, si je me souviens bien.

Apparemment, il avait encore perdu une bonne occasion de se taire. Quand apprendrait-il à tenir sa langue ?

— Dans ce cas, j'espère que vous accepterez mes plus sincères excuses. Je dois avouer que le vote des femmes est une notion nouvelle pour moi et, si vous me permettez, vous ne correspondez pas du tout à l'idée que je me faisais d'une suffragette, conclut-il avec son sourire le plus enjôleur.

— Et quelle idée vous faisiez-vous des féministes, si ce n'est pas indiscret ?

— Disons que j'avais une opinion assez nette de ce qu'une féministe ne pouvait pas être, se justifia-t-il avec un coup d'œil prudent en direction de Harriet. Vous me paraissez à la fois trop jeune et trop jolie pour passer vos soirées dans des salles de conférences.

— Mon âge et mon apparence n'ont aucune importance, rétorqua-t-elle tandis que la chaleur qui colorait ses joues venait contredire la sécheresse du ton.

— Pour ne rien vous cacher, c'est précisément le souci de votre apparence qui m'a amené ici ce soir, mademoiselle. Y a-t-il un endroit où nous pourrions avoir une conversation plus tranquille ?

— Il y a un petit salon après les coulisses, dit-elle après un instant d'hésitation.

Hadrien la suivit de l'autre côté du rideau de scène jusqu'à une petite pièce mise à la disposition des orateurs. Des sièges confortables ainsi qu'une théière et une assiette de biscuits les attendaient sur un guéridon.

Callie prit bien soin de laisser la porte grande ouverte.

— Que vouliez-vous me dire ?

— Comme je vous l'ai peut-être expliqué hier, les portraits constituent l'essentiel de mon travail. Et il se trouve que l'on vient justement de me commander le vôtre, ajouta-t-il en sortant de sa poche la fausse lettre remise par Dandridge.

— C'est impossible ! se récria-t-elle.

Pour toute réponse, Hadrien lui tendit la missive, en priant intérieurement pour que le faussaire se soit montré habile. Elle l'ouvrit et la parcourut avec une stupéfaction évidente.

— Je ne peux pas accéder à cette demande, conclut-elle une fois sa lecture terminée. Millicent ne m'en a pas parlé avant son départ, et cette commande est tellement contraire à son caractère ! Je n'y comprends rien !

Elle lui sembla tellement désemparée qu'il aurait voulu la prendre dans ses bras pour la réconforter.

— Si une série de portraits peut attirer l'attention sur votre mouvement et jouer en faveur de votre cause, poser pour moi ne devrait pas constituer un si grand sacrifice, surtout pour vous qui avez dû en faire tant jusqu'à ce jour !

— Cette lettre a déjà plus d'une semaine. Pourquoi ne m'en avez-vous rien dit quand nous nous sommes rencontrés ?

Devant son regard inquisiteur, Hadrien sentit son front s'empourprer.

— Eh bien, je ne sais pas si vous vous en souvenez, mais certains éléments imprévus ont requis toute notre attention. Le vent, et quelques papiers à ramasser entre autres... Et quand j'ai appris qui vous étiez, le dragon qui ne vous lâche pas d'une semelle s'est dépêché de vous mettre hors de portée, comme si elle craignait de me voir attenter à votre pudeur au beau milieu du square, expliqua-t-il avec le sourire rassurant qu'il réservait d'ordinaire aux modèles récalcitrants devant l'objectif ou aux enfants en pleurs.

— Harriet est ma secrétaire, et elle est dévouée corps et âme à notre cause. Elle peut parfois sembler un peu possessive, voire revêche, mais c'est que la presse ne s'est pas toujours montrée tendre envers nous.

« En d'autres circonstances, je saurais très bien me montrer tendre envers vous, Caledonia. Très tendre... Il suffirait de me le demander gentiment. »

Voilà qu'il laissait de nouveau son esprit battre la campagne ! Que disait-elle donc maintenant ?

— Ce que je ne comprends pas, c'est pourquoi Millicent vous a choisi. Vous n'êtes pas précisément un sympathisant de notre mouvement.

Hadrien eut un temps d'hésitation. Il lui fallait absolument trouver une explication. Parmi la foule entassée dans la salle ce soir, à part une poignée de journalistes et de photographes de presse, il devait être le seul représentant de la gent masculine.

— Et si je vous proposais un marché, que diriez-vous ?

— Quel genre de marché ?

— Vous consacrerez – ou perdrez – un temps précieux à poser pour moi. De mon côté, j'écouterai attentivement toutes les explications et tous les arguments que vous jugerez bon de me donner sur l'égalité entre les hommes et les femmes. Si vous parvenez à me convaincre, je prêcherai la bonne parole auprès d'autres hommes, notamment un ami homme de loi qui a l'oreille de beaucoup de patrons de presse… Dois-je interpréter votre silence comme un accord, mademoiselle ? ajouta-t-il comme Callie ne répondait rien.

— Oui, vous pouvez considérer l'affaire comme conclue, acquiesça-t-elle après mûre réflexion. Je viendrai à votre atelier demain à midi, si cela vous convient.

Elle avait donc gardé sa carte de visite…

Jusqu'à présent, tout se déroulait le mieux du monde. Pour mener à bien ses projets, il avait besoin de passer du temps avec elle, et s'il fallait pour cela écouter ses sermons et ses théories fumeuses sur le féminisme et le suffrage universel, eh bien, soit.

La séduire s'avérerait peut-être moins difficile qu'il l'avait craint.

— Je compterai les heures jusqu'à demain.

Il prit la main qu'elle lui tendait. Heureusement surpris de la trouver légèrement tremblante, il décida de pousser ce qu'il considérait comme son avantage et la porta à ses lèvres.

Caledonia sursauta comme s'il l'avait mordue.

— Je vous conseille de vous cultiver, cher monsieur, au lieu de faire le joli cœur. Le livre de Barbara Leigh Smith *Bref résumé, en langue vulgaire, des principales lois concernant les femmes*, qui est aussi complet qu'accessible, me paraît un excellent début. Avant de partir, passez voir ma secrétaire, qui se fera un plaisir de vous en procurer un exemplaire, termina-t-elle avec un regard éloquent vers la porte.

Autrement dit, elle le congédiait. Quelle femme ! Gagner sa confiance ne serait pas si facile, après tout.

— Vous vous trompez et vous ne vous rendez pas justice, mademoiselle, si vous pensez que ma remarque n'était pas sincère.

— Au contraire, mon cher St Claire, c'est vous qui ne me rendez pas justice !

— Je vous demande pardon ?

— Vous me prenez vraiment pour une simple d'esprit si vous pensez que je vais avaler vos boniments, quel que soit le charme que vous déployez pour les faire passer.

Hadrien retint un soupir de soulagement. L'estimable Caledonia Rivers flirtait avec lui, même si elle refusait de le reconnaître.

— Bien au contraire, mademoiselle. Je commence à comprendre qu'il n'y a rien de simple en ce qui vous concerne.

« Quelle idiote ! Je ne suis qu'une idiote ! »

Il fallait être la dernière des idiotes pour accepter non seulement de poser comme un singe savant pour Hadrien St Claire, mais encore de lui servir de mentor et de directrice d'études. Comme si ce qu'il pensait l'intéressait ! Il pouvait bien aller au diable, elle s'en moquait comme d'une guigne, conclut Caledonia en se retournant encore une fois dans son lit.

Qu'est-ce qui avait donc pris à Millicent de lui faire perdre des heures précieuses à se faire tirer le portrait alors qu'il y aurait tant à faire au cours des prochaines semaines ? Si sa protectrice avait été en Angleterre, elle serait allée en discuter avec elle. Bien entendu, on pouvait toujours la joindre par télégramme, mais sa tournée américaine était un véritable marathon qui lui ferait parcourir cet immense pays d'un bout à l'autre, et elle ne voulait pas l'ennuyer avec ce qui n'était après tout qu'un détail.

La photographie s'était banalisée et il n'était plus rare de voir dans les jardins publics des gens faire patiemment la queue en attendant qu'un photographe ambulant immortalise leur couple, leur dernier-né ou leur dulcinée. Elle n'avait pourtant aucune envie de voir son imparfaite image fixée par l'œil impitoyable de l'appareil, et cette perspective réveillait toutes ses anciennes frayeurs.

Elle n'en aurait donc jamais fini ?

Cela faisait plus de dix ans maintenant mais, certains soirs, quand elle était seule dans son lit, il lui semblait que quelques jours à peine s'étaient écoulés, et des souvenirs cuisants lui revenaient.

C'était à la campagne, par une belle soirée de printemps qui embaumait la rose et le lilas. La brise caressait son visage et ses épaules enfiévrés par la danse. Elle venait d'avoir dix-neuf ans et allait épouser Gérald, l'un des célibataires les plus recherchés du comté. Même ses parents étaient ravis, pour une fois qu'elle arrivait à les contenter !

Pourtant, son instinct lui répétait que quelque chose n'allait pas. Prétextant qu'elle avait mal aux pieds, elle avait fui le bal pour se réfugier dans le jardin. En prenant bien soin de ne pas abîmer sa robe de mousseline, elle s'était assise sur un banc et avait enlevé ses escarpins. Une fenêtre s'était peu après ouverte au-dessus de sa tête et, instinctivement, elle s'était rencognée contre le mur.

— Alors, mon vieux, tu as fait les soldes ? Quel effet cela fait-il de lier son sort à celui de la dernière fille à marier de la saison ? avait demandé la voix de Larry, le meilleur ami de Gérald.

Les joues en feu, Caledonia avait attendu que son fiancé prenne sa défense.

— Oh ! c'est la parfaite vache à lait, avec une dot aussi généreuse que sa poitrine ! s'était esclaffé Gérald. Son père doit mourir d'impatience de la caser.

Glacée de honte et d'effroi, Callie les entendit refermer la fenêtre et resta paralysée un long moment. Quand elle parvint à se ressaisir, elle regagna la salle de bal et se comporta le plus naturellement du monde, comme si de rien n'était.

Le lendemain matin, elle alla trouver ses parents et les informa qu'elle désirait rompre ses fiançailles. Devant leur opposition, elle fit ses bagages, prit le premier train pour Londres et se réfugia chez sa tante Charlotte.

Et depuis dix ans, tous les matins, elle tirait la longue chevelure d'ébène qui lui descendait jusqu'à la taille en un chignon bien serré, et comprimait dans des tenues strictes ses formes généreuses. Elle avait choisi le célibat et embrassé la cause féministe avec le même enthousiasme et la même passion que d'autres mettaient à remplir leurs devoirs d'épouse et de mère, et comptait s'y consacrer jusqu'à la fin de ses jours.

À la douceur d'un foyer, elle avait préféré la noblesse d'une juste cause, et des progrès avaient été accomplis, même s'il restait beaucoup à faire. Dans une quinzaine de jours, elles seraient reçues par le Premier ministre, lord Salisbury, qui avait déjà exprimé une certaine sympathie pour leurs revendications. Elles touchaient au but, Callie le sentait et, si elle n'avait pas trouvé le bonheur pour autant, elle en tirait néanmoins une satisfaction certaine.

C'était du moins ce qu'elle se répétait.

Mais parfois, lors de longues nuits solitaires comme celle-ci, c'était une frustration intense qu'elle ressentait. Le tic-tac de la pendule résonnait à ses oreilles comme des coups de canon, et elle ne parvenait pas à trouver le sommeil. Bien sûr, elle pourrait allumer et lire un peu ou consigner ses pensées dans son journal, mais ce soir, elle n'en avait pas le courage.

Non, décidément, il n'y avait qu'un seul remède, même si elle y pensait avec honte. Elle glissa la main sous les draps et, les yeux fermés, appela au secours son prince charmant, son amant imaginaire. En se concentrant, elle parvenait à sentir le poids de son corps sur le sien, la chaleur de son souffle chaud sur sa gorge, la douce pression de ses lèvres sur sa chair et, miraculeusement, il la trouvait la plus belle femme du monde.

Jamais pourtant elle n'était parvenue à lui donner un visage. Une fois où elle avait essayé de toutes ses forces, c'était celui de Gérald qui lui était apparu, ce qui bien entendu avait tout gâché.

Ce qu'elle se représentait le plus clairement, c'était ses mains – des mains chaudes et fortes mais néanmoins fines et élégantes. Imaginer ses longs doigts sensibles s'attardant avec une douceur diabolique sur ses joues, ses épaules et ses seins suffisait à affoler le bouton niché entre ses cuisses.

Et quand le plaisir devenait trop douloureux, quand elle ne pouvait plus ignorer la faim qui dévorait ses entrailles, à ce moment-là seulement, elle posait les doigts sur le nid secret qui palpitait. Mais ce soir, ce n'était pas sa petite main qui se glissait vers sa chair moite, mais celle d'un homme qui n'avait rien d'imaginaire.

C'était la main d'Hadrien St Claire qu'elle sentait sur son sexe en feu.

Callie se cambra en étouffant un cri et atteignit l'orgasme.

— Tiens bon, maman ! J'arrive !

À moitié assommé, Harry se traînait vers sa mère, effondrée dans un coin comme une poupée de chiffon. Le sol était jonché de débris de verre qui luisaient doucement à la lueur du quinquet.

— Ne pleure pas, maman ! Je suis là.

— Espèce de sale petit ingrat, regarde ce que tu as fait ! s'exclama-t-elle en repoussant la main ensanglantée qu'il tendait vers elle. Il faut toujours que tu viennes fourrer ton nez partout !

— Mais il t'a fait mal ! protesta-t-il en désignant la marque rouge qui barrait le visage de la jeune femme.

— T'occupe ! Un seul mot de lui, et je perds ma place. On se retrouverait tous les deux à la rue

en un rien de temps ! chuchota-t-elle en désignant du menton l'homme qui les observait dans l'ombre.

Il ne faisait que ça, observer, tapi dans l'ombre.

— Tu devrais écouter ta mère, mon garçon ! Lève-toi !

Avant que Harry ait eu le temps de faire un geste, une main de fer l'avait saisi au collet et remis sans ménagement sur ses pieds.

— Je vous en prie, laissez-le tranquille, J. D. ! Je ferai tout ce que vous voudrez, mais laissez-le tranquille ! supplia la malheureuse.

— Mais ce n'est pas toi que je veux, sale pute ! C'est lui.

Une poigne implacable traîna le garçon jusqu'au grand lit où sa mère recevait ses clients. De toutes ses forces, Harry essayait de résister, mais il n'était pas de taille à lutter.

— Maman, maman ! cria-t-il tandis que l'homme le jetait sur le lit.

— Vous n'allez pas lui faire trop de mal ? implora-t-elle en levant vers leur tortionnaire son visage tuméfié.

Lui faire « trop » de mal…

À ces mots, toute velléité de résistance abandonna Harry. Il ferma les yeux et attendit, plein de résignation.

Baigné de sueur, Hadrien se réveilla en sursaut. D'une main tremblante, il saisit la bouteille de gin posée sur la table de nuit et lampa une longue gorgée. L'horrible cauchemar qui avait hanté ses nuits pendant tant d'années était revenu. Il avait fini par l'oublier, par le reléguer au magasin des accessoires avec tous les mauvais souvenirs du passé. Il avait oublié les visages ; seules subsistaient la terreur et la honte, planant au-dessus de sa tête comme des oiseaux de mauvais augure.

Son entrevue avec Caledonia Rivers avait dû le troubler plus qu'il ne voulait bien l'admettre.

Il tenta de se persuader que, malgré toutes ses qualités, il ne devait rien à cette femme. Certes, il ne lui voulait aucun mal mais pour satisfaire Dandridge et se sortir du mauvais pas dans lequel il s'était mis, il devait la déshonorer. C'était la dure loi de ce monde cruel où l'homme était un loup pour l'homme, et où la pitié ou le remords étaient des luxes au-dessus de ses moyens.

« Pardonnez-moi, Caledonia ! Je n'ai rien contre vous, mais je ne peux plus reculer. »

Non, décidément, il n'avait pas d'autre issue.

4

Oh ! ne chante plus ma beauté
Dans le monde entier
Et ne dis plus que tous les yeux m'adorent ;
Car je suis lasse de ces louanges !

Thomas HARDY, *The Beauty*

— Détendez-vous, mademoiselle. Vous êtes raide comme un piquet !

Caché sous le voile noir, Hadrien examinait son modèle à travers l'objectif. Son appareil était si perfectionné qu'il avait rarement besoin d'accessoires de prise de vues, et si Caledonia Rivers avait pu rester tranquille ne serait-ce que quelques minutes, tout se serait très bien passé. Au cours des deux dernières heures, il avait pris une demi-douzaine de clichés, tous plus mauvais les uns que les autres.

— Je fais de mon mieux, cher monsieur, se récria Callie du haut de l'imposant fauteuil disposé devant une toile peinte représentant un jardin au printemps. Vous m'avez demandé de bouger le moins possible, et je vous ai prévenu qu'il n'était pas dans mes habitudes de rester assise à ne rien faire.

— Vous n'êtes pas assise à ne rien faire, vous posez pour moi ! s'emporta-t-il en émergeant de sous le voile noir. Considérez cela comme une occupation. Comme un travail, si vous préférez !

Elle s'excusa en le dévisageant d'un air contrit, alors qu'il lui avait indiqué un point derrière lui à ne quitter des yeux sous aucun prétexte.

— Ce que j'essaie de vous dire, c'est que vous me paraissez très tendue. Je comprends bien qu'avec ce vaste monde à sauver, vous n'ayez pas beaucoup de loisirs ni l'esprit à vous amuser, mais si vous étiez un tant soit peu détendue, je vous assure que tout serait fini rapidement !

— Esquiver ses responsabilités ne sert à rien, mon cher monsieur. Oh ! je sais bien que je suis un modèle difficile, et que je mets votre patience à rude épreuve ! reconnut-elle, abandonnant soudain son attitude guindée.

Elle mettait effectivement sa patience à rude épreuve, mais pour d'autres raisons. À en juger par les quelques heures passées en sa compagnie, séduire Caledonia Rivers, la Rose de Mayfair, n'était pas une entreprise qu'on pouvait mener à terme en une seule séance.

— Vous comprenez, on n'a jamais fait mon portrait et je n'ai jamais posé pour une personne aussi exigeante qu'un photographe.

Les yeux pudiquement baissés, les mains sagement croisées sur ses genoux, avec sa mine contrite, elle avait l'air d'une écolière timide et Hadrien n'eut pas le cœur de lui faire remarquer qu'elle venait de bouger une fois encore.

— Essayez de sourire un peu plus, s'il vous plaît, suggéra-t-il en lui levant un peu le menton. Vous avez un sourire éclatant. Dites-moi, est-ce que vous vous trouvez jolie ? demanda-t-il en la voyant rougir. Vous l'êtes, vous savez, malgré tous vos efforts pour le cacher.

— Je n'ai rien à cacher !

— Vraiment ? Puis-je vous demander qui vous habille, si ce n'est pas indiscret ?

— Je choisis ou fais mes vêtements moi-même. Pourquoi ?

— Parce que la robe que vous portez est absolument sinistre.

— Qu'est-ce que vous lui reprochez ?

— Pour être honnête, tout ! répondit-il en souriant pour adoucir la sécheresse de sa remarque.

— Une femme n'est pas uniquement destinée à orner le bras d'un homme, mon cher monsieur ! maugréa-t-elle.

— Vous n'ornerez jamais le bras de qui que ce soit si vous persistez à vous habiller comme une dame patronnesse.

— Votre sincérité confine à la goujaterie. Or, si j'apprécie la sincérité, monsieur, je ne peux admettre la goujaterie ! s'écria-t-elle en se dressant comme une furie.

Elle avait beau être grande, Hadrien la dominait d'une bonne tête et, sans qu'il sache pourquoi, cela lui fit plaisir.

— Pendant que j'y suis, il faut aussi que je vous dise que vos cheveux tirés en chignon sur la nuque vous donnent l'air d'une veuve confite en dévotion ou de la vieille tante célibataire qu'on invite par charité.

— J'ai justement une vieille tante, veuve de surcroît, qui se trouve être une véritable gravure de mode, figurez-vous.

— Dans ce cas, vous feriez bien de l'imiter. Et ces lunettes, vous en avez vraiment besoin ?

— Seulement quand j'ai envie d'y voir quelque chose.

Elle n'avait eu qu'une imperceptible hésitation, suffisante cependant pour conforter l'opinion d'Hadrien. Elle n'avait nul besoin de ses affreuses bésicles, il en aurait mis sa main au feu. Il s'agissait d'une pose, d'un écran derrière lequel elle se cachait.

— Vous voyez déjà beaucoup trop loin à mon goût. Enlevez-les, s'il vous plaît.

Elle n'en fit rien, bien entendu, mais il avait compris dès leur première rencontre qu'elle avait l'habitude de n'en faire qu'à sa tête, et il l'en admirait d'autant plus. En d'autres circonstances, il l'aurait peut-être considérée comme une âme sœur et s'en serait fait une amie.

Mais il avait un travail à exécuter.

Doucement, comme s'il avait affaire à un chaton craintif, il lui enleva les lunettes cerclées de métal, les replia soigneusement et les lui rendit, en prenant bien soin de frôler sa main.

— Voilà ! C'est beaucoup mieux ! Vous avez des yeux magnifiques et mon seul regret est de ne pas pouvoir rendre leur vert profond, ni leur éclat. Surtout maintenant que je vous ai mise en colère.

— Je ne suis pas en colère. Ce serait une dépense d'énergie inutile.

Hadrien aurait eu quelques suggestions à lui faire sur la meilleure façon de dépenser son énergie, mais il préféra les garder pour lui. Le moment était mal choisi. Il n'aurait plus manqué qu'elle quitte son atelier en claquant la porte ! La partie serait perdue avant même d'avoir commencé. Mais peut-être, tout au fond de ce fruit pourri qu'il était devenu, restait-il une once de morale qui le conduisait à désirer son échec. Se pouvait-il qu'il veuille sauver Caledonia Rivers de lui-même ?

— Permettez-moi de vous contredire. Vous êtes en colère, et il y a de quoi. J'ai poussé trop loin la franchise, encore une fois, et je vous ai blessée. À l'avenir, je ferai des efforts pour tenir ma langue, même si je dois la mordre au besoin.

— Non, non, je vous en prie, ne changez rien du tout. Conduisez-vous comme à votre habitude, c'est préférable à mes yeux, objecta-t-elle en rougissant. Ce que je veux dire, c'est que beaucoup de gens autour de moi s'appliquent à me dire ce qu'ils pensent que je veux entendre. Cela finit par devenir épuisant. Votre franchise m'a surprise, je dois l'admettre, mais je la trouve rafraîchissante, et c'est un changement bienvenu. Je serais heureuse que nos rapports se poursuivent sur le même mode de totale franchise.

« De totale franchise... Si elle savait ! »

— Dans ce cas, permettez-moi de vous répéter que je vous trouve très séduisante. Et quelles que soient vos idées sur la question, rien ne me fera retirer cette affirmation. Mais bien entendu, je ne suis qu'un homme et, comme tel, soumis aux plus bas instincts d'une nature bestiale. Je n'y peux rien, si j'en crois les torchons que distribuent vos consœurs.

— Les torchons ? se récria Callie, ses yeux lançant des éclairs. En vous écoutant, je m'interroge sur la sincérité de votre désir de vous documenter sur l'égalité entre hommes et femmes.

— Le meilleur moyen de le savoir, c'est de la tester. Comme on dit, tirez la première, mademoiselle !

— Très bien. Pour commencer, nous allons appliquer la méthode socratique où l'étudiant pose des questions. Dans votre cas, des questions inspirées de ce que vous avez lu ou entendu sur notre cause.

« Bien joué... »

De cette façon, elle allait le faire parler et saurait s'il avait fait ses devoirs. La brochure qu'elle lui avait conseillée la veille lui revint en mémoire. Quel pensum ! Elle avait dit vrai, ce n'était pas très long, mais c'était plutôt dense. C'était une longue liste de toutes les lois britanniques ayant trait au statut social, politique et économique des femmes, entrecoupée de témoignages. La plupart des intéressées intervenaient sous des pseudonymes comme Marie B ou le sempiternel Mme Smith.

Il avait certes appris beaucoup de choses, qu'un mari pouvait faire emprisonner son épouse pour refus du devoir conjugal par exemple, mais dans la plupart des cas, le livre avait seulement confirmé des dispositions qu'il connaissait déjà et auxquelles il n'avait jamais prêté grande attention.

Il savait parfaitement qu'en se mariant, une femme perdait au profit de son mari la propriété de tout ce qu'elle possédait, héritait ou gagnait. Cependant, comme la plupart des femmes qu'il avait connues quand il s'appelait Harry Stone ne possédaient rien, cette loi ne les avait jamais gênées. Quant aux élégantes qui venaient se faire photographier à son atelier, et qui n'avaient rien d'autre à faire que se pomponner et donner leurs instructions à une armée de domestiques, elles n'avaient pas l'air de souffrir de grand-chose, sauf peut-être d'ennui.

— Je me demande si, compte tenu de la nature plus sentimentale des femmes et de leur aversion naturelle pour les conflits, leur accorder le droit de vote ne ferait pas courir un grand risque à notre empire. Et, vu que les filles n'ont la plupart du temps qu'une éducation sommaire, craindre qu'une partie des électrices n'aient pas les facultés intellectuelles suffisantes pour en saisir tous les enjeux est-il si déraisonnable ?

— À supposer que les femmes aient une telle aversion pour la guerre, serait-ce une si mauvaise chose ? rétorqua Callie, son regard émeraude étincelant de colère. L'histoire tendrait à montrer que les hommes en sont un peu trop férus, il me semble. Quant à la prétendue infériorité intellectuelle des femmes, pourquoi ne pas ouvrir toutes grandes aux jeunes filles les portes des écoles et des universités, jusqu'ici réservées aux seuls étudiants mâles et les juger enfin sur les résultats obtenus ? Jusqu'à maintenant, les hommes se sont toujours évertués à maintenir les femmes dans l'ignorance et l'oppression !

Hadrien, de retour à son appareil photo, entreprit de faire le point.

— C'est mieux, beaucoup mieux. Surtout, gardez la position et restez aussi immobile que possible, intima-t-il en tirant le cordon, ce qui déclencha un éclair aveuglant. Ah ! voilà qui est mieux ! Vous devriez vous mettre en colère plus souvent, ma chère demoiselle.

— Vous m'avez prise en photo ? s'alarma-t-elle.

— Je n'aurais jamais retrouvé un aussi bon moment. Savez-vous que la couleur de vos yeux vire du vert bronze à l'émeraude le plus profond quand vous vous laissez aller à la passion ?

La passion…

Il avait délibérément employé ce mot et, à voir le visage de son modèle s'empourprer, il venait de marquer un point.

— Ils brillent d'ailleurs comme des émeraudes, ajouta-t-il malicieusement.

— Je n'ai absolument pas un tempérament passionné, et je ne me laisse jamais aller à la passion, vous savez.

— Quand vous voudrez, mademoiselle, lança-t-il en replongeant sous le voile noir. Vous disiez ?

— Euh... Ah, oui. Et savez-vous qu'une fois mariée, une femme appartient corps et âme à son mari ? Si elle se refuse à lui, il a légalement – je dis bien légalement ! – le droit de l'enfermer jusqu'à ce qu'elle lui cède. Il a même le droit de la forcer si cela lui chante ! Comment un homme civilisé peut-il admettre un viol légal, je vous le demande ?

— Seriez-vous une apôtre de l'amour libre ?

— Une femme qui désire se marier devrait être libre de choisir le compagnon qui lui plaît. À l'heure actuelle, beaucoup trop de jeunes filles bien nées sont en fait vendues au prétendant le plus offrant et obligées de troquer leur liberté contre un nom et un titre. Et si jamais l'envie leur prend de quitter leur époux et de demander le divorce, elles doivent renoncer non seulement à tout ce qu'elles possèdent, mais également à leurs enfants, si telle est la volonté de leur mari.

— Que méritent-elles d'autre, si elles les abandonnent ?

— Et quelle sanction réserve-t-on aux innombrables pères de famille qui abandonnent femme et enfants ou qui entretiennent une maîtresse, je vous prie ?

— Je suis tout prêt à admettre que le monde dans lequel nous vivons est loin d'être parfait, mais vous seriez surprise si vous voyiez le nombre de femmes qui parviennent à s'affranchir des règles les plus élémentaires de la morale.

— Vous cherchez à me provoquer ! s'indigna-t-elle en se levant d'un bond.

— Et vous, mademoiselle, que préconisez-vous en ce qui concerne les rapports intimes entre les sexes ? demanda-t-il en sortant de dessous le cache.

— À mon sens, commença-t-elle tandis que ses joues rosissaient délicatement, les relations sexuelles devraient constituer la forme de communion la plus élevée entre deux personnes éprouvant l'une pour l'autre une estime et une affection des plus profondes.

On arrivait enfin au cœur du sujet. Hadrien devait bien admettre que son interlocutrice n'avait pas cherché à éviter le sujet et soutenait crânement son regard.

— Et pensez-vous que ces deux personnes doivent impérativement être mariées avant de partager cette communion ?

— C'est préférable.

— Préférable, mais pas indispensable ?

— Il peut arriver que les circonstances éloignent l'une de l'autre deux âmes sœurs.

— Mais vous admettez pourtant le divorce ?

— Si vous entendez par là aménager les lois actuelles pour en faciliter l'accès de façon équitable, oui.

— Vous reconnaissez donc qu'une femme ayant fait un mariage d'amour peut se tromper dans son choix ?

— Quand un homme courtise une jeune fille, il lui arrive souvent de dissimuler son caractère véritable.

— Et vous ne pensez pas qu'on peut souvent dire la même chose d'une femme ?

— Une jeune fille bien élevée est dressée à plaire en toutes circonstances, à se montrer docile et à ne jamais faire de vagues. Si elle ne révèle pas son caractère véritable, ce n'est pas pour tromper ou se mettre en valeur, mais tout simplement par ignorance de sa véritable nature.

— Je suis bien obligé de remarquer que toutes vos belles théories ne s'appliquent qu'aux femmes d'un certain rang social. Que faites-vous des classes moyennes et populaires ? Toutes ces femmes qui ne sont pas « bien élevées », comme vous dites, toutes vos belles théories s'appliquent-elles à elles aussi ?

— Mais oui, sans doute.

— Sans doute ?

L'hésitation de Caledonia faisait parfaitement l'affaire d'Hadrien. Ainsi, il ne s'était pas trompé. Il avait devant lui une petite snobinarde qui considérait le bas peuple comme une espèce différente et bien entendu inférieure. Finalement, la déshonorer se révélerait peut-être un plaisir.

— Pour une femme aux convictions aussi affirmées, vous faites preuve d'une curieuse ambiguïté dès qu'on arrive aux relations entre les deux sexes. D'un côté, vous professez que les femmes doivent choisir qui et comment elles veulent aimer, mais si jamais cette liberté les induit en erreur, c'est qu'elles ont été trompées ou séduites contre leur volonté.

— Je n'ai jamais rien dit de tel ! Vous déformez mes propos ! s'insurgea-t-elle, tandis que ses yeux de jade lançaient des éclairs.

La colère lui allait décidément très bien.

— Bien au contraire. Je ne fais que les rapporter, comme le photographe ne fait que révéler ce qu'enregistre la plaque sensible.

— Nous sommes arrivés à la fin de notre séance, il me semble. Il est grand temps que je m'en aille, coupa-t-elle.

— J'ai trouvé notre conversation fort intéressante, et j'y ai pris beaucoup de plaisir, mademoiselle. Elle vous aura au moins montré l'étendue de mon ignorance et de la tâche à accomplir. C'est un véritable défi qui vous attend. Quant à moi, je me fais une joie à l'idée de notre prochaine séance. Et je trouverai le temps long jusque-là, je ne vous le cache pas.

— Quelle prochaine séance ? Vous voulez dire que ces deux heures ne sont pas suffisantes pour faire un simple portrait ?

— La photographie est bien autre chose qu'un simple procédé de reproduction, mademoiselle. C'est un véritable révélateur de la nature profonde de ses sujets. C'est un processus qui demande du temps et de la patience. Je vais passer la soirée à développer les clichés que nous avons pris, mais je suis convaincu que cette journée n'est que le début de notre voyage commun. Il faudra encore plusieurs séances comme celle-ci pour arriver à une composition qui vous rende justice.

— Combien ?

— Je ne saurais le dire. J'ai le sentiment que vous ne vous sentez pas à l'aise, ici. Ce que je voudrais, ce serait vous saisir comme je vous ai vue lors de notre première rencontre, vive et affairée, et non figée devant une toile peinte. Heureusement, j'ai l'équipement nécessaire pour faire des prises de vues en extérieur.

— Mais nous sommes en hiver !

— Comme l'autre jour, quand vous et vos consœurs avez manifesté devant le Parlement. Mais être vue en public à mes côtés vous ennuie peut-être ? Pour rien au monde je ne voudrais salir une réputation sans tache comme la vôtre.

— Ne dites pas de sottises ! Mais je ne suis pas libre demain, j'ai des réunions toute la journée.

— Après-demain, dans ce cas.

— C'est entendu, acquiesça-t-elle après un instant d'hésitation. À dix heures, si cela vous convient.

— C'est parfait. En hiver, c'est en milieu de matinée que la lumière est la plus belle, se délecta Hadrien avec la mine gourmande d'un chat devant un canari.

D'ordinaire, les bureaux de la Société londonienne pour le vote des femmes à Langham Place bruissaient du cliquetis des machines à écrire entrecoupé de la sonnerie stridente du téléphone. Toutefois, lorsque Caledonia y fit son entrée, le silence quasi sépulcral qui y régnait la saisit.

— Callie ! Enfin, vous voilà ! Je m'apprêtais à envoyer un commissionnaire vous chercher ! s'exclama Harriet avant qu'elle n'ait eu le temps de déboutonner son manteau.

Elle survola du regard les mines défaites de ses compagnes, d'habitude tellement affairées.

— Que se passe-t-il ?

— Lisez ! commenta sobrement la fidèle secrétaire en lui tendant une pile de journaux.

Sans un mot, Callie s'installa à son bureau et parcourut la presse. Le *London Times*, le *Globe* et la *Gazette de St James* les tournaient en ridicule mais c'étaient des journaux conservateurs et cela n'avait rien d'étonnant. Ce qui la mit hors d'elle, ce fut la une tapageuse de la *Gazette de Westminster*, qui avait pourtant la réputation d'être un journal libéral.

Rouge de fureur, elle lança un juron parfaitement déplacé dans la bouche d'une demoiselle comme il faut.

— Tout s'est bien passé avec le photographe ? questionna Harriet pour apaiser la tempête.

Cette demi-journée passée seule en compagnie d'Hadrien St Claire avait été l'un des moments les plus stimulants qu'elle avait vécus depuis longtemps, mais elle se voyait mal l'expliquer à la brave secrétaire.

— J'ai l'impression que je ne suis pas le modèle idéal, sans quoi nous aurions pu finir aujourd'hui.

— Je continue de penser que vous auriez dû emmener quelqu'un avec vous, grommela Harriet.

— Je ne vois vraiment pas l'utilité de distraire deux personnes de notre travail alors qu'il y a tant à faire. Et je suis de toute façon trop vieille pour avoir besoin d'un chaperon, répliqua Callie, qui n'était pas d'humeur à faire des concessions. De plus, M. St Claire est un photographe professionnel. Il a fait le portrait de je ne sais combien de dames parfaitement respectables, et j'ai du mal à croire qu'il les ait toutes violées.

C'était l'évidence même, mais il avait suffi qu'il l'effleure en rectifiant sa pose pour enfiévrer tout son être, à tel point qu'elle avait préféré marcher jusqu'à Langham Place pour retrouver un peu de calme.

— Je l'espère bien ! lança Harriet dont l'humour n'était pas la qualité principale. Avec ce genre d'homme, on ne sait jamais !

— Ne vous inquiétez pas, je suis de taille à refréner les ardeurs de toute une armée d'Hadrien St Claire, la rassura Callie, jugeant plus sage de ne pas chercher à savoir ce que sa secrétaire entendait exactement par « ce genre d'homme ».

Ce qu'elle se garda bien de préciser, et qu'elle n'aurait d'ailleurs jamais avoué, même sous l'effet du plus raffiné des supplices chinois, c'était que les ardeurs les plus difficiles à refréner, c'était les siennes.

5

Même si l'on considère que les femmes doivent avant tout se soucier du beau ou du bien, il y a énormément à faire pour l'un comme pour l'autre dans le domaine politique. Si les dames prenaient seulement la responsabilité des écoles, des ateliers, des bâtiments publics, des parcs, des jardins et des galeries d'art, et si elles envoyaient au Parlement quelques représentantes efficaces qui se consacreraient uniquement à ces sujets, la collectivité tout entière aurait lieu de se féliciter de leur contribution.

Helen TAYLOR, *The Claim of Englishwomen to the Suffrage Constitutionally Considered* (*Exigences des femmes britanniques concernant le droit de vote, considérées d'un point de vue constitutionnel*), 1867

Hadrien pestait intérieurement contre sa brillante idée tandis qu'il installait son matériel dans le jardin de Parliament Square. Même si le soleil hivernal offrait une lumière intéressante pour la photographie et les protégeait de l'humidité, il faisait un froid de canard. Et comment séduire une personne aussi rétive que Caledonia Rivers au beau milieu d'un jardin public ?

— Bonjour, monsieur St Claire !

Sa proie le hélait justement. En la regardant venir vers lui, il ne put s'empêcher d'admirer l'élégance de son port altier. Très droite, les épaules rejetées en arrière, elle marchait d'un pas vif mais gracieux, avec l'aisance d'une danseuse. Il avait décidément hâte de la débarrasser de ces oripeaux et de la mettre dans son lit, où il lui apprendrait une danse qu'elle trouverait à son goût, il en était sûr.

— Quel beau temps ! Nous avons de la chance, remarqua-t-elle en lui tendant la main comme un homme, une particularité qu'il commençait à trouver charmante, puisqu'elle lui permettait de la garder dans la sienne un peu plus que nécessaire.

Elle portait un chapeau qu'il ne lui connaissait pas encore, bien entendu aussi hideux que les précédents. Les quelques mèches qui s'en échappaient prenaient au soleil des reflets acajou qui réjouirent hautement son œil de coloriste.

— Que diriez-vous de commencer par quelques clichés devant la statue d'Abraham Lincoln ? proposa-t-il. Ce grand Américain émancipateur me semble un symbole bienvenu.

— Très bien.

Elle alla docilement jusqu'à la statue et se retourna en ouvrant les bras, comme pour louer la beauté du jour.

— Comme ceci ?

— Voyons un peu.

Il plongea sous le voile noir pour faire le point, cadrant le visage et les épaules de son modèle.

Son visage ne répondait sans doute pas aux canons de la beauté classique, mais il possédait une grâce, une vivacité, une passion qui lui donnaient un charme irrésistible auquel un artiste comme Hadrien ne pouvait rester insensible. Il aimait tout particulièrement cette petite fossette qui adoucissait son menton un peu carré. L'avant-veille, dans son atelier, quand elle s'était dressée comme une furie pour le remettre à sa place, il avait eu beaucoup de mal à résister à l'envie de poser le doigt juste sur cette adorable fossette et de l'attirer à lui pour l'embrasser.

— Je suppose que si je vous proposais d'enlever votre chapeau, vous refuseriez ? demanda-t-il pour la forme de dessous son drap noir.

— Nous sommes en hiver, et en public ! protesta-t-elle comme il s'y attendait.

Enfin, il aurait essayé... Elle avait ôté ses lunettes, c'était déjà un progrès.

— Levez au moins la voilette ! Oui, comme cela. Juste un peu...

Il émergea de dessous son drap pour arranger correctement la voilette que le vent soulevait et humer un parfum de rose et d'œillet, fort et léger comme celle qui le portait. Ce fut l'affaire de quelques secondes, mais cela suffit à Hadrien pour sentir son membre durcir et se dresser avidement. Heureusement, son pardessus dissimulait cette émotion intempestive.

— Voilà, c'est beaucoup mieux ainsi. Vous avez de trop beaux yeux pour les cacher.

— Et vous, vous êtes un maître dans l'art de la flatterie !

— Vous savez que la réponse courante à un compliment est « Merci » ? Vous devriez essayer, cela ne vous étranglerait pas ! lança-t-il, profondément agacé, en retournant sous son voile noir.

Callie s'apprêtait à lui répondre vertement lorsque son attention fut attirée par un groupe de petits garçons en train de jouer au ballon. Hadrien les avait remarqués en arrivant et n'avait vu en eux qu'une possible source de tracas, aussi l'air extasié de Callie ne manqua-t-il pas de l'étonner. Elle adorait visiblement les enfants, mais refusait pourtant d'en avoir à elle. Cette femme était décidément pleine de paradoxes !

Le ballon vint rebondir contre le pied du précieux appareil, manquant de le renverser. Pendant une fraction de seconde, le bruit d'un appareil photo fracassé retentit aux oreilles d'Hadrien, réveillant l'ancienne terreur.

— Oh ! pardon ! On l'a pas fait exprès, je vous jure ! On voulait marquer, s'excusa un petit blondinet tout essoufflé.

— Tu ne peux pas faire attention, espèce de petit crétin ? s'écria Hadrien, hors de lui.

Effrayé, le gamin battit en retraite vers les jupes de Callie tandis que ses camarades se figeaient.

— N'en faites pas un drame, mon cher St Claire, c'était un accident ! s'exclama Callie d'un ton courroucé par-dessus la tête du petit. Ces enfants jouaient, il n'y a pas de mal à ça !

— C'est vrai, m'sieur ! On l'a pas fait exprès, je vous jure ! acquiesça le plus grand des gamins en risquant un pas prudent en direction du précieux ballon. Ned a jamais su tirer, c'est pas sa faute, conclut-il en désignant le petit blondinet.

— Répète ça, pour voir ! s'insurgea le petit, dressé sur ses ergots comme un jeune coq, toute peur oubliée.

— Et pour voir quoi ?

Les lèvres de Caledonia frémirent d'un fou rire difficilement contenu et, devant ce spectacle inattendu, la colère d'Hadrien retomba immédiatement.

— Moi, je suis un buteur hors pair. Ou du moins je l'étais, intervint Callie. Je vais vous montrer !

— Mais... Vous êtes une fille ! balbutia Ned en ouvrant des yeux grands comme des soucoupes.

— C'est une dame, imbécile ! le tança le plus grand en lui décochant un coup de coude dans les côtes.

— Je suis peut-être une fille, sourit Caledonia, révélant cette fossette qu'Hadrien aimait tant, mais quand j'avais votre âge, je jouais à beaucoup de jeux qu'on n'encourage généralement pas les filles à pratiquer, expliqua-t-elle en s'emparant du ballon.

Hadrien, que tout le monde avait oublié, se replia prudemment vers son appareil, prêt à le protéger de son corps si nécessaire. Toutefois, le naturel reprenant le dessus, il se glissa néanmoins sous le drap, prêt à immortaliser la scène.

Sans lui prêter la moindre attention, Caledonia lança la balle et shoota de toutes ses forces. Le ballon s'envola très haut, soutenu par une rafale de vent providentielle qui souleva également les jupes de la jeune femme, révélant jusqu'au genou une jambe au galbe parfait.

L'œil collé au viseur, Hadrien se figea. Il lui suffisait de tirer le cordon pour fixer une image certes bien moins compromettante que ne l'espérait Dandridge, mais suffisamment audacieuse pour faire parler d'elle. Un excellent début, en quelque sorte.

Pourtant, il en fut incapable.

Callie rabattit prestement ses jupes pendant que le jeune Ned, la main en visière, suivait du regard la trajectoire du ballon qui alla atterrir à l'autre bout du jardin.

— Vous avez un coup de pied d'enfer ! s'exclama-t-il, ébahi.

— Merci ! s'amusa Callie. Je n'étais pas mauvaise non plus au cricket, même si les jupes sont un handicap pour les filles dès qu'il s'agit de courir.

— Ça m'est égal si vous êtes une fille. Vous pouvez venir jouer dans mon équipe, si vous voulez ! déclara le petit Ned en levant vers Caledonia un regard plein d'adoration.

Il fit quelques pas pour rejoindre les autres garçons qui s'éloignaient déjà puis se ravisa et se précipita pour étreindre sa nouvelle amie.

— Merci, mon chéri ! C'est le plus beau compliment qu'on m'ait fait depuis longtemps, et le plus gentil.

Les yeux embués, elle lui caressa les cheveux avant de l'envoyer rejoindre ses compagnons. Le garçonnet partit à toutes jambes après un dernier baiser et Callie le suivit du regard avec une nostalgie qui serra le cœur d'Hadrien, comme si cette tristesse inavouée faisait écho au vide lancinant de sa propre vie.

— Vous aimez beaucoup les enfants ?

C'était une constatation plus qu'une question, et surtout le seul moyen qu'il avait trouvé de briser le silence avant qu'il ne devienne trop pesant.

— Oui. Cela vous étonne ?

— Un peu, admit-il en se penchant pour faire le point sur le visage de son modèle.

Le philosophe américain Thoreau disait que les yeux étaient une fenêtre ouverte sur l'âme humaine. Si l'on appliquait cette assertion à Caledonia Rivers, elle devait avoir une très belle âme, songea Hadrien. Un homme moins prudent aurait pu se perdre au fond de ces deux grands lacs de jade, si profonds, si intelligents et si mélancoliques.

— Parce qu'une femme ne peut s'accomplir que dans la maternité, c'est ça ? demanda-t-elle.

À la tension de sa voix, Hadrien devina qu'il avait touché une corde sensible. Il eut une pensée pour sa mère, qui avait passé la moitié de sa vie ivre de mauvais gin et l'autre à ouvrir les jambes au premier venu pourvu qu'il dispose de la somme nécessaire. Si elle s'était accomplie dans la maternité, elle l'avait bien caché.

— En vous regardant jouer avec ces gamins, je n'ai pu m'empêcher de penser que vous feriez une merveilleuse mère.

— Il est un peu tard pour fonder une famille. J'approche de la trentaine, vous savez, chuchota-t-elle comme s'il s'agissait d'un secret honteux.

— Mais ce n'est pas vieux !

— Une famille constituerait une distraction, pour ne pas dire un obstacle, à la tâche que je me suis fixée. Tout le monde en souffrirait, à commencer par les enfants.

Cette réponse terre à terre eut le don d'irriter profondément Hadrien, peut-être parce que sa mère n'avait jamais perdu une occasion de lui rappeler quelle source d'ennuis il représentait pour elle.

— C'est vrai, j'oubliais la noble cause qui mérite tous les sacrifices de votre part !

— Et vous, mon cher St Claire ? Il doit bien y avoir quelque chose d'important pour vous, une chose pour laquelle vous seriez prêt à tout sacrifier ?

La noblesse d'âme qu'elle lui prêtait était si peu dans son caractère qu'il eut du mal à ne pas éclater de rire. Comment croire qu'elle se laissait abuser aussi facilement ?

— Je suis désolé de vous décevoir, mais mon égocentrisme naturel ne souffre aucune exception.

— Il y a bien une chose ou une personne que vous aimez par-dessus tout ?

Gavin et Rourke étaient pour lui de véritables frères de sang, et il était profondément attaché à Sally, même s'il n'éprouvait plus pour elle la même adoration béate que lorsqu'il était adolescent. À part ça…

— À une époque, je me rêvais comme un nouveau Roger Fenton. Mais c'est une époque révolue depuis longtemps, répondit-il. Fenton est un photographe qui a réalisé d'extraordinaires reportages sur la guerre de Crimée. Mon but à moi était de décrire l'extrême pauvreté qui ronge toute une partie de l'Angleterre, à Londres tout particulièrement.

L'éclair qui illumina le regard de sa compagne le frappa droit au cœur. Mon Dieu ! Comment résister à ces yeux ?

— Mais il est encore temps !

— Les portraits et les commandes rapportent de l'argent, la charité en coûte. Notre vaste monde compte suffisamment d'apôtres et de martyrs, de toute façon. Les égoïstes dans mon genre ne font que préserver l'équilibre.

— Pourquoi donc ai-je l'impression que vous vous moquez de moi ?

— Ça, chère Caledonia, si vous me permettez de vous appeler par votre petit nom, je ne saurais le dire !

— Si vous voulez m'appeler par mon prénom, appelez-moi Callie. Quand quelqu'un m'appelle Caledonia, c'est que je me suis attiré des ennuis, acquiesça-t-elle avec ce sourire qui le faisait littéralement fondre.

— Dans ce cas, Callie, si vous tenez à sonder les noires profondeurs de mon âme perdue, appelez-moi Hadrien, répliqua-t-il en plongeant sous le drap pour fixer cet éclatant sourire.

Il tira le cordon, et un petit bruit sourd lui confirma que ce merveilleux sourire était désormais immortalisé.

— Dites-moi, Callie, comment vos parents ont-ils pris votre choix de ne pas vous marier et de ne pas avoir d'enfants ?

Elle se rembrunit instantanément.

— J'ai un frère aîné, que je n'ai pas vu depuis des années. Il est marié et a des jumeaux, deux garçons, ce qui a fait énormément plaisir à mes parents. Ils vont perpétuer leur nom et, grâce à eux, la famille ne s'éteindra pas.

— Quel genre de personnes sont vos parents ?

— Très conventionnels, plutôt conservateurs. Mon père est le type même du *pater familias*. Ma mère dirige sa maison d'une main de fer, mais il ne lui viendrait jamais à l'idée de lire un journal ni de se faire une opinion à elle. À part les grandes occasions familiales, nos rapports sont maintenant purement épistolaires. Pour tout vous dire, ma famille n'approuve ni mon mode de vie ni mes activités.

— Tant pis pour eux ! s'exclama spontanément Hadrien, sans aucun souci de flatterie.

— Et vous ? Vous avez de la famille à Londres ?

— Je suis fils unique.

Quand il était revenu dans la capitale, son ami Gavin l'avait aidé à forger une version racontable de son passé, et il s'en était tenu à cette histoire depuis. En ce qui concernait ce point précis, elle collait d'ailleurs à la vérité, du moins à sa connaissance. Enfant, il rêvait d'avoir un frère et de vivre à la campagne. À Roxbury House, il avait pratiquement réalisé son rêve.

— En tant que fils unique, vous avez dû être gâté par toute une litanie d'oncles, de tantes et de grands-parents.

Cette vision idyllique de la vie familiale, si éloignée de la réalité de son enfance, l'agaça.

— Ma mère était veuve, mais j'ai effectivement eu toute une armée de tantes pour me gâter, ajouta-t-il avec une pensée pour les pensionnaires de Madame Dottie. Quand ma mère est morte, je suis parti vivre dans un orphelinat.

— Je suis désolée. Je ne voulais pas être indiscrète.

— On n'y était pas mal. J'en ai gardé de bons souvenirs, vous savez. C'était à la campagne et je m'y suis fait trois amis, dont l'un vit maintenant à Londres.

— Et les deux autres ?

— Aux dernières nouvelles, Patrick, un grand Écossais roux que nous appelions généralement par son nom de famille, Rourke, travaille au chemin de fer quelque part dans le nord de l'Écosse. Daisy, la petite fille, a été adoptée par un couple et nous ne savons pas ce qu'elle est devenue.

— Vous êtes donc resté complètement seul dans la vie ?

— À peu près, admit-il en se penchant pour changer les plaques. À quoi pensez-vous ? s'enquit-il devant l'air songeur de Callie.

— Qu'il fait affreusement froid, et qu'il est grand temps que vous remplissiez vos obligations contractuelles.

— Autrement dit, vous en avez assez. C'est vrai qu'il fait froid ; l'objectif de mon appareil commence à s'embuer. Et si nous allions prendre la tasse de thé que je vous ai proposée l'autre jour ?

Hadrien ne s'attendait pas vraiment à ce qu'elle accepte de venir prendre le thé chez lui. En règle générale, les femmes bien élevées comme Caledonia Rivers ne se rendaient pas chez les messieurs, même si leur demeure n'était que l'annexe d'une boutique, et il s'était préparé à un refus poli. Elle accepta pourtant, après un temps d'hésitation.

Malgré son manque de coquetterie et ses dehors austères, Caledonia n'était qu'une femme, après tout.

Et lui n'était qu'un homme…

Ils firent le chemin en silence. Une fois arrivés, Hadrien verrouilla la porte et mit la pancarte « Fermé », tandis que Callie se donnait une contenance en étudiant les clichés affichés au mur, qu'elle avait pourtant eu tout le temps de voir lors de sa dernière visite.

— Ces portraits sont vraiment très beaux. Je voulais déjà vous le dire l'autre jour. Je n'y connais pas grand-chose en photographie, mais vous avez du talent.

— Beaucoup disent que la photo n'est pas un art, mais un artisanat tout au plus.

— Et vous êtes homme à vous préoccuper de ce que disent les gens ? Vous me surprenez ! répliqua-t-elle avec ce sourire de sphinx qui le remuait tant.

— Je ne m'en préoccupe pas en règle générale, mais ce que vous dites et ce que vous pensez m'importe beaucoup.

Les mots lui avaient échappé, et il aurait donné cher pour les ravaler mais le mal, si mal il y avait, était fait.

— Quel est exactement le principe de la photographie ?

— Pardon ?

— J'aimerais comprendre comment ça marche. Comment quelque chose vu à travers l'objectif d'un appareil peut-il se transformer en une représentation physique d'un objet que j'ai pu tenir ou d'un spectacle que j'ai pu voir ? Cela me dépasse.

— Le procédé requiert la conjonction de trois éléments : la lumière, une chambre noire avec une ouverture pour permettre le passage de la lumière, et une surface sensible à la lumière. En l'espèce, expliqua Hadrien, ravi, une plaque de verre revêtue d'une émulsion gélatineuse qui contient des sels sensibles à la lumière.

— Mais comment faites-vous pour fixer l'image ?

Excellente question. Comment empêcher l'image de disparaître au bout d'un moment ? C'était là-dessus qu'avaient buté, dès 1802, les pionniers de la photographie comme sir Humphrey Davy ou Thomas Wedgwood.

— Après l'exposition, il faut utiliser un agent chimique pour fixer l'image, puis laisser sécher la plaque.

— Ça doit être très long.

— Pas vraiment. Quelques minutes…

— C'est extraordinaire ! Penser qu'il suffit de quelques minutes pour fixer pour l'éternité une image ou un objet qui pourrait éventuellement changer le monde, c'est incroyable !

— Changer le monde, c'est votre mission, et rien n'est éternel.

Il aurait pu lui raconter qu'à une époque, il avait effectivement eu pour ambition d'utiliser ses talents de photographe pour apporter sa pierre au progrès social et transformer la société, mais il ne tenait pas à se lancer dans une polémique.

— Et que faites-vous du Parthénon, de la tour de Pise, de…

— Comme je n'ai visité aucun de ces admirables monuments, je vous crois sur parole. J'ai tout de même vu une reproduction de la tour de Pise, qui m'a paru pencher dangereusement, plaisanta-t-il pour mieux résister à l'envie de fermer de la sienne cette jolie bouche.

— Oui, depuis quelques siècles et pour quelques autres encore, à mon avis, déclara-t-elle en éclatant de ce rire cristallin qui l'avait tant charmé à leur première rencontre.

— Alors que mon travail aura depuis longtemps fini dans la corbeille à papier.

— Pourquoi en êtes-vous si sûr ?

— C'est sans doute le propre de l'homme de n'estimer que ce qui lui a demandé beaucoup d'efforts. La plupart de mes portraits utilisent le ferrotype qui ne jouit pas d'une grande considération artistique. Les photographes en vue considèrent qu'un procédé aussi facile et peu coûteux, et donc accessible au plus grand nombre, ne peut pas être de l'art. Du coup, les galeries les ignorent.

— C'est ridicule.

— Peut-être… Peut-être pas tant que ça.

Il aurait juré que jamais Fenton n'avait eu de mal à payer son loyer. En tout cas, il n'avait jamais eu besoin de vendre son âme à une crapule comme Dandridge, tandis que lui avait non seulement vendu son âme, mais aussi la réputation de Callie, ce qui le tourmentait plus encore.

— Le meilleur moyen de comprendre le procédé, c'est d'y participer. Si cela vous intéresse, pourquoi ne pas vous essayer au développement ?

Il avait deux raisons de lui faire cette proposition. La première, c'était qu'il avait sincèrement envie de faire partager sa passion à une élève intelligente et motivée. La seconde, c'était que sa chambre noire se trouvait à l'étage, et qu'il tenait là un excellent moyen de l'attirer dans ses appartements.

— Je n'ai jamais été très douée pour les arts et tout ce qui s'y rapporte, hésita-t-elle.

— Il s'agit de prendre une photographie, pas de peindre une aquarelle ou un tableau. Vous pouvez bien consacrer une dizaine de minutes à la science ?

— C'est entendu, si vous êtes sûr que mes hésitations et mes tâtonnements ne vous ennuieront pas.

— Vous pouvez hésiter et tâtonner tant que vous voudrez, du moment que vous me donnez le temps de faire le thé que je vous ai promis.

6

Toute l'histoire de l'humanité n'est qu'une longue suite de dommages et d'usurpations commises par les hommes à l'encontre des femmes, dans le seul but de s'assurer leur complète sujétion.

Seneca FALLS, *Déclaration de sentiments*, 1848

Il ne faisait pas chaud, en haut. Hadrien referma la porte et tenta de regarder avec les yeux de Caledonia Rivers les quelques meubles d'occasion, le lit de cuivre dissimulé derrière un paravent, la table où il prenait ses repas et le divan au velours mangé aux mites qui servait de décor à ses portraits coquins.

Il la vit frissonner et alluma la petite cuisinière à gaz que lui avait offerte Gavin, tandis que la jeune femme se penchait pour humer le petit bouquet de roses posé sur la table, seul luxe de ce logement spartiate. Si tout allait comme il l'espérait, il promènerait l'une de ces fleurs incarnates sur la peau nue de son modèle avant la fin de l'après-midi.

Toutefois, il fallait d'abord s'acquitter de la cérémonie du thé. Il versa l'eau bouillante dans la théière de porcelaine empruntée à sa logeuse et disposa sur un plateau les jolies tasses assorties. Si jamais il en ébréchait une, il était certain de recevoir son congé dans la semaine.

— Comment aimez-vous votre thé ?

— Très sucré, avec un doigt de crème si vous en avez.

Il faudrait qu'elle se contente de lait, en espérant qu'il n'ait pas tourné. Il renifla discrètement le petit pot à lait posé sur le rebord de la fenêtre, le déclara buvable, en versa un doigt au fond des tasses avec une bonne cuillerée de sucre et porta le tout côté salon.

— Il n'y a pas que les enfants qui vous adorent, apparemment les chats aussi ! dit-il à Callie qui s'était installée sur le divan, la chatte Dinah sur les genoux.

— J'aime beaucoup les animaux, surtout les chevaux. Je montais beaucoup, à une époque, expliqua-t-elle en prenant la tasse qu'il lui tendait.

Elle but une gorgée de thé et reposa sa tasse.

Il y avait des chevaux à Roxbury House, et Hadrien adorait s'en occuper, mais ils étaient trop vieux ou trop malades pour être montés. L'orphelinat les avait recueillis et leur donnait asile, comme aux enfants.

— Je pourrais faire quelques clichés de vous à cheval, comme un général à la tête de ses troupes, plaisanta-t-il en prenant place à côté d'elle.

Était-ce cette plaisanterie innocente, l'intimité du décor ou les deux ? Il la sentit se tendre.

— J'allais oublier ma leçon ! s'exclama-t-elle en le levant après avoir déposé Dinah sur les coussins.

— Vous faites une élève studieuse et motivée, à ce que je vois. C'est parfait !

Hadrien posa lui aussi sa tasse et se leva pour aller dévoiler un appareil posé sur une sellette à l'autre bout de la pièce. Il invita Callie à passer derrière.

— Ce viseur devant vous montre exactement ce que voit l'objectif. C'est comme cela qu'on cadre son sujet, expliqua-t-il en arrangeant le voile noir sur les épaules de la jeune femme.

— Ah oui, je vois. Mais c'est tout petit !

— Ce qui compte pour l'ensemble de votre cliché, c'est la direction de la principale source de lumière. C'est l'ouverture de l'objectif qui détermine quelle quantité de lumière va entrer. S'il n'y en a pas suffisamment, la photo sera trop sombre ; s'il y en a trop, elle sera niellée de traînées ou de points blancs, expliqua-t-il en se penchant pour régler l'objectif.

Au même moment, Caledonia se baissa encore un peu pour mieux voir le cadre, et sa croupe généreuse effleura le sexe d'Hadrien, puis sa cuisse. La bouche sèche, il attendit un contact plus appuyé et se reprit au prix d'un effort surhumain. À ce jeu du chat et de la souris, il n'était pas censé être la souris. Et surtout, il lui était formellement interdit d'éprouver une quelconque émotion.

— Une fois votre appareil vérifié, il faut commencer par placer votre sujet. Moi en l'occurrence.

— Vous voulez que je vous prenne en photo ? s'étonna-t-elle en s'extirpant du voile noir, ravissante avec ses cheveux ébouriffés.

— À moins que vous ne préfériez les natures mortes comme ce divan vide… Je vous propose de me placer dans la position de votre choix. Je vous promets une immobilité de statue. Contrairement à certaines personnes, je suis capable de rester tranquille, moi.

— Eh bien, c'est ce que nous allons voir.

— Faites ce que vous voudrez de moi ! lança-t-il en ouvrant les bras comme elle l'avait fait un peu plus tôt dans le square.

Après un temps d'hésitation, elle s'approcha de lui. Il ne bougea pas d'un pouce. Qu'elle le touche était précisément le but de l'opération.

— Asseyez-vous.

Sans un mot, il fit signe que non.

Agacée, elle le poussa légèrement, et il fit semblant de tomber à la renverse sur le divan, ce qui la fit éclater de rire.

— Un photographe n'est pas uniquement un technicien. Il ou elle doit voir la scène en artiste et prendre en compte toute une série d'infimes détails qui vont donner une atmosphère à la composition.

— Quel genre de détails ?

— Les contrastes, pour commencer. Par exemple, si vous mettez ma chemise blanche sur un fond blanc, vous n'aurez que très peu de contraste. Si vous la mettez devant un fond noir, vous obtiendrez un contraste maximal, peut-être même un peu brutal. Par contre, si vous ajoutez un petit quelque chose, un détail, entre les deux, une de ces fleurs par exemple, vous obtiendrez certainement quelque chose d'intéressant.

Callie prit une des roses dans le vase et coupa la tige avant de la lui tendre.

— Je crois que cela fera très bien à votre boutonnière. Qu'en pensez-vous ?

— Je ne peux pas me voir. Il vaut mieux que vous la placiez vous-même.

C'est ce qu'elle fit avant de reculer pour juger de l'effet.

— Je crois que vous seriez mieux le bras étendu sur le dossier.

— Comme ça ? questionna-t-il en tendant un bras volontairement raide comme un bout de bois.

— Non, non… Un peu plus…

Elle se pencha pour lui prendre le poignet et il sentit son haleine parfumée lui caresser le visage tandis que devant lui l'admirable poitrine se soulevait doucement au rythme de sa respiration. Il mourait d'envie de la prendre dans ses bras et de l'embrasser, non parce que son travail consistait à la séduire, mais parce qu'il la désirait, tout simplement.

Et comme il n'était qu'un vaurien, il profita de ce qu'elle se tournait un peu et tendait la main vers la fleur pour lui effleurer les seins. Elle recula et retira vivement sa main. Hadrien se préparait à recevoir une gifle lorsqu'il vit la goutte de sang au bout de son doigt.

Ils ne s'étaient pas vraiment touchés, mais cela avait suffi pour que son membre durcisse. Le regard de sa compagne s'était soudain assombri, et il comprit qu'elle était aussi troublée que lui, soit qu'elle ait ressenti la même émotion, soit qu'elle lui en veuille de cet attouchement pourtant bien léger.

— Ne vous mettez pas en colère, c'était un accident, je vous assure.

— Accident ou pas, un gentleman demanderait pardon.

Tout bien réfléchi, ce n'était pas la colère qui faisait trembler ses lèvres et se détourner son regard, c'était le désir.

— Sans doute, mais je ne suis pas un gentleman, Callie, et je nc demande jamais rien, répliqua-t-il en prenant dans sa bouche le doigt de la jeune femme pour sucer le sang qui perlait.

— Je me demande si ton chat n'est pas jaloux de moi.

Le menton appuyé sur la poitrine d'Hadrien, Callie désigna la chatte noir et blanc perchée sur le dossier du divan, et dont les oreilles couchées et les battements de queue énergiques semblaient indiquer qu'elle était prête à bondir.

— Personne n'accueille un ou une rivale de gaieté de cœur, et Dinah est habituée à être le seul objet de mes attentions.

En guise de récompense, Callie lui dédia son sourire le plus éclatant. Elle s'ouvrait à des sensations nouvelles et avait l'impression de vivre pleinement pour la première fois depuis... depuis sa naissance. Elle ne pouvait invoquer aucune excuse pour justifier le fait qu'elle se trouvait dans les bras d'un homme qui ne serait jamais son époux, mais elle n'éprouvait pas le moindre regret ou sentiment de culpabilité.

Hadrien l'attira contre lui et prit sa bouche pour un autre de ces longs baisers langoureux qui avaient le don de faire battre son cœur à tout rompre, de gonfler son sexe, et qui lui donnaient envie d'arracher leurs vêtements à tous deux.

— Au cas où tu ne l'aurais pas remarqué, depuis un peu plus d'une heure, toute mon attention est concentrée sur toi, comme mes yeux, mes lèvres et mes mains, d'ailleurs.

Hadrien avait beau clamer qu'il n'était pas un gentleman, depuis qu'il l'avait prise dans ses bras, il ne s'était rien permis qu'elle n'ait été prête à lui accorder.

— Plus d'une heure, tu crois ? Je n'aurai jamais le temps de prendre ta photo ! s'exclama-t-elle, désolée.

— Tu pourras prendre ma photo ou tout ce qu'il te plaira quand tu voudras, mais ce serait dommage de cacher ce ravissant visage sous un drap noir. Ta véritable place est devant l'appareil, pas derrière.

— Et voilà ! Tu recommences à me débiter des flatteries ! protesta-t-elle en caressant les cheveux blonds en bataille.

— Tu ne me crois pas ?

— Disons que je trouve que tu en fais un peu trop pour une vieille fille racornie.

— Oh ! Callie ! Qu'est-ce que je vais faire de toi ? Tu es une femme très sensuelle, que cela te plaise ou non, et tu es également extrêmement agréable à regarder et à toucher. Beaucoup d'hommes paieraient cher la faveur de te mettre dans leur lit.

Effarée, Caledonia rougit jusqu'à la racine des cheveux. Elle ne savait pas trop ce qui la troublait le plus, la remarque d'Hadrien ou son émotion à l'idée qu'un homme pouvait à ce point la désirer.

— Et toi, combien serais-tu prêt payer pour me mettre dans ton lit ? demanda-t-elle au lieu de s'indigner comme elle l'aurait dû.

— Très cher. J'ai déjà commencé à payer, d'ailleurs.

— Comment ça ?

Elle n'avait qu'un mot à dire pour qu'Hadrien vienne apaiser le besoin lancinant qui dévorait son ventre, pour qu'il lui apporte ce plaisir qu'elle ne connaissait qu'en rêve. Mais ce mot, elle refusait de le prononcer.

— Il y a mille façons de payer son dû, tu sais. Ceux qui en ont les moyens paient en espèces sonnantes et trébuchantes et ceux qui, comme moi, n'ont rien d'autre, paient dans leur chair. Mais tu dois bien le savoir, et c'est pour ça que tu es revenue ici avec moi, n'est-ce pas ?

Sans répondre, Callie se pencha pour effleurer de ses lèvres le front, les paupières, la joue et le cou d'Hadrien. Caresser le corps d'un homme de chair et de sang, même à travers la barrière des vêtements, après une décennie d'abstinence et de rêveries stériles, constituait un pur délice.

— J'adore te toucher. Tu n'y vois pas d'inconvénient, au moins ?

— Touche-moi autant que tu voudras. Partout, sauf au cœur, ajouta-t-il à voix basse.

Hadrien était en train de passer une chemise propre lorsque la sonnette de la boutique retentit. Callie avait-elle oublié quelque chose ? Cela faisait à peine quelques minutes qu'il l'avait raccompagnée à la porte. Peut-être s'était-elle ravisée et voulait-elle autre chose que de simples baisers ?

— Je suis là-haut, mon cœur ! cria-t-il, frémissant d'impatience.

Un pas un peu plus lourd et moins vif que dans son souvenir lui indiqua qu'elle montait le rejoindre.

— Tu t'es décidée à venir prendre cette leçon de photographie, finalement ? demanda-t-il avant de se retourner.

Son sourire s'évanouit lorsqu'il reconnut la haute silhouette qui se profilait dans l'encadrement de la porte.

— En matière de photographie, je ne prétendrai jamais me mesurer à vous, mon cher !

— Que faites-vous ici ? questionna sèchement Hadrien.

— L'image de cette Rivers folâtrant dans un jardin public comme une échappée de l'asile, les jupes relevées jusqu'aux genoux, ne constitue peut-être pas la pièce de résistance que j'attends, mais c'est tout de même un début prometteur pour le dossier que j'entends constituer. Je veux cette photo.

— Vous me faites espionner ?

C'était une constatation plutôt qu'une véritable question, et le vieux parlementaire ne daigna même pas y répondre. Une sourde inquiétude s'empara d'Hadrien. Il était surmené, il n'avait pas suffisamment dormi, tenta-t-il en vain de se raisonner.

— Combien de temps vous faut-il pour la développer ?

Prétendre que la plaque avait été endommagée n'offrait pas une échappatoire satisfaisante. C'était une maladresse plausible chez un débutant, mais pas chez un professionnel chevronné comme lui.

— C'est malheureusement impossible. Ce cliché n'existe pas.

— Ne me racontez pas de salades, je vous prie.

— Si j'avais essayé de la photographier à ce moment-là, vous pensez bien que Mlle Rivers se serait jetée sur moi en moins de temps qu'il n'en faut pour le dire. Elle n'est pas tombée de la dernière pluie, vous savez.

Non, on n'abusait pas facilement Caledonia Rivers. Et elle n'avait rien de la snobinarde prétentieuse qu'il avait voulu voir en elle. C'était une femme de cœur, chaleureuse et pleine de générosité, tendre et attentive aux autres. Certes, elle était têtue et un peu rigide dès qu'il s'agissait de la cause qu'elle défendait, mais c'était des défauts minimes au regard de ce que lui réservait Dandridge. Ce qu'elle avait pu faire pour s'attirer une haine aussi farouche, Hadrien aurait bien aimé le savoir. Il fallait certainement beaucoup plus qu'un simple projet de loi.

Ce qu'il se demandait également, c'était pourquoi diantre il l'avait laissée partir aussi facilement. Il la tenait alanguie dans ses bras, et rien n'aurait été plus facile que de la débarrasser de ses oripeaux et de la séduire, juste devant l'objectif opportunément placé en face du divan. Il suffisait de tirer le cordon pour s'acquitter de ses obligations envers Dandridge…

Pourtant, comme un peu plus tôt dans le square, il avait reculé.

— C'est une jolie femme, non ?

— Cela dépend des goûts, répliqua Hadrien sans se compromettre.

— Les seuls goûts qui m'intéressent, ce sont les vôtres. Comment la trouvez-vous, vous ?

— Elle est relativement attirante, malgré ses vêtements peu flatteurs, dit Hadrien en pesant soigneusement ses mots.

— Alors, enlevez-les-lui, bon Dieu ! s'exclama le vieil homme en frappant violemment le sol de sa canne, tandis que Dinah filait se réfugier sous le buffet.

— Nous n'en sommes qu'à notre deuxième séance. Si je lui avais demandé d'enlever ne serait-ce que ses gants, j'étais sûr de la voir prendre la fuite sans espoir de retour, alors qu'elle m'a promis de revenir demain.

— Je ne connais peut-être rien à la photographie, mais en ce qui concerne la nature humaine, je suis un expert. Vous n'êtes plus aussi résolu, je le vois bien.

— Vous vous faites des idées. À part l'argent que son portrait va me rapporter, Caledonia Rivers ne présente aucun intérêt pour moi.

— Et bien, persistez dans cet état d'esprit. Le projet de loi sera examiné en dernière lecture dans treize jours exactement. Je veux ce cliché bien avant.

— Vous l'aurez.

— J'y compte bien, St Claire. Dans votre intérêt, je ne vous conseille pas de me doubler.

Lorsque sa voiture tourna dans Victoria Embankment, Dandridge souleva le rideau qui masquait la fenêtre. Il eut tôt fait de remarquer une silhouette reconnaissable entre mille et tapa du bout de sa canne pour ordonner au cocher de s'arrêter. La solide berline pencha quand un grand escogriffe au visage buriné, vêtu d'un manteau élimé et d'un chapeau tout gondolé, se laissa tomber sur la banquette à côté du parlementaire.

— Bien le bonjour, patron, grasseya Sam Sykes en étendant ses longues jambes.

— Vous en avez mis du temps ! le tança Dandridge en fronçant le nez.

Ail ou poireaux ? Peu importait. Mêlée au fumet caractéristique des corps mal lavés et à celui du tabac refroidi, l'odeur était difficilement supportable pour les narines délicates de Dandridge. Il s'était toujours montré pointilleux sur ce chapitre, et n'avait jamais compris pourquoi le fait d'avoir grandi dans le ruisseau avait immanquablement pour conséquence de traîner après soi le parfum de son dernier repas.

Enfin, les gens comme Sykes avaient leur utilité...

— Elle a passé près de deux heures seule avec lui, lâcha le colosse en soufflant sur ses mains grandes comme des battoirs.

— Vous en êtes certain ?

— Sûr et certain, patron. J'ai pas décollé de la rue, même qu'il y avait de quoi geler les miches d'un singe en bronze. Je les ai vus entrer tous les deux. Il a mis le panneau « Fermé » et, trois minutes plus tard, il a allumé la lumière à l'étage, alors que la boutique restait dans le noir. Il était plus de trois heures quand elle est repartie.

— Seule ?

— Ben, pas exactement. Il l'a raccompagnée jusqu'à la porte.

— Comment étaient-ils ?

— Comment ça, comment ?

— Est-ce qu'elle était rouge ? Est-ce qu'elle avait les vêtements en désordre ? s'agaça Dandridge.

— Oh non ! Elle était boutonnée jusqu'au menton, avec un grand chapeau et un paletot qui lui descendait jusqu'aux chevilles ! Lui, il était en bras de chemise, mais il avait son pantalon, et il était boutonné aussi.

Dandridge ne jugea pas utile de laisser voir sa déception à son informateur. Il lui tendit un petit paquet, en prenant bien soin que sa main gantée n'effleure pas la grosse patte de Sykes.

— C'est bon. Continuez à les surveiller tant que je ne vous donnerai pas d'instructions contraires.

— Entendu, patron. Tout le plaisir est pour moi ! gloussa le mercenaire en empochant la liasse de billets.

— Eh bien ! Voilà une excellente surprise ! C'est bien la première fois que je vous vois faire des courses au milieu de la semaine !

Très absorbée par une rangée de mallettes en cuir, Callie sursauta. Elle avait complètement oublié que Teddy travaillait chez Harrods.

— J'ai besoin d'une mallette, expliqua-t-elle platement avec un sourire embarrassé.

Depuis qu'elle avait quitté l'atelier d'Hadrien, elle n'avait eu qu'une idée en tête, lui faire un cadeau, lui offrir un objet qui le ferait penser à elle. Une mallette lui paraissait idéale. C'était un objet utile, fonctionnel et personnel en même temps, sans être trop compromettant. Celle qu'il utilisait pour transporter ses plaques photographiques était usée jusqu'à la corde. Il devait être tellement débordé qu'il n'avait certainement jamais trouvé le temps de la remplacer.

— Mais je croyais que Lottie vous en avait offert une pour votre anniversaire ! Si elle est abîmée, vous n'avez qu'à l'apporter, nous vous la réparerons.

— Euh… Ce n'est pas pour moi. Je veux faire un cadeau. À un collègue.

— Je vois, murmura-t-il avec un air de chien battu en triturant la pointe de sa fine moustache soigneusement gominée.

— La noire là-bas me paraît très élégante, reprit-elle.

— Vous avez toujours eu bon goût ! Elle est entièrement doublée d'agneau plongé, et non de feutrine comme les autres modèles moins chers, remarqua-t-il, retrouvant immédiatement son rôle d'employé modèle. La feutrine est très bien, mais…

— Je la prends ! coupa Callie, qui avait hâte de s'en aller, ne serait-ce que pour être seule et réfléchir au tour inattendu, à la fois délicieux et angoissant, que venait de prendre sa vie. Combien de temps faut-il pour faire graver un monogramme ?

— Notre bourrelier a une longue liste de travaux en attente, mais j'ai un peu d'influence… Si je lui en touche un mot, se rengorgea-t-il, il pourrait vous le faire pour demain en fin de matinée. Cela vous conviendrait ?

— Oh ! Teddy, ce serait tellement gentil ! Cela ne vous ennuie pas, vous êtes sûr ?

— Pas le moins du monde, je vous assure. J'ai bientôt fini ma journée. Que diriez-vous d'aller prendre une tasse de thé ?

— Cela me ferait vraiment plaisir, mais je n'ai pas le temps, malheureusement !

Après tout ce temps passé avec Hadrien, elle n'avait plus une minute à perdre si elle voulait faire tout ce qu'elle avait prévu.

— Tant pis. Seulement… seulement, vous me manquez. Vous me manquez terriblement. Nous ne nous sommes pratiquement pas vus depuis une éternité.

— Avec cette proposition de loi qui va venir en discussion, je suis tellement occupée à rassembler tous les soutiens possibles que je n'ai plus une minute à moi. Mais dans une quinzaine de jours, la question sera résolue, dans un sens ou dans l'autre, et j'aurai plus de temps. Du moins jusqu'à la prochaine session. Nous pourrons alors rattraper le temps perdu, promit-elle tandis que son cœur chavirait.

Dans une quinzaine de jours, deux petites semaines, son portrait serait achevé, et elle n'aurait plus aucune raison de se rendre à l'atelier d'Hadrien St Claire.

7

Le droit de vote est un droit légitime pour toutes les femmes, comme il l'est pour tous les hommes. Même si celles qui sont riches et heureuses, celles qui sont dotées d'un mari aimant et d'un foyer confortable n'en ressentent pas nécessairement le besoin, si nous le réclamons avec tant d'insistance, c'est au nom de toutes celles qui sont seules, de toutes celles qui doivent gagner péniblement leur vie, de toutes celles qui sont opprimées. Si nous réclamons la liberté, c'est pour que toutes puissent jouir des bienfaits de la liberté.

Mary LEE, *South Australia Register*, 1890

Son entrevue avec Dandridge préoccupait beaucoup Hadrien. Il était encore très sombre lorsque Callie fit son entrée dans son appartement, un paquet sous le bras.

— Hadrien ! Quelque chose ne va pas ? s'alarma-t-elle en le voyant assis, l'air sombre, Dinah sur les genoux.

— Pourquoi ?

Il n'était ni rasé ni lavé, et devait avoir l'air d'un clochard, il le savait bien, mais il n'était pas prêt à l'admettre.

— Nous avions rendez-vous, reprit-il en se levant. Tu crois être la seule dont le temps est précieux ?

— Bien sûr que non. Je peux revenir à un autre moment, si tu préfères, proposa-t-elle, complètement démontée. Si la lumière n'est pas bonne...

D'ordinaire, un retard d'une dizaine de minutes ne l'aurait pas dérangé le moins du monde mais depuis que Dandridge avait reconnu qu'il le faisait surveiller, Hadrien avait les nerfs à vif et en voulait à la terre entière. De là à imaginer que Caledonia et le vieux parlementaire étaient faits du même bois, il n'y avait qu'un pas. Si l'on mettait de côté leurs opinons politiques divergentes, ils devaient tous deux être prêts à marcher sur n'importe qui pour arriver à leurs fins, et aucun sacrifice ne leur paraissait trop grand, pour peu qu'il soit consenti par d'autres.

— La lumière est parfaite. Assieds-toi, dit-il d'un ton radouci en lui avançant un fauteuil, et parle-moi de ce rendez-vous si important qu'il t'a mise en retard.

— Il s'agissait d'une conférence sur la condition des femmes des quartiers populaires, donnée par Mme Catherine Booth, qui a fondé l'Armée du Salut avec son mari. Grâce à l'action de Mme Booth, l'Armée du Salut donne aux femmes les mêmes responsabilités qu'aux hommes pour les prêches et les tâches caritatives, expliqua-t-elle en posant son paquet sur la table.

— C'est passionnant ! ironisa-t-il.

— C'était effectivement passionnant. Mme Booth nous a parlé d'une jeune fille, à peine une adolescente, qui est venue la semaine dernière chercher refuge dans leur foyer pour échapper à son père qui voulait la vendre à une maison de tolérance parce qu'il n'arrivait plus à joindre les deux bouts.

Hadrien eut une pensée pour son amie d'enfance Sally, qui dirigeait maintenant le bordel où il avait grandi. La vie y était difficile, mais ils avaient toujours mangé à leur faim. Il n'avait jamais connu les tourments d'un estomac qui crie famine avant de partir voler de ses propres ailes, et cette torture de la faim resterait à jamais gravée dans sa mémoire. Il en rêvait encore de temps en temps.

— Chacun a sa propre vision de l'enfer, que ce soient les maisons closes ou les ateliers et les usines... Mieux vaut se prostituer que crever de faim avec toute sa famille.

— Tu ne parles pas sérieusement ?

— Je suis tout ce qu'il y a de plus sérieux !

— Et moi, je pense qu'il vaut mieux procurer un hébergement à cette jeune fille et lui apprendre un métier qui lui permettra de gagner sa vie honnêtement et de se rendre utile à la société.

Sans qu'Hadrien sache exactement pourquoi, le mot « société », dans la bouche de Callie, avait le don de l'agacer prodigieusement.

— D'autres beaux esprits professent que la prostitution est un mal nécessaire, une sorte de soupape de sécurité, en quelque sorte.

Il faisait tout pour se montrer désagréable, au risque de compromettre sa mission et de mettre sa vie en danger, mais il s'en moquait éperdument. Le danger ne lui avait jamais fait peur. À vrai dire, il espérait confusément qu'elle allait prendre ses cliques et ses claques et le planter là pour ne plus jamais revenir. Qu'elle prenne le large pendant qu'il était encore temps !

« Fuis, Callie, fuis-moi ! »

— Bien sûr, tu peux en parler à ton aise, tu es un homme ! Sais-tu que rien qu'en Angleterre, plus de quarante pour cent des femmes célibataires vivent dans une extrême pauvreté, ce qui en fait des proies faciles pour la prostitution et toutes sortes de vices et de dégradations ?

— Comment une femme comme toi saurait-elle ce que faire la pute signifie ?

Il avait fait exprès de se montrer vulgaire, et c'était la meilleure preuve qu'il ne se contrôlait plus, mais il n'en avait cure. En fait, il était à deux doigts de lui hurler : « Si tu t'intéresses tellement à la prostitution, interroge quelqu'un qui sait de quoi il parle. Demande-moi ! »

— J'ai lu des récits de femmes obligées de faire le trottoir pour se nourrir, se justifia-t-elle.

— Des récits ? Et tu n'as jamais eu l'idée d'avoir une conversation avec une de ces femmes ? Une conversation face à face avec elle ?

— Non, pas exactement.

— Pas exactement ! Explique-moi quel genre de récompense reçoivent ces femmes en échange de leur témoignage. Cinq shillings ? Jusqu'à dix peut-être ? Pour gagner plus, il faudrait que leur histoire soit suffisamment salée pour émoustiller les vieilles filles trop pusillanimes pour laisser un homme les approcher.

— Je ne comprends pas pourquoi, mais tu m'as l'air décidé à chercher la bagarre. Tu as dû te lever du pied gauche, et je n'ai aucune intention de servir d'exutoire à ta mauvaise humeur ! s'exclama-t-elle, rouge de colère, en reprenant son paquet.

— Caledonia ! Callie ! implora-t-il en essayant de la retenir, comme si cette sortie l'avait subitement dégrisé.

— Pas un mot de plus, je t'en prie ! l'arrêta-t-elle, au bord des larmes. Quant à tes photographies, tu peux en faire ce que tu veux !

Il s'attendait à ce que la porte claque mais quand il l'entendit se refermer doucement, il comprit qu'elle n'avait pas l'intention de revenir. Le pire était qu'il ne pouvait pas lui en vouloir. Et s'il lui restait une once d'honnêteté, il la laisserait partir ; il lui laisserait une chance de se sauver, de préserver son avenir et sa réputation, quelles qu'en soient les conséquences pour lui.

Mais il ne pouvait se résigner à renoncer à elle. Pas encore, pas comme ça.

— Callie, attends ! cria-t-il en se précipitant sur le palier pour la rattraper.

— Lâche-moi ! s'insurgea-t-elle en laissant tomber son paquet comme il la saisissait par le bras.

— Callie, je t'en prie, ne pars pas ! Pas comme ça !

— Si je veux partir, qui en est responsable ? Tu commences par m'insulter. Pire, tu mets en doute mon intelligence et mon honneur en insinuant que moi ou mes collègues serions prêtes à extorquer à d'autres femmes des récits mensongers pour faire avancer nos idées politiques ! Tu te moques ensuite de mon inexpérience et la minute d'après, tu me rudoies comme si je t'appartenais. Mais enfin, pour qui te prends-tu ?

C'était effectivement une excellente question. Pour qui ? Pour Harry Stone ? Pour Hadrien St Claire ? Il avait du mal à faire la différence entre les deux, depuis quelque temps.

— Je me prends pour un goujat qui te doit ses plus plates et plus sincères excuses. Je n'aurais jamais dû te parler comme je l'ai fait.

— Tu peux m'expliquer ce qui t'a pris ? demanda-t-elle, encore sur la défensive.

— L'autre jour, j'ai reçu une visite d'une personne très importante qui était mécontente de mes services, expliqua-t-il en choisissant soigneusement ses mots. Et cela me tracasse plus qu'il ne faudrait.

— Ce doit être un client très important, je suppose ? se radoucit-elle. Il s'agit peut-être d'une cliente, d'ailleurs ?

— Non, il s'agit d'un homme, et lui au moins a une très haute idée de son importance, précisa Hadrien qui put lire un certain soulagement sur le visage de Callie.

Mon Dieu ! Comment ne pas fondre devant ces grands yeux émeraude ?

— Hadrien, dis-moi la vérité. Est-ce que tu as négligé tes autres commandes pour t'occuper de mon portrait ? Si c'est le cas, je vais télégraphier à Mme Fawcett pour lui demander de trouver un autre photographe. Je suis certaine qu'elle…

— Mais non, ce n'est pas la peine ! J'y arriverai très bien, et j'ai assuré à ce monsieur qu'il serait entièrement satisfait de la photographie que je lui livrerai.

— Tout va bien, alors ? s'enquit-elle avec ce sourire qu'il aimait tant.

Si seulement cela pouvait être le cas !

— Oui. Enfin, nous verrons bien. Qu'est-ce que c'est ? questionna-t-il en ramassant le paquet.

— C'est un cadeau. Pour toi.

— Je ne vois pas ce que j'ai fait pour mériter un cadeau, à moins qu'il ne s'agisse d'un bouquet d'orties. Je peux l'ouvrir ?

Il la fit entrer et le seul fait de sentir sous sa paume le dos de la jeune femme suffit à lui réchauffer le cœur.

— Il y a bien longtemps que personne ne m'a fait de cadeau, soupira-t-il en coupant la ficelle.

— J'espère que tu ne me trouves pas trop audacieuse, mais après l'autre jour, j'avais envie de te donner quelque chose, moi aussi.

— Voyons, Callie, je ne t'ai pas fait la charité l'autre jour. C'était un échange.

Pour ménager sa pudeur, il reporta toute son attention sur le paquet et extirpa du papier de soie une mallette de cuir aussi luxueuse que celle que portait Dandridge.

— Oh ! Callie, tu n'aurais pas dû !

— Je sais que ce n'est pas le genre de cadeau qu'une femme fait normalement à un homme, mais j'ai vu que la tienne était vieille et usée, et je me suis dit que... C'est bête, mais j'ai pensé que tu aimerais peut-être...

— Et tu as même fait graver mes initiales, murmura-t-il, sincèrement ému.

— Le vendeur de chez Harrods a eu la gentillesse de s'en occuper mais malheureusement, ils ne pouvaient pas le faire avant ce matin.

C'était donc la véritable raison de son retard. Elle avait dû s'arrêter chez Harrods pour prendre le présent qu'elle voulait lui faire, ce cadeau qu'il méritait si peu. Comment pourrait-elle lui pardonner ?

— Je ne savais pas si tu avais un second prénom, alors j'ai simplement fait mettre H.S. Si ça ne va pas, ou si tu préfères ta vieille sacoche, tu n'es pas obligé de t'en servir. Je voulais juste t'offrir quelque chose.

H. S... Cela valait aussi bien pour Harry Stone que pour Hadrien St Claire.

— C'est magnifique ! C'est tellement gentil de ta part d'avoir pensé à moi.

Mon Dieu ! Il n'était pas capable de trouver autre chose que ces formules froides et cérémonieuses, dignes de ces mondains frivoles qu'il méprisait.

— Je suis contente qu'elle te plaise.

Elle n'en avait pas vraiment l'air. La mine soucieuse, elle jeta un coup d'œil à la montre épinglée au revers de son corsage. Comme les lunettes auxquelles elle avait récemment renoncé, Hadrien était intimement persuadé que la montre faisait partie d'une panoplie destinée à la vieillir.

— Callie ! Attends un peu, s'il te plaît…

— Oui ?

Il hésita. Que pouvait-il dire pour lui faire oublier sa mauvaise humeur et sa goujaterie et pour retrouver cette merveilleuse complicité qui les avait unis ?

— Il y a quelque chose, un endroit plutôt, que je voudrais te montrer. Ce sera mon cadeau, si tu veux bien. Une conférence, même bien intentionnée, ne pourra jamais remplacer la réalité.

— Que veux-tu dire ?

— Pourquoi ne pas te documenter toi-même et rencontrer quelques habitantes des quartiers populaires ?

Ils prirent un fiacre jusqu'au marché de Covent Garden et descendirent devant l'entrée du côté de Russell Street. Ils pénétrèrent dans le marché couvert qu'ils trouvèrent pratiquement désert, avec ses stalles recouvertes de bâches. Hadrien lui expliqua que si la plupart des marchands remballaient leurs marchandises en début d'après-midi, certains restaient jusqu'au soir pour profiter de la clientèle des théâtres.

Toujours perplexe quant à l'objet de leur visite, Callie descendit l'allée centrale, admirant les marchandises exotiques, les oranges, les citrons, les ananas et d'autres fruits étranges, examinant en connaisseuse les pâtisseries et les poissons. Elle se demandait si elle allait acheter un cornet de marrons chauds lorsqu'une voix haut perchée attira son attention.

— Pour l'amour du ciel, Tim, fais pas le mariole ! Un bon mouvement ! Fais un geste pour une pauvre fille qui a besoin de manger !

— Ça fait belle lurette que tu n'es plus une fille, ma pauvre Polly ! Maintenant, ôte-toi de là, tu fais fuir mes clients ! intima le marchand en envoyant une bourrade à la solliciteuse.

Horrifiée, Callie se cramponna au bras d'Hadrien.

— C'est bon, je m'en vais ! Mais souviens-toi, tu me paieras ça, dans ce monde ou dans l'autre !

Serrant son châle élimé sur ses épaules décharnées, la femme s'éloigna de l'étal d'un pas mal assuré, et faillit heurter Callie et Hadrien. Son morne visage s'éclaira soudain lorsqu'elle leva les yeux.

— Harry Stone ! Ben ça, alors ! Où t'étais planqué pendant tout ce temps, mon biquet ? Ça fait des siècles qu'on t'a pas vu !

Hadrien se figea. Il se ressaisit bien vite et fouilla dans sa poche en se tapotant négligemment le bout du nez.

— J'ai l'impression que vous faites erreur, ma pauvre dame, mais tenez. Prenez, cela vous aidera.

Avec un sourire extasié, Polly empocha prestement la poignée de billets d'une livre en vérifiant bien que personne ne l'observait, puis reporta son attention sur Callie, qu'elle détailla de la tête aux pieds.

— Ah, je comprends ! Pas de problème, milord ! Faites excuse pour l'erreur, lança-t-elle en appuyant son éclat de rire d'un gros clin d'œil.

— Est-ce que cette femme est une…, demanda Caledonia dès que la malheureuse fut hors de portée de voix.

— Une prostituée, oui, termina Hadrien.

— Je m'en doutais. Pauvre femme, elle paraît tellement maigre et fragile !

— La pauvreté, la maladie et les grossesses sont une plus grande menace pour la prostituée londonienne que Jack l'Éventreur ne l'a jamais été. Et ce n'est pas le droit de vote qui y changera quelque chose !

Voilà, elle comprenait enfin le but de cette équipée. Comment avait-elle pu envisager un seul instant de lui donner des leçons, alors qu'elle avait encore tant à apprendre ?

— Si le but était de me démontrer quelle enfant égoïste et gâtée je fais, tu as marqué un point, admit Callie.

— Je ne t'ai jamais prise pour un être égoïste ou une enfant gâtée ! Pour moi, tu es au contraire une femme de cœur, la plus attentionnée et la plus généreuse que j'aie eu la chance de connaître, répondit-il au lieu de profiter de son triomphe comme elle s'y attendait.

Elle en resta sans voix. La flamme chaleureuse qu'elle lisait dans le regard d'Hadrien lui allait droit au cœur, autant que ce compliment inattendu.

— Merci, murmura-t-elle enfin en prenant son bras.

Dehors, Hadrien lui montra un orphelinat pour les enfants juifs, une soupe populaire et un débit de boissons qui passait pour une école de voleurs à la tire. Accrochée au bras d'Hadrien, Callie était tellement passionnée par tout ce qu'elle découvrait que jamais l'ombre de la peur ne l'effleura. Elle découvrait également un autre homme, une intelligence et une profondeur de vues qu'elle ne soupçonnait pas chez le photographe mondain au sourire si charmeur. Elle était si absorbée qu'elle faillit marcher sur une forme fantomatique accroupie contre un mur.

— T'aurais pas une p'tite pièce, ma belle ?

Recroquevillée contre l'entrée d'un immeuble imposant, une femme sans âge, emmitouflée dans une écharpe mangée aux mites, implorait Caledonia d'un regard embué. Tout un côté de son visage était bizarrement enflé sous ses joues affaissées. À côté d'elle, un chat efflanqué montait la garde sur quelques boîtes d'allumettes. Perplexe, Callie ne sut que penser. D'ordinaire, c'était des petites filles ou des adolescentes, pas des femmes mûres, qui vendaient les allumettes, et jamais elle n'avait vu de créature aussi misérable.

Elle cherchait déjà une pièce dans son sac à main lorsqu'elle remarqua la bouteille de gin que tenait la malheureuse. Elle était vide.

— Je ne veux pas financer votre vice, madame, se ravisa-t-elle en refermant son sac à main. Mais si vous voulez, je suis toute prête à vous offrir un fiacre qui vous conduira au foyer de l'Armée du Salut, où vous trouverez un refuge et un bon repas chaud.

— J'veux pas mettre les pieds chez ces foutus culs bénis ! J'préfère rôtir en enfer plutôt qu'de tomber dans leurs sales pattes ! répliqua la femme dans une quinte de toux caverneuse.

Sans un mot, Hadrien sortit son portefeuille et lui tendit un billet.

— Cinq livres ! s'exclama-t-elle en se jetant dessus. Oh ! merci, monsieur ! Ça, ça fait chaud au cœur d'rencontrer un vrai gentleman et un bon chrétien, parole !

Indignée, Callie s'apprêtait à renouveler son offre quand Hadrien l'arrêta.

— Laisse-la, dit-il en l'entraînant sans lui laisser le temps de protester.

— Mais enfin, qu'est-ce que tu as dans la tête ? Tu sais pertinemment qu'avec ce que tu lui as donné, cette femme va tout de suite filer s'acheter le poison qui la réduit en esclavage ! s'insurgea Callie, indignée, dès qu'ils furent de l'autre côté de la rue.

— Et alors ? C'est sa bouteille de gin qui permet à cette pauvre femme de supporter pendant quelques heures tout ce qu'elle doit endurer ! Pour moi, c'est de l'argent utilement dépensé !

— Au cas où tu ne l'aurais pas remarqué, nous sommes en hiver, rétorqua Caledonia, outrée de se voir attaquée alors qu'elle avait raison. Si elle est suffisamment ivre pour s'endormir dehors, elle peut mourir de froid !

— Qui sait ? Ce serait peut-être une bénédiction pour elle...

— Une bénédiction ? Tu parles d'une vie humaine ! Comment peux-tu avoir le cœur à ce point endurci ? Tu n'as donc aucun sentiment ?

— Regarde autour de toi, Callie ! Tu ne vois donc pas où nous sommes ?

Sans attendre sa réponse, il la prit par les épaules et la fit pivoter pour lui montrer, dans une encoignure, un groupe de femmes qui se réchauffaient les mains, serrées autour d'un brasero.

— Ce beau bâtiment de brique est le siège de Bryant & May Match Factory, et ces femmes y sont toutes employées, comme l'était autrefois la malheureuse que nous avons vue. Manifestement, elles sont en grève...

— Et alors ?

— Tu n'as jamais entendu parler de la nécrose phosphorée ?

— Non, convint-elle à regret.

— Le phosphore jaune dans lequel on trempe les têtes d'allumettes est hautement toxique, expliqua-t-il, et son contact prolongé entraîne toutes sortes de maladies. Des brûlures, des maladies pulmonaires, des ictères... et dans les cas avancés, comme chez cette femme, la nécrose attaque l'os, provoque la chute des dents et quelquefois de morceaux entiers de la mâchoire.

— Mais c'est horrible ! Il n'y a aucun remède ?

— C'est un cancer qui ronge l'os, et il n'y a rien à faire. Le seul remède pour cette pauvre femme, c'est l'alcool qui endort la douleur et lui procure quelques heures de répit. Quant aux autres..., dit-il posément tandis que son visage fermé démentait son indifférence affectée. La société pourrait remplacer le phosphore jaune par du rouge, qui est inoffensif, mais...

— Laisse-moi deviner. Le jaune est moins cher ?

— Je vois que tu commences à comprendre. Améliorer les conditions de travail entraînerait très loin la direction de cette usine. Il faudrait une meilleure aération des locaux, une pièce séparée où les employées pourraient prendre leurs repas, au lieu de manger à leur poste, où la poussière de phosphore se dépose sur les aliments, des rotations plus rapides. Mais toutes ces mesures grignoteraient la rentabilité aussi sûrement que le phosphore grignote les os des ouvrières. Et ce ne serait pas tolérable...

— Mais à long terme, des travailleuses en meilleure condition seraient sans doute plus productives.

— Très juste ! L'ennui, justement, c'est que personne ne veut voir plus loin que le bout de son nez. Il faut de véritables visionnaires pour voir au-delà de l'intérêt immédiat et se projeter dans l'avenir. Il faut des gens comme toi.

Comment savoir s'il se moquait d'elle ou s'il cherchait à adoucir la rudesse de ses propos par quelque flatterie, se demanda Callie.

— Excuse-moi ! marmonna-t-elle avant de traverser la rue.

— Callie ! Où vas-tu ?

— Où veux-tu que j'aille ? Je vais discuter avec ces femmes, bien entendu, lança-t-elle par-dessus son épaule. J'aimerais bien qu'elles me parlent de leurs conditions de travail, et qu'elles me disent pour quelles améliorations elles se battent. Je pourrai peut-être leur venir en aide.

— Ne te mêle pas de ça !

— Ne t'inquiète pas ! J'en ai à peine pour quelques minutes !

— Tu ne vas pas y aller seule, tout de même ! Il n'en est pas question !

— Je t'en prie, nous sommes des femmes ! Nous ne nous servons pas de nos poings pour obtenir quelque chose, nous faisons appel à la raison. Nous ne nous battons pas, nous discutons.

Elle avait posé la main sur son torse pour l'arrêter. Même à travers l'épais manteau qu'il portait, toucher la poitrine d'Hadrien troubla Callie plus qu'elle ne l'aurait voulu, aussi se dépêcha-t-elle de retirer sa main.

— Nous sommes dans l'East End, Callie, pas dans un salon de Mayfair ! J'ai vu des femmes se battre à coups de marteau comme les pires des voyous ! La seule loi qui s'applique, ici, c'est celle du plus fort. Mais tu as peut-être banni *L'Origine des espèces par la sélection naturelle* de tes lectures parce que Darwin était un homme ?

— Nous allons bien voir.

Sans un mot de plus, elle le planta là pour se diriger d'un pas décidé vers la haute façade de la fabrique d'allumettes.

Elle détailla d'un œil averti le petit groupe frissonnant autour du brasero, et remarqua immédiatement une grande femme maigre un peu en retrait. Malgré le froid mordant, elle ne portait qu'un bonnet hors d'âge et un châle de cotonnade. Une autorité naturelle la désignait à coup sûr comme la meneuse des grévistes.

— Bonsoir ! Puis-je vous demander qui dirige votre groupe ?

Comme elle s'y attendait, la grande maigre fit un pas dans sa direction. Elle pouvait aussi bien avoir vingt-cinq ans que quarante-cinq, il était impossible de lui donner un âge. De profondes rides marquaient déjà ses yeux et sa bouche, et sa peau était aussi parcheminée que celle d'une vieille femme.

— Ça pourrait bien être moi. Je peux savoir à qui j'ai l'honneur, si c'est pas trop demander ?

Les autres dévisageaient Callie d'un air peu amène, qui allait de l'envie à la franche hostilité, mais il en fallait plus pour la démonter. Si simples et sans apprêt que soient ses vêtements, ils paraissaient le comble du luxe dans ce quartier misérable.

Son nom pouvait constituer un inconvénient supplémentaire. Même si le mouvement féministe enrôlait des femmes de toutes conditions, beaucoup de travailleuses considéraient encore la lutte pour l'obtention du droit de vote comme un passe-temps de privilégiées. Si tel était le cas de ces ouvrières, le nom de Caledonia Rivers constituerait un handicap, et non un sésame.

— Considérez-moi comme une passante vivement intéressée par votre condition.

— Alors vous feriez mieux de vous intéresser de plus loin, ma belle. On a des choses sérieuses à discuter, et pas de temps à perdre avec les fouineuses. Avec les dames patronnesses non plus.

La suite de sa tirade se perdit dans une quinte de toux. Elle sortit un grand mouchoir à carreaux et cracha dedans sans un mot d'excuse. Cependant, avant qu'elle le remette dans sa poche, Callie eut le temps de voir les taches de sang qui le maculaient.

— Je comprends. Si je vous disais que je suis une sympathisante de votre cause et que j'ai une certaine expérience des revendications, accepteriez-vous de me répondre ?

— Elle a pas l'air d'une briseuse de grève, maman.

Caledonia se tourna vers la petite fille qui s'accrochait aux jupes de la femme et croisa le regard pétillant d'intelligence d'une gamine pâle et maigrichonne.

— C'est normal, puisque je n'en suis pas une, expliqua-t-elle à l'enfant. Je suis ce qu'on appelle une militante, une personne qui lutte pour essayer d'améliorer la société. Est-ce que je peux te demander ton nom ? ajouta-t-elle en se baissant pour se mettre à la hauteur de la petite.

— Je m'appelle June Brown, et c'est ma maman, répondit-elle en désignant la grande femme maigre.

Callie vit le regard peu amène de l'inconnue s'adoucir lorsqu'il se posa sur la gamine et, sans qu'elle sache pourquoi, elle en conçut une pointe d'envie.

— Je suis très heureuse de faire ta connaissance, June. Je m'appelle Caledonia. Caledonia Rivers.

Au silence qui se fit soudain, Callie comprit que ces femmes savaient qui elle était.

— Putain de suffragette, entendit-elle marmonner.

Elle fit comme si de rien n'était et tendit la main à sa nouvelle amie.

June y posa sa menotte et, devant tant de confiance, Callie comprit pourquoi Mme Brown était prête à travailler comme une esclave dans l'enfer de cette manufacture pour nourrir et vêtir cette enfant.

— Cela me ferait plaisir que tu m'appelles Callie.

— D'accord, consentit solennellement la petite. Je préfère Callie, d'abord.

— Moi aussi !

Elle se releva, le sourire aux lèvres, et se tourna vers les adultes qui faisaient maintenant cercle autour d'elle. La mise en garde d'Hadrien lui traversa l'esprit, mais il était évident que ces grévistes étaient trop fatiguées, trop découragées et, Callie le soupçonnait fortement, trop affaiblies par la faim et le désespoir pour se laisser aller à la violence, particulièrement contre une personne prête à leur venir en aide, même s'il s'agissait d'une étrangère.

— Et moi, je m'appelle Iris. Iris Brown.

— Très heureuse, madame Brown.

— Et là, c'est Doris, Jenny, Annie, Martha et notre vieille Emma, ajouta Iris Brown après une chaleureuse poignée de main.

— Mesdames…

Callie serra la main de chacune, ses gants d'agneau plongé rencontrant les gants de laine mangés aux mites ou les mains nues calleuses et rongées par le phosphore.

— Puis-je vous demander quelles sont vos revendications ?

— Je ne vois pas pourquoi on vous les montrerait pas. On n'a rien à cacher, dit Iris en sortant de sous son châle un morceau de papier froissé.

— Je vous remercie.

Callie parcourut la demi-douzaine de demandes, rédigées en lettres capitales d'une écriture maladroite. La grammaire et l'orthographe laissaient peut-être à désirer, mais leurs exigences étaient parfaitement claires.

Elles voulaient pour commencer l'abolition du système des amendes, qui allaient de trois pence à un shilling si elles parlaient, laissaient tomber des allumettes ou allaient aux toilettes sans la permission du chef d'équipe. En cas de retard, l'amende se montait à une demi-journée de paie. Même si la liste de ces « fautes » parut ridicule à Caledonia par leur insignifiance, les sommes retenues ne lui semblèrent pas exorbitantes… jusqu'à ce qu'elle lise la revendication suivante, une augmentation du salaire hebdomadaire de cinq à six shillings.

Cinq shillings par semaine !

Par le biais de ses nombreuses lectures sur la question, elle avait compris que les conditions de travail dans l'industrie étaient au mieux médiocres, au pire franchement épouvantables, mais jamais encore elle n'avait mesuré l'ampleur du scandale.

Les ouvrières exigeaient en outre une pièce séparée pour ne plus avoir à prendre leurs repas à leur poste de travail et une demi-journée de congé un samedi sur deux pour qu'elles puissent passer un peu plus de temps en famille.

— Tout ceci me paraît parfaitement raisonnable. Qu'a dit le directeur de la fabrique quand vous l'avez rencontré pour discuter de vos doléances ?

— On peut pas dire qu'on a discuté, ironisa Iris. Il a dit qu'il dirigeait une manufacture, pas une institution de charité, et que si y en avait qu'étaient pas contentes, elles avaient qu'à s'en aller. Et il m'a mis une amende d'une semaine de paie pour avoir eu le culot de mettre les pieds dans son bureau ! Ça fait que June n'a pas eu de lait de toute la semaine. À la fin, elle a pas pu aller à l'école, elle avait plus la force de marcher.

— Mais c'est un scandale ! s'indigna Callie.

— Durantin est pas célèbre pour sa charité chrétienne, vous savez, fit remarquer la vieille Emma.

— M. Durantin est le propriétaire de la manufacture, je suppose ?

— Ouais, et il est aussi dur que son père, gronda la vieille Emma en crachant sur le trottoir.

— Derrière son dos, on l'appelle Durantout, confia Doris avec un sourire qui dévoila des dents abîmées dont beaucoup manquaient. Quand il a entendu Peg Yardley l'appeler comme ça, elle a dérouillé ! Il lui a retenu une journée ! Mais elle a dit que rien qu'à voir la tête qu'il faisait, ça valait la peine.

Des rires sans joie accueillirent cette évocation mais, visiblement, l'heure n'était pas aux plaisanteries. La situation de ces femmes était trop préoccupante.

— Certaines choses n'ont pas de prix, intervint une voix grave.

Callie se retourna. Hadrien se tenait si près d'elle qu'ils auraient pu se toucher, et cette seule idée suffit à faire s'emballer les battements de son cœur.

— Si notre grève échoue, c'est la porte pour nous toutes, reprit Doris en hochant une tête aux cheveux aussi clairsemés que ses dents, autre effet du phosphore et de la malnutrition. Mais comme on dit : « Qui ne risque rien n'a rien » !

« Qui ne risque rien n'a rien... »

Callie contempla la petite June, qui n'avait pas lâché sa main et caressait le gant de sa nouvelle amie avec la douceur et la solennité qu'on réservait d'ordinaire aux petits chats et autres animaux à fourrure, et adressa au ciel une prière pour que le proverbe dise vrai.

8

Partout où s'accomplit une bonne action,
c'est que le cœur d'un héros s'est emballé.
Partout où le droit triomphe, c'est que la voix
des héros a été entendue.

Mary LEE, *South Australia Register*, 1890

— Salaires décents maintenant ! Salaires décents maintenant !

Brandissant des pancartes de fortune, les ouvrières arpentaient le trottoir devant la manufacture, tandis que leurs slogans commençaient à attirer l'attention des passants.

— Fichez-moi le camp ou j'appelle la police, bande de pouffiasses ! Et n'allez pas vous imaginer que je plaisante ! hurla M. Durantin, le propriétaire de la fabrique, depuis le porche de l'usine.

— Nous sommes sur la voie publique, monsieur, et parfaitement dans notre droit, répliqua Caledonia, perchée sur une caisse de légumes renversée. Si quelqu'un trouble l'ordre public, c'est vous !

— Vraiment ? C'est ce qu'on va voir !

Sur un signe de son patron, une armoire à glace marcha sur les manifestantes et s'arrêta devant Iris Brown.

— Prends ça, sale garce ! gronda-t-il en lui arrachant la pancarte des mains pour la frapper en pleine tête avec le manche.

— Maman ! hurla la petite June en se précipitant vers sa mère qui, le visage en sang, était tombée à genoux sur le pavé.

Le chaos fut complet lorsque les portes de la manufacture s'ouvrirent toutes grandes sur un petit groupe d'hommes de main qui se ruèrent sur les ouvrières en brandissant des matraques et des barres de fer. Dans la confusion qui s'ensuivit, lorsque Callie vit l'agresseur d'Iris s'approcher d'elle, il était déjà trop tard. Il l'avait saisie par son manteau et brutalement tirée à bas de son estrade improvisée.

— Pourquoi un joli p'tit lot comme toi vient faire du grabuge ici ? grasseya-t-il d'une voix avinée en tentant de l'embrasser.

— Non ! hurla Callie en lui assénant un vigoureux coup de genou dans l'entrejambe.

Tandis qu'il reculait en glapissant, elle chercha fébrilement du regard la crinière blonde d'Hadrien.

— Tu vas pas t'en tirer comme ça, sale pute ! cria l'armoire à glace en revenant à la charge, grimaçant de douleur.

Un poing gros comme une enclume s'abattit sur la joue de Caledonia, qui serait tombée si la grille de l'usine ne l'avait arrêtée.

— Tu vas le payer !

Tout étourdie, Callie rentra la tête dans les épaules, mais c'était son agresseur que visait le poing fermé qui passa devant elle avant de s'abattre avec un craquement éloquent sur le nez rubescent de la brute.

— Viens ! Vite ! intima Hadrien en enjambant prestement le corps du margoulin pour saisir la main de la jeune femme.

— Mais je ne peux pas les abandonner ! protesta-t-elle tandis qu'au loin retentissait une sirène de police.

— Callie, je t'en prie ! Fais ce que je te dis, pour une fois ! Cours !

Hadrien l'entraîna à travers un lacis de ruelles tortueuses, d'arrière-cours et de passages jonchés de détritus, au milieu desquels il naviguait avec autant d'assurance qu'un capitaine au long cours en pleine tempête. Caledonia était trop absorbée par cette course folle pour se demander comment il faisait pour s'y retrouver.

Ils finirent leur course derrière un bouge, dans une venelle où ils s'engouffrèrent juste à temps pour échapper à une escouade de police.

— Je crois que le plus dur est fait, dit Hadrien, hors d'haleine. Nous pouvons souffler un peu.

— Que s'est-il passé ? s'inquiéta sa compagne.

— Durantin a dû mettre sa menace à exécution et appeler la police.

— Mais c'est une honte ! C'est lui qui a commencé en lâchant sur nous ses hommes de main ! Ce n'est pas possible, il avait dû tout préméditer ! Hadrien, il faut que je retourne leur expliquer ! lança-t-elle, atterrée d'être tombée dans ce piège et d'y avoir attiré les ouvrières.

— Ne fais pas l'idiote, et ne va pas t'amuser à jouer les martyres ! Si tu vas en prison avec elles, tu ne leur seras d'aucune utilité. Si tu es libre, au contraire, tu pourras aller demain matin te porter garante pour leur mise en liberté sous caution. Tu pourras au besoin publier une déclaration, mais pour le moment, tu ne peux rien faire du tout.

« Tu n'y peux rien. »

Combien de fois au cours des dernières heures le lui avait-il répété, et combien de fois avait-elle repoussé ses objections pour n'en faire qu'à sa tête ? Et maintenant, Iris Brown et ses compagnes devaient être passées à tabac et prendre le chemin de la prison.

L'image de la petite June serrant contre son cœur le visage ensanglanté de sa mère lui revint en mémoire, et elle faillit éclater en sanglots.

— Tout ce que je voulais, c'était les aider, et voilà le résultat ! À cause de moi, elles se trouvent dans une situation bien pire qu'avant !

— Allons, tout n'est pas perdu !

Il l'enlaça pour la réconforter et, immédiatement, la force tranquille de ce corps vigoureux sembla se communiquer au sien pour lui redonner courage.

— Tu crois ?

— Grâce à toi, elles ont retrouvé l'espoir. Tu leur as donné un but ! Grâce à toi, elles se sont dressées pour parler haut et fort, pour la première fois de leur vie peut-être. Elles ont sans doute perdu la partie aujourd'hui, mais elles la gagneront peut-être demain ou un jour prochain. En tout cas, maintenant, elles ont les armes et la détermination nécessaires.

— Je doute que cette perspective lointaine leur apporte une quelconque consolation si elles passent la nuit sur le sol glacé d'une prison, le visage en sang et l'estomac vide, murmura-t-elle en essuyant son front trempé de sueur malgré le froid.

— C'est souvent la justesse de la cause qui fait toute la beauté du combat. Une princesse combattante comme toi devrait le savoir, expliqua-t-il avec la même patience attendrie qu'il aurait eue face à une enfant.

— Je ne m'étais jamais considérée comme une combattante, encore moins comme une princesse.

— Ma belle, ma fière, ma courageuse princesse ! Que puis-je faire pour te démontrer à quel point tu es extraordinaire, merveilleuse, et pleine de qualités ? soupira-t-il en caressant doucement sa joue qui bleuissait rapidement là où la brute l'avait frappée.

— Tu pourrais m'embrasser, suggéra-t-elle, en véritable femme d'action qu'elle avait toujours été.

— Je peux ?

Elle lui tendait les lèvres lorsqu'elle sentit quelque chose de froid se poser sur son nez. Il neigeait.

— Nous aurons tout le temps de nous embrasser plus tard, trancha Hadrien en dénouant son écharpe pour la passer autour du cou de Callie. Pour le moment, nous devons nous mettre au chaud en attendant que tout ça se calme. Viens, je connais un endroit.

La nuit tombait lorsqu'ils arrivèrent chez Sally, l'amie d'Hadrien. Dans ces quartiers déshérités, les rues étroites et tortueuses n'étaient pratiquement pas éclairées. Les becs de gaz étaient rares et apparemment peu ou pas approvisionnés. Quant aux nouveaux réverbères électriques qui éclairaient certaines artères élégantes, ils étaient visiblement aussi inconnus dans ce coin reculé de la capitale que le dromadaire ou l'éléphant.

Par contraste, la solide bâtisse où Hadrien la conduisit parut à Caledonia, avec ses guirlandes de lanternes chinoises suspendues au-dessus de la porte et des fenêtres, aussi brillamment éclairée qu'un arbre de Noël.

Sally Potts était une prostituée, Callie le comprit tout de suite mais, contrairement aux pauvres créatures loqueteuses qu'ils avaient croisées au marché, la plantureuse beauté qui vint répondre aux trois coups brefs d'Hadrien présentait tous les signes de la santé et de la prospérité. Sa robe de taffetas généreusement décolletée, si elle aurait mieux convenu à une soirée qu'à cette fin d'après-midi, était élégante bien qu'un peu voyante.

Elle les fit entrer dans un vaste hall aux tapis moelleux, aux murs tapissés de miroirs, éclairé de girandoles électriques.

— Callie, voici Sally Potts, une vieille amie à moi. Sally, je te présente Mlle Caledonia Rivers.

Callie ne put s'empêcher de détailler le visage outrageusement fardé, l'opulente poitrine qui débordait du corsage échancré, et la chevelure soigneusement frisée, d'un roux flamboyant qui ne devait rien à la nature. Leur hôtesse devait être à peine plus âgée que sa visiteuse, mais son maquillage lui donnait dix années de plus.

— Ne prononce jamais le mot « vieille » devant moi ! s'exclama Sally en éclatant d'un rire sonore.

— Très heureuse de faire votre connaissance, madame Potts.

L'intéressée posa un regard inquisiteur mais dénué d'hostilité sur Callie, qui prit soudain conscience de l'incongruité de sa tenue. Elle avait perdu son chapeau dans la bagarre, ses cheveux tombaient en désordre sur ses épaules, et sa joue devait noircir à vue d'œil.

— Les amis de Harry seront toujours les bienvenus ici.

— Harry ?

Était-ce l'imagination de Caledonia ou avait-elle senti Hadrien se raidir ?

— J'ai dit Harry ? Hadrien, bien entendu ! Il y a des jours où j'oublierais même mon nom si je n'avais pas mes amis pour me le rappeler! reprit Sally.

Cette fois, son rire tonitruant parut un peu forcé à Callie.

— Nous avons des ennuis, expliqua Hadrien. Rien de sérieux, juste une bagarre à la fabrique d'allumettes. Est-ce qu'on pourrait rester ici en attendant que ça se calme? C'est l'affaire d'une heure ou deux.

— Tu peux rester autant que tu voudras. Les affaires sont toujours calmes en début de semaine, tu sais. Les chambres ne sont pas toutes occupées.

— Une fenêtre sur la ruelle serait l'idéal, au cas où...

— J'ai exactement ce qu'il te faut!

Le regard plein de sous-entendus qu'elle échangea avec Hadrien transperça le cœur de Callie. Ils étaient amants, à n'en pas douter. Mais qu'est-ce que cela pouvait bien lui faire? Il en avait parfaitement le droit, après tout. Ce n'était pas parce qu'ils avaient échangé quelques baisers et caresses qu'il lui devait quoi que ce soit. Cependant, l'angoisse lancinante qui lui nouait l'estomac lui signifiait clairement que l'histoire pourrait bien se répéter si elle n'y prenait pas garde.

Dans un grand bruissement de taffetas, Sally les conduisit à l'étage, tout au bout d'un long couloir aux portes closes. Derrière l'une d'elles, Callie perçut le bruit d'une claque, puis un éclat de rire féminin. Les joues en feu, elle se retourna pour chercher le regard d'Hadrien, qui évita le sien.

— Voilà, nous y sommes, mes chéris! C'est ma chambre préférée, annonça théâtralement Sally en adressant à Hadrien un clin d'œil appuyé.

On peut trouver mieux comme vue sur la mer, mais il y a des avantages. Ce n'est pas très haut, et on peut sauter par la fenêtre en cas de besoin. Je vais vous faire porter des rafraîchissements et un en-cas, et aussi de quoi soigner le coquard de mademoiselle.

— Merci, Sally. Tu as toujours été la meilleure !

Le soulagement d'Hadrien était visible et, pour la première fois, Caledonia réalisa que lui aussi s'était trouvé en danger d'être emprisonné.

— C'est ce que tout le monde me dit ! Bon, je vais envoyer quelqu'un en reconnaissance et je viendrai vous dire où en sont les choses. Je frapperai trois coups brefs.

Une fois seule avec Hadrien, Callie jeta un regard circonspect autour d'elle. Un immense lit tendu de velours rouge trônait au milieu de la chambre, qui sentait le sexe et le parfum bon marché. Un épais tapis étouffait leurs pas et deux grands miroirs se faisaient face sur les murs de la pièce, multipliant leur image à l'infini.

Maintenant que la peur n'obscurcissait plus son jugement, elle pouvait apprécier l'ironie, mais également les dangers de la situation. Elle, Caledonia Rivers, se trouvait seule avec un homme qu'elle connaissait à peine dans la chambre d'une maison de tolérance !

À ses côtés, Hadrien vérifiait que son précieux appareil photo n'était pas endommagé. Rassuré, il entreprit d'enlever son manteau et ses gants.

— Tu es blessé ! s'exclama-t-elle en voyant ses doigts ensanglantés.

— J'ai vu pire, répondit-il en souriant. La vie que j'ai menée jusqu'à mon adolescence a rendu ma peau aussi dure que celle d'un éléphant.

— À l'orphelinat ? Tu te battais avec les autres garçons ?

— Non. Dans la rue. Des rues comme celles que tu as vues tout à l'heure. J'y ai vécu seul pendant près d'un an. Après ça, l'orphelinat m'a paru un havre de paix.

— Tu t'es retrouvé tout seul après la mort de ta mère ?

Comment reprocher à cet enfant abandonné à lui-même d'être devenu cet homme renfermé qui, elle le soupçonnait fortement, ne savait comment faire pour se confier ou aimer ?

— Je m'étais enfui, expliqua-t-il après une légère hésitation. J'ai appris sa mort des mois après. Par une amie commune... Il était trop tard pour la pleurer, du moins comme il aurait fallu.

Callie pensa à ses parents, qu'elle n'avait pas vus depuis plus d'un an. Même s'ils n'avaient jamais été très proches, elle préférait ne pas imaginer le jour où ils disparaîtraient. Perdre les siens durant l'enfance devait être terrible, un véritable cataclysme qui devait marquer toute une vie.

— Je suis désolée, Hadrien !

— Moi aussi. C'est moi qui t'ai amenée dans ces quartiers misérables, et je n'ai pas veillé sur toi comme je l'aurais dû, aujourd'hui.

Callie frissonna quand il caressa la chair meurtrie de sa joue. Pas parce qu'elle avait mal, même si les élancements devenaient réellement douloureux, mais parce qu'elle se sentait soudain toute petite et fragile. Elle se sentait aussi aimée et prise en charge. Pour la première fois depuis bien longtemps, quelqu'un, un homme, prenait soin d'elle et même si les circonstances n'étaient pas idéales, c'était un pur délice.

Elle était cependant trop habituée à se prendre en charge seule pour en accepter facilement l'idée. Depuis des années, elle avait l'indépendance dans le sang.

— Tu n'as pas besoin de veiller sur moi, et je n'ai pas besoin de gardien.

La main d'Hadrien retomba.

— Et de quoi as-tu besoin, alors ? demanda-t-il, surpris par la sécheresse de son ton.

Callie prit le temps de réfléchir.

D'un amant… Elle avait besoin d'un amant.

Il n'y avait pas que son hématome sur la joue qui la brûlait, et ce n'était pas une poche de glace qui pourrait apaiser l'autre fièvre qui la dévorait. Seul cet homme pouvait l'apaiser, elle le savait.

Sans doute pour la première fois depuis qu'elle était adulte, elle écarta toutes les considérations pratiques ou morales qui régissaient sa vie pour n'écouter que ses sentiments. Au lieu de reculer, elle lui offrit ses lèvres pour la seconde fois de la journée.

— J'ai besoin que tu m'embrasses. Comme un amant… Comme tu l'as fait l'autre jour.

— Callie…, chuchota-t-il d'une voix tremblante en l'attirant à lui. Callie !

Aussi légères que des papillons, ses lèvres se promenaient déjà sur les paupières, le front, les joues et les lèvres de sa compagne.

— Tu ne me connais pas ! Je ne suis pas l'homme qu'il te faut, mais c'est tellement…

— Je sais. Pour moi aussi, soupira-t-elle en l'enlaçant à son tour. Je m'en moque. Je te veux ! Je te veux, tout simplement.

Elle lui offrit sa bouche pour qu'il la prenne. Plus tard, peut-être regretterait-elle cet abandon. Pour le moment, elle s'en moquait. Elle refusait d'y penser. Hadrien St Claire était en train de l'embrasser, c'était tout ce qui comptait. Il l'embrassait comme jamais personne ne l'avait embrassée et, quand elle sentit dans sa bouche la langue de son partenaire, elle sut qu'elle s'ouvrait à la vie pour la première fois.

La main d'Hadrien se posa sur son sein et elle sentit les tétons se dresser tandis qu'une vague brûlante enflammait tout son corps.

— Oui, je t'en prie! implora-t-elle en se tendant comme un arc pour demander plus.

Il l'enlaça plus étroitement tandis que son baiser se faisait plus impérieux, que ses dents agaçaient tendrement ses lèvres et que ses doigts cherchaient les agrafes de son vêtement.

— Callie...

Le souffle court, il défit les premiers boutons, passa la main dans l'échancrure de la veste et s'attaqua au corsage. Seule une fine chemise de batiste le séparait désormais du sein tellement désiré.

— Tu es si belle, soupira-t-il en taquinant du bout du doigt le téton dressé.

Toujours étroitement enlacés, ils reculaient jusqu'au fond de la pièce lorsque Callie sentit un obstacle contre ses jambes. Le lit! Celui d'une prostituée, mais qu'importait? Elle n'avait qu'une hâte, se laisser aller sur ce lit qui avait vu tant d'étreintes tarifées et faire l'amour avec Hadrien comme elle ne l'avait jamais fait qu'en rêve.

Juste à ce moment-là, trois petits coups retentirent à la porte.

— La voie est libre, annonça Sally depuis le couloir. Je fais tout de même monter cette poche de glace?

Comme deux gamins pris en faute, ils se séparèrent immédiatement.

— Ce n'est pas la peine, nous n'allons pas nous attarder. Merci quand même! répondit Hadrien après avoir consulté Callie du regard. C'est aussi bien, lui chuchota-t-il à l'oreille. Je te l'ai dit, je ne suis pas l'homme qu'il te faut. S'il y a quelqu'un que tu ne devrais pas laisser s'approcher de toi, c'est bien moi ! J'abîme tout ce que je touche.

— Ça, je ne peux pas le croire !

— Tu dois me croire ! insista-t-il en posant la tête contre le front de sa compagne. Tu ne pourras pas dire que je ne t'ai pas avertie.

— Je n'ai peut-être pas envie d'être avertie. Je suis une grande fille, je sais ce que je fais.

Hadrien se dégagea pour aller à la fenêtre dont il souleva légèrement le rideau.

— Il fait presque nuit. Les réverbères commencent à s'allumer. Dans ce monde qui vit la nuit, les clients de Sally vont commencer à arriver. Il faut filer avant que quelqu'un te voie.

Autrement dit, il lui signifiait son congé.

— Tu ne crois pas qu'il est un peu tard pour te préoccuper de ma réputation, même si je ne pense pas que le risque de rencontrer quelqu'un de connaissance soit bien grand ?

— Qu'est-ce que tu en sais ? Sally n'a qu'une clientèle haut de gamme, des riches négociants de la City, des membres de l'aristocratie et de la haute société, plusieurs parlementaires, et même un cousin du Lord Maire. On ne peut pas savoir qui nous pouvons rencontrer si nous nous attardons.

Il l'entraîna devant le plus grand des miroirs, celui qui faisait face au lit.

— Cette glace te semble peut-être des plus banales, mais c'est une glace sans tain. En cet instant, quelqu'un pourrait parfaitement nous espionner depuis la chambre voisine, et me regarder faire ça, continua-t-il en se plaçant derrière elle pour lui caresser les seins.

En étouffant un gémissement, Callie se laissa aller contre cette poitrine virile tandis que contre ses reins se dressait le renflement dont elle n'ignorait pas la signification.

— Ou écouter tes gémissements quand je te touche ici, ou là…, reprit-il en laissant sa main vagabonder des seins au ventre, avant de s'arrêter en haut des cuisses.

— Et si je te disais que ça m'est complètement égal ?

La femme qui se reflétait dans le miroir, avec ses joues en feu et ses cheveux en désordre, était une inconnue pour Callie, même si elle lui ressemblait vaguement.

— Ça t'est peut-être égal pour le moment, mais demain ou après-demain, et tous les jours qui suivront, je crois que cela t'importerait beaucoup, murmura-t-il en l'embrassant dans le cou.

Dès qu'il s'écarta d'elle, un terrible sentiment de solitude s'empara de Callie. Depuis dix ans qu'aucun homme ne l'avait touchée, elle avait connu la frustration du désir insatisfait, mais sentir sur son corps la douceur des caresses d'Hadrien et s'en trouver subitement privée lui semblait le comble de la cruauté.

Certes, il ne voulait que son bien, mais il avait réveillé toutes ses anciennes peurs. Pourquoi un homme tel qu'Hadrien St Claire s'intéresserait-il à elle qui n'était plus toute jeune, qui n'était rien d'autre qu'une vieille fille desséchée ? S'il l'avait embrassée, caressée, c'était par pitié et aussi, sans doute, pour apaiser le désir animal que la violence du combat de rue avait éveillé en lui. Et comme elle se trouvait la seule femme à portée de main…

— Tu as raison, trancha-t-elle en reboutonnant ses vêtements, l'angoisse lui nouant la gorge.

Mieux vaut s'en aller le plus rapidement possible. Ramène-moi à la maison, s'il te plaît.

Une fois chez lui, assis dans son vieux fauteuil décati, un verre de gin à la main, Hadrien en était encore à se demander comment une journée qui n'avait pas très bien commencé avait pu se terminer de façon aussi désastreuse. L'explication résidait dans les erreurs de jugement qu'il avait accumulées, ce qui n'avait rien d'une nouveauté.

Emmener Callie visiter l'East End était une idée stupide qui avait entraîné toute une série de catastrophes. Qu'est-ce qui lui avait pris d'aller lui faire voir comment vivait le sous-prolétariat des quartiers populaires ? Pour être tout à fait honnête, ses motivations n'avaient pas été totalement désintéressées. S'il ne pouvait lui révéler son passé et sa véritable identité, il avait trouvé ce biais pour le lui montrer et il avait éprouvé un certain soulagement quand Polly l'avait appelé « Harry » au beau milieu du marché.

Les péripéties de la journée auraient pu lui être favorables, si toutefois il avait voulu pousser son avantage. Il avait emporté un appareil photo, que diable, et il aurait pu s'en servir pour prendre un certain nombre de clichés intéressants, sinon croustillants, dont la plus belle pièce aurait été la plus célèbre des suffragettes emmenée entre deux agents de police comme une vulgaire voleuse à l'étalage. Or, au lieu d'attendre pour pouvoir immortaliser l'événement, il s'était ingénié à la tirer du mauvais pas où elle s'était mise.

Ensuite, quand ils s'étaient arrêtés dans cette venelle pour retrouver leur souffle, la prendre dans ses bras et la réconforter lui avait semblé la chose la plus naturelle du monde, et il n'y avait même pas réfléchi.

Et une fois chez Sally, il avait laissé passer sans même s'en rendre compte une autre occasion en or. Dans un tel décor, même un tirage flou de Caledonia Rivers les cheveux et les vêtements en désordre aurait suffi à satisfaire Dandridge et à assurer sa fortune. Mais quand il l'avait prise dans ses bras, il ne jouait pas un rôle, et le vieux parlementaire était à mille lieues de ses préoccupations.

Il était sincère.

Il regarda pensivement la mallette de cuir qu'elle lui avait offerte. D'ordinaire, l'introspection était une activité qu'il considérait comme hautement nocive et à laquelle il évitait soigneusement de se livrer. Pourtant, ce soir, il ne pouvait se dissimuler un profond sentiment d'insatisfaction. Il ne savait pas très bien qui était Hadrien St Claire, mais il n'aimait pas beaucoup le personnage.

Il ne l'aimait même pas du tout.

Et vu la façon dont il s'était conduit, Callie ne l'aimait certainement plus du tout, elle non plus. Pendant tout le trajet jusqu'à la maison de sa tante, à Half Moon Street, elle n'avait pratiquement pas ouvert la bouche, se contentant de regarder fixement par la vitre du fiacre. Il l'avait blessée et s'en voulait amèrement, mais la blesser, la réduire à merci, ne faisait-il pas partie de sa mission, justement ?

Il ne pouvait plus se mentir. En un mot comme en cent, cette femme était en train de conquérir son cœur et, comme pour le débris de verre fiché naguère dans la chair de sa main, il n'y avait qu'une solution : l'en extirper.

Il devait chasser Caledonia Rivers de son cœur et de ses pensées.

C'était sa seule chance. La seule chance pour elle aussi.

9

Nous ne nous rappelons pas les jours,
mais les instants.

Anonyme

Harry était allongé sur le ventre, le pantalon sur les chevilles, le visage enfoui dans le dessus-de-lit de satin criard à l'odeur aigre. Du bout du doigt, il suivait les contours d'une tache blanchâtre qui reliait un bouton de rose et à une tige de lierre.

Du coin de l'œil, il apercevait sa mère, en larmes près de la table de toilette.

— Tenez, ce sera plus facile avec ça, murmura-t-elle en tendant à l'inconnu un gros pot de verre bleu.

Le garçon ferma les yeux quand il entendit la porte se refermer derrière elle. Le lit s'affaissa sous un nouveau poids, tandis qu'un genou brutal écartait sans ménagement ses jambes. Il essaya de lutter, mais il était cloué sur ce matelas, comme un animal pris au piège.

— Vous n'arriverez jamais à me faire aimer ça, grinça-t-il entre ses dents.

— Je me fiche éperdument que tu aimes ça ou pas, mon petit. Mais je te déconseille d'essayer de

me résister, sinon ça chauffera sérieusement pour toi et pour ta putain de mère ! Alors, sois sage, et ce ne sera pas long ! s'esclaffa l'homme avec un rire gras, tandis que ses gros doigts enduits de pommade s'insinuaient entre ses fesses.

« Sois sage, sois sage, sois sage… »

Une main brutale s'abattit sur son dos, puis une douleur fulgurante le transperça, comme si une lame l'ouvrait en deux. Harry mordit la courtepointe pour ne pas crier et serra si fort les poings que ses ongles s'enfoncèrent dans ses paumes. Tout plutôt que donner à son tourmenteur le plaisir de l'entendre hurler !

Une grande main velue saisit ses testicules et, comme s'il était doté d'une vie autonome, son pénis se dressa.

— Tu vois bien que tu aimes ça, ma petite pute, siffla la brute à son oreille.

« Ma petite pute, ma petite pute, ma petite pute… »

Encore quelques assauts brutaux avant un grand cri de triomphe, et ce fut fini. Soulagé du poids qui l'écrasait, Harry se recroquevilla sur le côté et, la tête enfouie dans l'oreiller, guetta les bruits des vêtements qu'on remettait en ordre, les petits soupirs de satisfaction, puis les pas qui revenaient vers le lit.

Non ! Non, plus jamais !

Un morceau de papier, un billet de cinq livres, voleta jusqu'à son visage.

— La prochaine fois, tâche de montrer un peu plus d'enthousiasme, et je t'en donnerai dix !

Il n'y aurait jamais de prochaine fois !

Il attendit le bruit de la porte qui se refermait pour enfouir le billet sous l'oreiller et s'allonger sur le dos. Combien de temps resta-t-il ainsi, l'esprit vide, incapable de faire le moindre mouvement ? Des minutes ou des heures, il n'aurait su le dire. Un coup discret à la porte le tira de sa stupeur.

— Maman ?

— Non, c'est moi. Je peux entrer ? demanda anxieusement Sally, une des nouvelles filles, qui avait tout juste trois ans de plus que lui.

Comment oserait-il encore croiser son regard ? Il se réfugia dans le silence, en espérant qu'elle se découragerait et s'en irait.

— Harry ? Ça va ? chuchota-t-elle en entre-bâillant légèrement la porte.

— Formidable ! C'est le plus beau jour de ma vie, ironisa-t-il pour ne pas fondre en larmes devant elle.

Il préférait éviter son regard, mais il avait tout de même eu le temps de remarquer qu'elle n'était pas maquillée, ce qui signifiait qu'elle ne « recevait » pas ce soir.

— Il t'a fait mal, ce salaud ? s'inquiéta-t-elle en s'asseyant à côté de lui.

— Oh ! Sally, tu ne peux pas savoir ! hoqueta-t-il sans retenir plus longtemps ses larmes.

— C'est toujours la première fois la plus pénible.

Tandis qu'elle se penchait pour lui tapoter l'épaule, son corsage s'ouvrit sur son opulente poitrine, dévoilant des seins ronds comme des melons et des tétons comme de petits boutons de roses.

— Il n'y aura pas de prochaine fois. C'est les filles que j'aime. Les filles comme toi, sourit-il à travers ses larmes.

Timidement, il tendit la main pour caresser sa peau si douce, aussi douce qu'il l'imaginait.

— Je t'aime beaucoup, moi aussi, mais tu sais bien qu'on n'a pas le droit. Tu connais le règlement de la maison, objecta-t-elle sans toutefois le repousser.

— « Pas d'argent, pas de baise ! » énonça-t-il en imitant la voix haut perchée de Madame Dottie.

Sérieuse comme un pape, Sally opina tandis qu'il taquinait négligemment ses tétons qui durcissaient sous ses doigts. Pas autant que le sexe du garçon pourtant, qui s'était dressé.

— Eh ben ! Qu'est-ce que je vois ? Mais t'es un grand garçon, dis donc ! s'amusa-t-elle en soulevant la chemise de Harry pour mieux juger de son émotion.

— Alors, il… Tout va bien ? questionna-t-il tandis que la main de Sally se refermait sur son sexe.

— Ça va même très bien ! gloussa-t-elle. Du moment que tu sais quoi en faire, ajouta-t-elle tandis que sa main se mettait à aller et venir avec une douceur et une sûreté délicieuses.

Elle souleva ses jupes et s'installa à califourchon sur lui. À part ses bas et ses jarretières, elle ne portait aucun sous-vêtement. Harry contempla la toison brune entre la rondeur de ses cuisses, l'amande rose du sexe, et sentit sa bouche devenir aussi sèche que du parchemin.

Il souleva les hanches pour tenter de se frayer un chemin entre les cuisses de sa compagne avant de retomber, le front en sueur.

— Doucement, mon loulou. On fait pas la course, le rassura-t-elle en le guidant.

— Je ne vais pas te faire mal ? s'inquiéta-t-il en pensant à la douleur qu'il avait ressentie.

Sally était son amie. Pour rien au monde il ne voulait la faire pleurer, jamais.

— Mais non, idiot. J'aime bien ça ! se moqua-t-elle en plongeant sur lui pour qu'il la pénètre complètement.

Il ferma les yeux et la laissa prendre la direction des opérations. Jamais de sa courte vie il n'avait éprouvé pareil délice. Lorsqu'elle commença un mouvement de va-et-vient avec ses hanches, son plaisir fut si intense qu'il en devint à peine supportable et, dans un éblouissement qu'il n'aurait jamais pu imaginer, il jouit et se répandit en elle.

Ils restèrent un long moment allongés côte à côte. Sally fut la première à rompre le silence.

— Il va revenir. Il en voudra toujours plus, tu sais.

— Je ne serai plus là. Pars avec moi, Sally ! implora-t-il en sortant le billet de cinq livres de sous l'oreiller. Je m'occuperai de toi !

— Ma place est ici, pour quelque temps en tout cas. Et il y a bien pire, tu sais. Promets-moi seulement que quand tu seras un vrai gentleman, un photog…

— Un photographe, compléta-t-il charitablement.

— Oui, c'est ça. Promets-moi que tu viendras me voir de temps en temps, tu veux ? Tu pourras faire un autre portrait de moi, si ça te dit.

— C'est juré !

Les premières lueurs de l'aube bleuissaient les rues désertes lorsque, ses maigres possessions réunies dans une taie d'oreiller nouée en baluchon, le billet de cinq livres enfoui au fond de sa poche intérieure, Harry escalada la fenêtre pour sauter dans la ruelle.

Il leva les yeux vers la fenêtre de Sally, mais les rideaux étaient tirés et aucune lumière n'y brillait.

— Je ne t'oublierai pas, Sally, je te le jure ! Et un jour, je reviendrai, tu verras ! promit-il solennellement avant de s'enfoncer dans la brume.

Hadrien se dressa brusquement dans son lit. Le hurlement déchirant mourut sur ses lèvres tandis que l'écho du verre brisé résonnait encore à ses oreilles. En sueur, il se recroquevilla dans ses draps, partagé entre le soulagement de se réveiller seul et la peur que cette solitude reste son lot jusqu'à la fin de ses jours.

Lorsqu'il s'éveillait de ce cauchemar récurrent, il éprouvait toujours le besoin de faire l'amour. La maison de Sally était bien tenue et elle était toujours prête à lui rendre service. Il la payait quand il avait de l'argent et, s'il n'en avait pas, cela n'avait aucune importance. Ce soir, cependant, il lui fallait plus qu'une brève passe. Il lui fallait quelqu'un à serrer dans ses bras, quelqu'un qui lui rende son étreinte, quelqu'un qui émeuve son cœur et pas uniquement ses sens.

Comme souvent ces derniers temps, ses pensées se tournèrent vers Callie. Comme c'était bon de la tenir dans ses bras, de sentir contre lui son corps voluptueux ! Il ne l'avait encore jamais vue sans ses vêtements, mais il avait suffisamment d'imagination pour se la représenter comme si elle était là.

Il n'eut qu'à fermer les yeux pour voir la blancheur de ses cuisses couronnées d'une épaisse toison noire, et la fente humide qu'elle abritait. Tandis qu'il s'emparait de sa verge, il s'imagina plongeant le visage dans cette délicieuse moiteur pour lui donner du plaisir avec sa bouche, sa langue, ses dents. Son fantasme était tellement puissant qu'il aurait juré sentir sur sa langue le goût du délicieux nectar.

Sa main se mit à aller et venir de plus en plus rapidement. Avant de la pénétrer, il attendrait les premiers spasmes indiquant qu'elle était prête à le rejoindre. Il était bien membré, il le savait, mais n'en tirait aucune vanité.

Caledonia était vierge, et il n'avait jamais défloré de jeune fille. Son corps risquait d'être très étroit, du moins le supposait-il. Ce serait peut-être difficile, mais il prendrait son temps pour ne pas lui faire mal. Les plaisirs les plus intenses comportaient tous une part de souffrance et, si elle lui ressemblait, elle préférerait en finir rapidement pour arriver à la meilleure part. Il franchirait l'hymen d'un seul coup, puis se retiendrait pour lui laisser le temps de s'habituer à lui. Ensuite, il la chevaucherait, lentement d'abord, puis de plus en plus fort, jusqu'à ce qu'elle laisse libre cours à son désir et à sa passion.

Alors seulement, il se laisserait aller à son plaisir.

Au premier spasme, Hadrien ouvrit les yeux. Il y était presque. Callie, Callie... Pantelant, il retomba sur l'oreiller et s'essuya la main sur le drap froissé.

« Oh ! Callie ! Est-ce que tu dors paisiblement ou est-ce que tu cherches en vain le sommeil, seule dans ton lit comme moi ? »

S'il avait été un homme ordinaire, libre d'offrir un cœur intact, il lui aurait été tellement facile d'aimer Caledonia Rivers ! Qui pouvait vouloir du mal à un cœur aussi pur, à une âme aussi généreuse ?

Dinah sauta au même instant sur le lit et posa la tête sur la poitrine de son maître. Il caressa le front soyeux, jusqu'à ce qu'elle se mette à ronronner avec entrain.

— Qu'est-ce que je dois faire, Dinah ? Qu'est-ce que je vais faire d'elle ? Et qu'est-ce que je vais faire de moi ?

Une semaine plus tard.

— Callie, ma chérie, qu'est-ce que je vais faire de toi ? Tu n'es plus toi-même, depuis quelque temps ! s'exclama Lottie après avoir mis sous enveloppe la lettre qu'elle venait de plier soigneusement.

Callie étouffa discrètement un bâillement. Elle venait encore de passer une nuit sans sommeil. Une de plus... Elles se trouvaient au bureau de la Société londonienne pour le vote des femmes, et Callie avait envoyé Harriet et les autres militantes déjeuner, pas tant par grandeur d'âme que parce qu'elle avait envie d'être tranquille. Lottie, bien évidemment, avait refusé de la laisser. Elles avaient donc commandé une légère collation à une boutique voisine.

— Qu'est-ce qui te fait dire ça? demanda Callie un peu plus sèchement qu'elle ne l'aurait voulu.

— Si je ne te connaissais pas, je dirais que tu as l'air d'une jeune fille amoureuse.

— Eh bien, comme je ne suis ni jeune ni amoureuse, tu n'as plus qu'à te rabattre sur la boule de cristal ! Oh ! je suis désolée, Lottie ! Je n'ai pas à te parler sur ce ton, surtout quand tu sacrifies ta journée pour nous aider à envoyer cette pétition !

— Je ne me vexe pas pour si peu, mon petit, mais je vois bien que tu es déprimée.

Callie n'essaya pas de protester, même si l'absence d'Hadrien n'était pas sa seule cause de préoccupation et de tristesse. Le lendemain des troubles à la manufacture d'allumettes, elle était allée témoigner avoir vu Durantin lancer ses hommes de main sur les ouvrières et elle avait payé leurs amendes, en priant le ciel que la presse ne découvre pas avant la fin du mois le rôle qu'elle avait joué dans toute cette histoire.

D'ici là, le projet de loi aurait été adopté ou rejeté.

Elle avait personnellement écrit à Iris Brown une lettre de recommandation pour une fabrique de Manchester connue pour ses pratiques équitables envers ses ouvrières. À cause de son rôle de meneuse, Iris avait peu de chances d'être reprise à l'usine de Durantin, et elle se serait trouvée sans ressources avec la petite June. C'était le moins qu'elle pouvait faire, après leur avoir attiré tant d'ennuis.

Perdue dans ses pensées, elle avait complètement perdu le fil de ce que lui disait sa tante. Quelque chose à propos d'un bal et de distractions, apparemment.

— Pourquoi ne viendrais-tu pas avec moi à la fête de charité de la Tremaine Dairy Farm Academy, après-demain, à Covent Garden ? Il y a une vente aux enchères en début de soirée dans le grand foyer de l'opéra, suivie d'un bal et d'un souper aux chandelles.

Les mondanités n'avaient jamais été le passetemps favori de Callie, même quand il s'agissait d'une bonne cause et, ces jours-ci, elle n'avait qu'une chose en tête, son prochain rendez-vous avec Hadrien. En fait, les séances de pose leur servaient simplement de prétexte pour se voir. Ils choisissaient avec le plus grand soin le décor et l'attitude pour ensuite bavarder pendant des heures, jusqu'à ce qu'il regarde par la fenêtre et décrète que la lumière était trop faible pour la photographie.

On était en hiver, après tout...

— Dans ce cas, veux-tu que je revienne demain ou après-demain ? proposait-elle.

Hadrien lui adressait son plus charmant sourire avant de convenir que, oui, c'était absolument indispensable.

Il devait maintenant avoir suffisamment de clichés pour remplir un album entier, mais qu'importait ? C'était un jeu, une distraction bienvenue dans une vie par ailleurs si austère. Quelquefois, malgré tous ses efforts, elle ne parvenait pas à s'échapper pour aller le rejoindre. Ces journées-là étaient terribles et s'étiraient interminablement, même si la pensée qu'elle cachait plutôt bien ses sentiments la consolait un peu.

Ils ne pouvaient pourtant pas prolonger éternellement ce petit jeu. Un homme comme Hadrien devait avoir des douzaines de conquêtes à ses trousses. Elle le distrayait des femmes du monde qu'il fréquentait habituellement, mais il finirait par se lasser. Une femme avisée serait partie avant qu'il ne rompe lui-même, mais elle était aussi incapable de renoncer à lui qu'un ivrogne à sa bouteille.

Même si entretenir le futile espoir que leur relation pourrait évoluer vers quelque chose de plus sérieux et de plus profond n'était pas souhaitable, elle ne pouvait se résoudre à mettre un terme à tout cela. Pas encore… Ne plus le voir, ne plus entendre sa voix, ne plus le toucher, cette perspective suffisait à l'anéantir. Même son petit sifflotement quand il réglait son appareil lui semblait la plus divine des musiques, et lui était devenu indispensable.

— Tu parles de l'école professionnelle que lady Stonevale a fondée, c'est ça ? demanda-t-elle à sa tante. J'avoue que j'ai été très sceptique au départ, mais d'après ce qu'on m'a dit, elle fait un excellent travail en apprenant un métier à d'anciennes prostituées.

— Absolument ! Et lady Stonevale suit de très près l'évolution de l'école. La directrice des études est d'ailleurs sa belle-sœur. La soutenir publiquement serait sans doute utile à ta cause. Tout le monde sait que lord Stonevale est absolument fou de sa femme, comme s'ils étaient jeunes mariés, alors qu'ils se sont unis il y a plus d'un quart de siècle. Il voit tout par ses yeux, et tu as peut-être là une excellente occasion de le mettre de ton côté.

Lord Stonevale, alias Simon Belleville, avait longtemps représenté à la Chambre des communes la circonscription de Maidstone, dans le Kent, et s'était rendu célèbre par son combat pour améliorer la représentation de l'électorat populaire. À la mort de son grand-père, il avait à regret abandonné son siège pour prendre sa place à la Chambre des lords, et son influence était grande dans les deux composantes du Parlement.

Il avait beau occuper une position éminente au sein du Parti Conservateur, il lui était arrivé à plusieurs reprises de ne pas suivre les consignes de son camp lorsqu'il estimait que la cause en valait la peine, et la condition des femmes et des enfants lui tenait justement particulièrement à cœur.

— Ce sera le grand événement de l'année. Outre lord et lady Stonevale, beaucoup de gens influents seront là, y compris un certain nombre de parlementaires qui n'ont pas encore pris position sur le vote des femmes. Tu pourrais en rallier certains à ta cause.

— C'est entendu. De toute façon, je ne peux pas laisser ma petite tante bien-aimée sortir sans chaperon, n'est-ce pas ?

— C'est plutôt moi qui te servirai de chaperon. À toi et au jeune homme qui t'accompagnera.

— Quel jeune homme ?

— Une jeune personne de ton âge et de ta condition ne peut pas aller seule à ce genre de festivités, voyons !

— Mais je n'irai pas seule, puisque j'irai avec toi.

— Cela ne se fait pas, ma chérie. Tu n'es pas encore une vieille fille, malgré tous tes efforts pour t'en donner l'air.

C'était une vieille querelle, qu'elles avaient déjà eue maintes fois, et Callie n'avait aucune envie de la reprendre.

— Très bien. Si c'est indispensable, je vais demander à Teddy de venir avec nous, concéda-t-elle.

— Tu ne vois personne d'autre à qui proposer de t'accompagner ? Tu as vu assez souvent ce charmant jeune photographe, ces derniers temps..., suggéra Lottie après un moment de réflexion.

Elle n'allait pas le lui reprocher, elle aussi ! C'était exactement ce que lui avait fait remarquer Teddy l'autre jour, sauf qu'il avait parlé d'Hadrien en termes beaucoup moins amènes.

— Je te l'ai expliqué cent fois, Mme Fawcett lui a commandé une série de portraits de moi. Je ne suis qu'une cliente, pour lui, et je ne peux pas m'imposer et lui demander de m'escorter dès que je vais en ville.

— Et il ne t'est pas venu à l'esprit que M. St Claire a peut-être envie que tu t'imposes, comme tu dis, et que pour lui, accompagner une jeune femme intelligente et pleine d'esprit n'a peut-être rien d'une corvée ?

— Lottie, tu n'oserais tout de même pas...

— Mais bien sûr que si, j'ose ! J'oserais n'importe quoi pour te voir heureuse ! Si perdre la personne que j'aimais le plus au monde m'a appris une chose, c'est justement que la vie est trop courte pour la gâcher à cause d'une fierté mal placée ou en remâchant les blessures du passé. Ne laisse pas passer ta chance, Callie, profite du présent. Et demande à Hadrien St Claire de t'accompagner.

— Lottie, tu es aussi rusée qu'un renard, derrière ton visage angélique. Quand nous aurons le droit de vote, il faudra que tu te présentes aux élections !

— C'est ce que disait toujours mon cher Édouard, sourit Lottie.

10

— J'vous dis qu'mon poteau et moi on veut notre topho ! Et pis, faut qu'elle soit bien, vu qu'c'est pour offrir à deux dames !

Punch, Beautés photographiées, 1858

Charlotte Rivers n'était pas femme à s'en remettre au hasard. Elle avait épousé Édouard Rivers, l'oncle de Callie, après l'avoir consciencieusement enivré pour le mettre dans son lit. Même s'il avait été bien trop saoul pour faire quoi que ce soit de répréhensible, Lottie n'en était pas moins considérée comme déshonorée, et une famille aussi collet monté et imbue d'elle-même que les Rivers avait dû s'incliner et admettre que le mariage était la seule issue convenable.

C'était ainsi qu'avaient débuté plus de quarante ans de bonheur conjugal.

Donc, malgré la promesse faite à sa nièce de ne pas se mêler de ses affaires, dès le lendemain, Lottie se fit conduire à Great George Street, devant la boutique à l'enseigne d'« Hadrien St Claire, photographie artistique ».

Elle dut se pencher pour déchiffrer l'affichette de la vitrine.

Une ressemblance étonnante !
Le temps de pose nécessaire n'excède
généralement pas quelques secondes.
Des dizaines de fonds disponibles :
temple grec, bibliothèque, sous-bois, etc.
Portrait ordinaire : 1 guinée pièce.
Possibilité d'agrandissements sur plaque.
Grand choix de cadres en or, argent ou
loupe d'orme,
ainsi que d'étuis de velours, de soie ou de cuir.
Médaillons ou broches.
Nous vous garantissons entière satisfaction.

Sur les étagères tapissées de velours bleu nuit étaient disposés des échantillons du travail de l'artiste, dont un grand nombre de portraits miniatures représentant des dames de la bonne société. Excepté peut-être lady Katherine Lindsey, aucune ne pouvait rivaliser avec sa petite Callie, estima-t-elle après un examen attentif. Si seulement Caledonia consentait à ne plus cacher tous ses appas et cessait de s'enlaidir avec des tenues de dame patronnesse ! Fort heureusement, depuis quelque temps, elle ne portait pratiquement plus ses lunettes cerclées de fer et avait adopté une coiffure moins stricte.

Fallait-il attribuer à un certain photographe la responsabilité de ces petits pas vers la métamorphose de la chenille en papillon ? Lottie l'espérait sincèrement, mais il n'y avait qu'un moyen de s'en assurer.

Le carillon de la boutique tinta à son entrée, et elle inspecta d'un coup d'œil rapide les vitrines chargées de clichés, le long comptoir de travail et la table recouverte de feutrine verte où le maître des lieux devait accueillir ses clients. Ne voyant personne, elle s'éclaircit discrètement la gorge.

L'homme qui sortit de l'arrière-boutique était l'un des plus beaux spécimens masculins qu'il lui ait jamais été donné de rencontrer. Et il savait s'y prendre avec les femmes, Lottie le devina tout de suite. Tandis qu'elle détaillait ces épaules athlétiques, ce regard d'outremer et ce visage marmoréen, elle fit une prière pour que sa petite Callie ne soit pas tombée sur un don Juan de bas étage.

Il s'essuyait les mains dans son grand tablier, et ses manches relevées dévoilaient une musculature tout à fait intéressante.

— Monsieur St Claire, je suppose ?

— Lui-même. Que puis-je faire pour vous, madame ?

— En fait, je viens de la part de ma nièce. Caledonia Rivers, précisa-t-elle après une légère pause, de façon à ménager ses effets.

À en juger par la mine inquiète de son interlocuteur, elle avait parfaitement réussi.

— Callie va bien, j'espère ?

Lottie se félicita de sa perspicacité. Il paraissait sincèrement inquiet et, surtout, il avait appelé sa nièce par son diminutif, ce qui constituait un signe encourageant.

— Elle va très bien, je vous remercie, même si elle se tue au travail, à rédiger des articles ou des discours jusqu'à des heures impossibles, pour recommencer dès la pointe du jour. Sans compter les séances de pose avec vous, bien entendu. Où en est son portrait, au fait ? Cela fait un moment que vous avez commencé. Près de deux semaines, il me semble.

Elle n'avait pas pu se retenir. Il devait avoir suffisamment de clichés pour remplir un album, à supposer qu'ils emploient vraiment leur temps à prendre des photographies, ce qui, selon elle, restait encore à prouver.

— Il s'agit de toute une série de clichés, en fait, et nous avons bien progressé, même si Mlle Rivers n'est pas encore parfaitement à l'aise devant l'objectif.

Ça, Lottie voulait bien le croire.

— Ma nièce manque de confiance en elle pour tout ce qui concerne son physique. Un malheureux incident lui a mis dans la tête, il y a bien longtemps, qu'elle n'était pas jolie ce qui, vous en conviendrez, est loin d'être le cas. Mais je suis convaincue que vous faites tout ce qui est en votre pouvoir pour la mettre en confiance.

Était-ce un effet de son imagination ou s'était-il réellement empourpré, l'espace d'un instant ?

Il retrouva pourtant rapidement son sourire pour offrir un siège à sa visiteuse, qui faillit refuser. Callie lui arracherait les yeux si jamais elle la surprenait là. Elle s'assit cependant.

— Voulez-vous une tasse de thé ? proposa-t-il en ôtant son tablier.

— Je vous remercie, mais je ne vais pas m'attarder. Je suis juste venue vous apporter une invitation.

— Une invitation ?

— À un bal de charité au profit de la Tremaine Dairy Farm Academy. Vous n'en avez sans doute jamais entendu parler. L'école est à la campagne, mais la plupart de ses pensionnaires sont d'anciennes prostituées londoniennes. On leur apprend à lire, à écrire et à compter, puis on leur enseigne un métier convenable pour leur permettre de prendre un nouveau départ dans la vie.

— Je l'ignorais, en effet, mais j'ai connu un établissement du même type, un orphelinat. Ceux qui s'engagent pour une aussi noble cause méritent le plus profond respect. Toutefois, pour être tout à fait honnête, je dois vous avouer qu'en ce moment, je n'ai pas les fonds suffisants pour faire une donation.

Il semblait le regretter sincèrement et avait baissé les yeux. C'est alors que Lottie remarqua ses doigts rongés par les produits chimiques et la brûlure qui marquait le dos d'une de ses mains. Elle ne connaissait pas grand-chose à la photographie, mais il lui semblait que la plupart des professionnels devaient avoir des assistants pour les décharger des tâches mécaniques telles que le développement. Il était évident que, malgré son incontestable talent, Hadrien St Claire ne roulait pas sur l'or, ce qui expliquait la décoration spartiate de sa boutique.

— Je ne suis pas venue solliciter un don, mais vous demander d'y être mon invité et d'y escorter ma nièce.

— Si Callie me le proposait elle-même, vous ne pensez pas que ce serait mieux ?

Mon Dieu ! Comme les hommes pouvaient parfois se montrer obtus ! C'était exaspérant.

— Sans aucun doute, mais ne comptez pas là-dessus.

— Elle est trop fière ?

— Non, trop timide.

Lottie avait décidé une fois pour toutes que sa nièce ferait sensation à ce bal et surmonterait ainsi toutes les inhibitions qu'elle traînait depuis ses débuts dans le monde. Sa belle-sœur, la mère de Callie, n'avait jamais brillé par son élégance ni son bon goût et elle avait pris l'habitude de couvrir sa fille de fanfreluches qui la faisaient ressembler à une pièce montée.

— Ne vous vexez pas si elle se montre parfois un peu… vive. C'est sa façon de se protéger de nouvelles blessures.

— Nouvelles ?

— Il est temps que je m'en aille, biaisa l'incorrigible vieille dame. Je n'ai que trop abusé de votre temps.

— Mais bien au contraire, protesta Hadrien, je suis très honoré de votre visite, comme je serai très honoré de vous accompagner à ce bal. Si vous êtes certaine de l'accord de Callie…

— Avant de vous quitter, je vais prendre une nouvelle liberté…, commença Lottie pour éviter de répondre à cette épineuse question. Je dois admettre que vous êtes une excellente surprise.

— À quel point de vue ?

— Vous êtes extrêmement séduisant, cher monsieur, et vous avez beaucoup de charme, ce qui ne doit pas être inutile avec les dames que vous êtes amené à rencontrer. Il me semble pourtant que derrière votre physique avantageux et votre charme se cache une personnalité généreuse. Vous devez faire partie de ces êtres rares qui savent reconnaître un diamant et apprécier sa valeur même si au premier coup d'œil il a moins d'éclat que d'autres pierres de moindre valeur.

— Je ne me connaissais pas ce don pour la gemmologie !

— Ma nièce parle et s'habille parfois de façon masculine, mais elle n'en a pas moins un cœur de femme, poursuivit Lottie sans chercher à jouer au plus fin. Et le cœur féminin, monsieur St Claire, est une chose très fragile, surtout quand il a déjà été brisé une fois. Je sais qu'habituellement ce sont les messieurs qui viennent chercher les dames, conclut-elle en sortant de son sac à main le carton d'invitation, mais je viens d'acheter une nouvelle voiture, et je brûle d'envie de la montrer. Verriez-vous un inconvénient à ce que ce soit nous qui passions vous prendre ? Disons, demain vers sept heures ?

— Cela me convient parfaitement, chère madame ! acquiesça Hadrien en s'inclinant profondément.

Par-dessus les piles de dossiers qui encombraient son bureau, Caledonia vit entrer sa tante, vêtue d'une élégante pelisse, ainsi que leur femme de chambre, Jenny.

— Callie, ma chérie, je t'enlève à ton travail pendant une petite heure ! Nous avons des courses à faire.

— Des courses ? Mais Lottie, le rendez-vous avec lord Salisbury a lieu vendredi ! Je n'ai pas une minute à perdre pour faire des courses.

« Ni pour rêvasser et soupirer après un homme inaccessible », ajouta-t-elle intérieurement.

À dire vrai, ses sentiments pour Hadrien s'affirmaient de jour en jour. Pire, elle commençait à se douter que cette attirance était beaucoup plus profonde qu'un simple désir physique. Depuis qu'elle avait été à deux doigts de se donner à lui dans le lit d'une prostituée, ils ne s'étaient plus touchés, mais leur désir n'en était pas moins brûlant.

— Allons, tu as une secrétaire et une armée de volontaires extrêmement dévouées et compétentes, mon cœur ! Harriet est parfaitement capable de te remplacer le temps que nous te trouvions une robe convenable. N'est-ce pas, Harriet ?

Callie n'avait plus qu'à abandonner une partie perdue d'avance. Elle pouvait affronter le Premier ministre et toute une armée de parlementaires mais, face à sa tante, elle ne faisait pas le poids.

Lottie fit arrêter sa voiture devant une élégante boutique au coin de Bond Street et d'Oxford

Street. La maison Valen avait pignon sur rue depuis l'époque napoléonienne et la vieille dame, qui était connue pour son élégance et son bon goût, fut accueillie à bras ouverts.

— Nous cherchons une robe de bal pour ma nièce, et il faut impérativement qu'elle soit prête pour demain soir, dit-elle à une jeune fille occupée à retoucher un feston.

— Mais madame, c'est impossible !

— Pour Mme Rivers, rien n'est impossible, Geneviève ! tonna une voix pleine d'autorité depuis le fond de la pièce.

Lottie adressa un sourire approbateur à la femme qui s'avançait à leur rencontre. Avec sa chevelure argentée tirée en bandeaux et sa robe de velours noir sobrement agrémentée de dentelle, Mme Valen était la vivante incarnation de l'élégance.

— Je sais que je peux toujours compter sur vous, ma chère Hortense. Permettez-moi de vous présenter ma nièce, Caledonia Rivers.

Si la couturière avait déjà entendu parler de Callie, elle n'en montra rien. Elle recula de quelques pas pour examiner la jeune femme de la tête aux pieds, puis des pieds à la tête, après quoi elle lui fit signe d'enlever son manteau. Avant qu'elle ait eu le temps de comprendre ce qui lui arrivait, Lottie et Jenny étaient déjà en train de le lui ôter.

— Ah ! fit laconiquement Mme Valen.

Elle fit pensivement le tour de sa nouvelle cliente, comme s'il s'agissait de l'un de ces mannequins de bois alignés au fond de l'atelier.

Prête à faire demi-tour, Callie serra les dents. Ce regard froid qui la jaugeait comme si elle n'était qu'un objet, c'était exactement ce qu'elle appréhendait et qui lui rappelait tous les mauvais souvenirs de ses débuts dans le monde, particulièrement un bal à la cour où elle était tombée en marchant sur sa traîne. Elle était devenue la risée de tous, la dernière fille à marier de la Saison – une fille en solde, comme l'avait qualifiée l'ami de Gérald. Ces moments comptaient parmi les plus pénibles de sa vie, et elle n'avait aucune envie de les revivre.

— Bien, bien. Nous avons beaucoup d'avantages...

Le regard perçant de la couturière s'attarda sur la poitrine de Callie, qui mourait d'envie de remettre son manteau. Dans cette boutique décorée comme une bonbonnière, elle n'était plus une militante féministe, encore moins une femme d'action, mais une femme au physique sans grâce, au détour de la trentaine, avec trop de hanches et trop de poitrine.

— Tu sais, ma robe de soie bleu marine fera très bien l'affaire ! chuchota-t-elle à l'adresse de sa tante qui fit comme si elle n'avait rien entendu.

— Ma chère Hortense, nous nous fions à votre jugement. Que nous conseillez-vous ?

— Ce qu'il nous faut, c'est quelque chose de sobre, de classique, et d'une élégance intemporelle. Pas de ces fanfreluches qui datent immédiatement ! décréta la couturière avec la solennité d'un magistrat rendant son verdict. Et nous n'avons pas besoin de tournure, ajouta-t-elle après un coup d'œil à la chute de reins de Caledonia.

— Voici une façon pleine de tact de me signifier que je suis trop bien pourvue de ce côté, répliqua l'intéressée.

— Je t'en prie, Caledonia, essaie de te montrer un peu plus positive ! intima Lottie.

Caledonia… Sa tante devait commencer à en avoir assez de sa mauvaise humeur.

— Une chute de reins comme celle de Mademoiselle n'a pas besoin d'embellissements ; elle se suffit à elle-même ! déclara Mme Valen avec un sourire réfrigérant. Vous vous souvenez de la robe que porte Mme X sur son portrait par Sargent ? questionna-t-elle en se tournant vers Lottie.

— Je crois que je vois. Une robe noire, avec de fines épaules délicatement travaillées, une taille basse et une jupe ajustée ?

— Exactement. Je crois que j'ai encore cette robe. Il faudrait bien entendu des retouches, mais cela ne présente aucune difficulté. Venez, je vais vous la montrer.

Bras dessus, bras dessous, les deux femmes se dirigèrent vers l'atelier, séparé de la boutique proprement dite par un rideau. Comme Jenny était très absorbée par l'examen des tissus empilés sur les étagères qui couvraient tout un mur, Callie se retrouva abandonnée comme une poupée de chiffon usagée.

Tout autour d'elle, on s'affairait comme dans une ruche. Des clientes paressaient sur de moelleux canapés, sirotant du thé et prodiguant leurs conseils à des amies qui essayaient des toilettes, tandis que les retoucheuses tourbillonnaient autour d'elles. Personne ne faisait attention à cette jeune femme inconnue, et Callie, qui était habituée à tout diriger, se sentait ici quantité négligeable.

Elle alla donc s'asseoir dans un coin, comme elle le faisait à l'époque de ses débuts dans le monde, et commença à feuilleter une des revues de mode disposées sur un guéridon. Cette lecture n'était pas faite pour la réconforter. Toutes les illustrations montraient de ravissantes jeunes femmes, au délicat visage en cœur, à la taille de guêpe et dotées de suffisamment de poitrine, mais pas trop.

Jamais elle n'aurait dû laisser sa tante l'entraîner ici, alors qu'elle avait rendez-vous avec lord Salisbury à la fin de la semaine ! Voilà des années que Lottie faisait des pieds et des mains pour l'habiller et, jusqu'à ce jour, elle avait toujours déjoué toutes ses tentatives. Pourquoi n'avait-elle pas été capable de lui résister aujourd'hui ?

Comme dans beaucoup de cas ces derniers temps, la réponse tenait en un mot : Hadrien.

Elle n'avait pas oublié la remarque qu'il lui avait faite lors de leur première séance de pose, lorsqu'il l'avait comparée à une dame patronnesse. Si elle se rendait à ce bal – et vu le nombre de gens importants qui y assisteraient, sa présence paraissait s'imposer –, elle ne voulait surtout pas avoir cet air-là, mais elle ne voulait pas non plus se ridiculiser.

À en juger par l'élégance et la distinction des clientes de Mme Valen, le risque était minime. Cependant, elle avait du mal à surmonter ses appréhensions.

Enfin, si elle se ridiculisait, Hadrien ne serait pas là pour le voir. Elle n'avait pas trouvé le courage de lui demander de l'accompagner et maintenant, il était trop tard pour le faire.

— La robe est tout simplement somptueuse ! dit tout à coup Lottie en passant la tête par l'entrebâillement du rideau qui séparait la boutique de l'atelier. Viens vite l'essayer !

— J'arrive, maugréa Callie avec autant d'enthousiasme que si elle montait à l'échafaud.

— Au fait, ma chérie, qu'a dit ce jeune photographe quand tu lui as demandé de t'accompagner ? demanda négligemment la vieille dame en l'entraînant dans une cabine d'essayage.

— J'ai eu tant de choses à faire que je n'ai pas eu le temps d'aller le voir. Il est un peu tard pour le lui proposer maintenant, il me semble, remarqua Callie en déboutonnant son chemisier.

Elle s'attendait à des remontrances, mais Lottie garda une sérénité étonnante.

— Ne t'inquiète pas, je m'en suis chargée.

Callie n'était pas la seule à avoir besoin d'une tenue de soirée. Heureusement pour Hadrien, son ami Gavin, l'avocat, était à peu près de la même taille que lui et son sens de l'amitié ne connaissait pas de limites. Il n'aurait donc aucune hésitation à lui prêter l'une de ses tenues de soirée les plus élégantes.

Pour rien au monde Hadrien n'aurait voulu utiliser l'argent remis par Dandridge. En fait, depuis quelque temps, il se torturait pour trouver un moyen de rembourser le vieux parlementaire et d'annuler la mission qu'il lui avait confiée. Il ne disposait de toute façon plus que d'une semaine s'il voulait s'acquitter de sa tâche. Le fait qu'il ait laissé passer plusieurs occasions ne faisait que le confirmer dans ses doutes sur sa capacité à salir l'une des personnes les plus généreuses et les plus dignes qu'il ait jamais rencontrées.

« Et le cœur féminin, monsieur St Claire, est une chose très fragile, surtout quand il a déjà été brisé une fois... »

Sa rencontre avec la tante de Callie n'avait fait que rendre son dilemme plus déchirant. C'était une femme dont il aurait beaucoup aimé mériter le respect. Penser à ce qu'elle dirait de lui quand elle apprendrait que son véritable but était de déshonorer sa nièce bien-aimée et d'achever ce qu'une brute inconnue avait commencé des années plus tôt suffisait à lui donner envie de se précipiter sur la bouteille de gin.

Mais au lieu de noyer ses préoccupations dans l'alcool comme il l'aurait fait peu de temps auparavant, il avait passé les dernières heures à arpenter son atelier de long en large, incapable de trouver une solution et plus incapable encore de se concentrer sur son travail. Il y renonça finalement et décida de se rendre à pied chez Gavin.

Le soir tombait quand il arriva chez l'avocat, qui louait un petit appartement au-dessus de ses bureaux. Avec un peu de chance, il trouverait Gavin chez lui, où il ne risquait pas de rencontrer qui que ce soit, plutôt qu'à son cabinet.

Gavin y était effectivement, mais il n'était pas seul. Quand le valet de chambre l'introduisit dans le salon, Hadrien se trouva nez à nez avec son vieux camarade de Roxbury House, l'Écossais Patrick Rourke.

— Harry, mon vieux ! On parlait justement de toi ! s'exclama le grand rouquin en posant son verre de whisky pour serrer sur son cœur son ancien condisciple.

— Je comprends pourquoi mes oreilles sifflaient tellement ! plaisanta Hadrien en se gardant bien de montrer sa contrariété d'entendre son véritable nom. Cela fait combien de temps, déjà ?

L'élégance de sa cravate dénouée et de la veste de soie négligemment posée sur le bras du canapé, et surtout la grosse émeraude qui brillait au doigt de Patrick indiquaient clairement que l'Écossais avait réussi.

— Notre ami se fait maintenant appeler Hadrien St Claire, annonça Gavin en se levant pour saluer le nouveau venu, qui le remercia du regard.

Cher Gavin ! On pouvait toujours compter sur son tact et sa diplomatie pour dissiper tous les malentendus avant même qu'ils ne surgissent.

Si Rourke s'interrogea sur les raisons de ce changement d'identité, il n'en montra rien.

— Hadrien ? C'est un prénom très élégant. Je ne risque pas de l'oublier.

— Que puis-je t'offrir ? demanda le maître des lieux.

— Tu n'aurais pas un peu de gin ?

Gavin, qui avait retrouvé les manières de la gentry dès qu'il était sorti de l'orphelinat, ne buvait évidemment pas de cet alcool populaire, mais c'était une vieille plaisanterie entre eux, une façon de taquiner son camarade sur ses ascendances aristocratiques qui amenait toujours un sourire sur ses lèvres.

— Hélas ! non. Veux-tu un cognac ? Rourke me racontait justement tout ce qu'il avait fait ces dernières années, et c'est un véritable roman. J'ai le plaisir de t'annoncer que notre ami nous revient riche comme Crésus !

Riche comme Crésus ? Quel dommage qu'il n'ait pas fait sa réapparition quinze jours plus tôt ! La vie d'Hadrien en aurait peut-être été changée. Il s'interrogea tout en sirotant son cognac. Oserait-il demander à un ami qu'il n'avait pas vu depuis des années de lui prêter une somme plus que rondelette ?

Quand il avait quitté Roxbury House sept ans plus tôt, Patrick était remonté en Écosse à la recherche de sa famille maternelle. Pour gagner sa vie, il s'était engagé comme manœuvre dans les chemins de fer, où il avait rapidement gravi tous les échelons, comme chef de chantier d'abord, comme actionnaire ensuite, puis comme directeur. Il était à présent l'unique propriétaire de la compagnie.

— Pas mal pour un petit Écossais sans instruction qui a commencé comme voleur à la tire, non ?

Hadrien était tout prêt à en convenir. C'était d'ailleurs leurs antécédents de coupeurs de bourse qui les avaient rapprochés quand ils s'étaient connus. Quand il avait été pris, le chef de la bande avec laquelle opérait Rourke l'avait dénoncé pour se sauver. Ce gamin d'une douzaine d'années allait être jeté en prison quand la chance avait mis sur son chemin l'un des bienfaiteurs de Roxbury House, qui avait immédiatement compris la méprise dont était victime le petit et l'avait envoyé à l'orphelinat.

— Et à part retrouver tes vieux amis, qu'est-ce qui t'amène à Londres ? s'enquit Hadrien, qui avait toujours en tête ses propres soucis.

— Notre ami est venu chercher une riche héritière, intervint Gavin.

— Et tu penses à quelqu'un en particulier ? questionna le photographe, en se demandant pourquoi un homme riche voulait faire un mariage d'argent.

— Je m'intéresse beaucoup à lady Katherine Lindsey.

— Kat Lindsey ! s'étrangla Hadrien.

— Tu la connais ?

— Je pense bien ! C'est une de mes plus célèbres Beautés Professionnelles. Il s'agit de femmes du monde qui posent pour moi, expliqua-t-il devant l'air ahuri de son ami.

— Tu ne l'as pas touchée, j'espère ?

Effaré par la mine soudain belliqueuse de l'Écossais, Hadrien se hâta de le rassurer.

— Pas de danger ! Lady Kat est à peu près aussi chaleureuse qu'un pain de glace, et c'est une vraie tigresse dès qu'on la contrarie ! Mais si c'est une fortune que tu cherches, je te conseille d'aller voir ailleurs. On raconte que son père a mis toute la famille en difficulté avec ses dettes de jeu.

Hadrien savait que pour une fois la rumeur disait vrai. Ce qu'il se garda bien de révéler à son ami c'est que, contrairement aux autres dames qu'il photographiait, Katherine Lindsey posait pour l'argent, pas pour la gloire, et il préféra taire leurs arrangements privés. Un autre aurait sans doute attribué ses scrupules à un certain sens de la loyauté et de l'honneur, mais ces mots ne faisaient pas partie du vocabulaire d'Hadrien, bien entendu.

— Aucune importance. Ce n'est pas l'argent de la dame qui m'intéresse, c'est son sang bleu.

Ainsi, Rourke voulait une épouse issue de l'aristocratie pour s'introduire dans la haute société. Il était aussi têtu qu'un troupeau de mulets, et n'aimait rien tant qu'un défi. Eh bien, s'il voulait courtiser lady Kat, il allait être servi.

Gavin observait leur échange sans rien dire. Après la mort de ses parents dans l'incendie de leur immeuble, il avait échoué à Roxbury House avant de retrouver son grand-père maternel, un baronnet à qui il succéderait un jour. En attendant, il avait suivi la tradition familiale en étudiant le droit et en devenant avocat, une profession qu'il prétendait mépriser mais qu'il exerçait avec une compétence unanimement louée.

Quant à Hadrien, il s'en voulait d'éprouver une certaine jalousie devant la réussite de ses deux amis.

— Au fait, qu'est-ce qui t'amenait ici ?

— La visite d'une dame, répondit Hadrien en lui tendant son verre vide.

— Tu parles d'une surprise ! s'esclaffa Rourke. Ce n'était pas pour rien qu'on t'appelait Harry le Beau !

— Une veuve, la tante d'une amie, en fait. Elle est venue m'inviter à un bal de charité demain soir, expliqua-t-il en montrant son carton d'invitation.

— La Tremaine Dairy Farm Academy défend effectivement une noble cause. J'y vais aussi, par obligation familiale. Grâce au parrainage de lord et lady Stonevale, ils peuvent compter sur tout le gratin de Londres, répondit Gavin.

— Toute l'aristocratie ? Que doit faire un homme éminemment charitable comme moi pour avoir une invitation ? demanda Rourke en tournant et retournant le bristol entre ses grandes mains.

— J'en ai deux, tu peux venir avec moi, si tu veux. Mais de quand datent ton intérêt pour les œuvres de charité et ton goût pour les mondanités ? s'étonna Gavin. C'est la croix et la bannière pour te faire mettre une cravate !

— Ce n'est pas le bal qui m'intéresse, c'est la chasse ! Et là, ce ne sont pas des cerfs ou des sangliers que je vais traquer, mais une fort jolie tigresse qui a grand besoin d'être apprivoisée !

11

Oh ! Quel plaisir
D'ignorer les préjugés
De raccourcir ses vêtements d'un doigt,
Et même d'une main,
Et de folâtrer jambes nues,
L'esprit libre comme une vraie fille d'Albion.

Barbara BODICHON, vers 1850

En robe de chambre, debout devant la grande psyché de sa chambre à coucher, Callie admirait la coiffure que Jenny venait d'achever. Il fallait admettre que cela lui allait bien. Elle tourna la tête d'un côté, puis de l'autre, pour vérifier que les peignes piquetés de brillants qui rappelaient les ornements de sa robe tenaient bien en place. Devant l'insistance de Lottie, elle avait consenti à mettre un nuage de poudre. Ses yeux lui semblaient ainsi d'un vert plus profond, ses lèvres plus brillantes et plus pleines, son teint plus lumineux.

Elle se retourna pour contempler la robe de bal posée sur le lit. Jenny serait bientôt de retour pour l'aider à s'habiller. Ensuite, elle rejoindrait Lottie et, ensemble, elles passeraient prendre Hadrien à son atelier avant de se rendre à Covent

Garden. Quelques jours plus tôt, l'idée de mettre une robe de soirée et d'assister à un bal lui aurait donné des cauchemars mais ce soir, elle avait du mal à contenir son impatience.

Sans cesse, elle repensait aux paroles de sa tante : « Ne laisse pas passer ta chance, Callie, profite du présent. Fais preuve d'audace, comme tu sais le faire si souvent. »

« Ne laisse pas passer ta chance... » « Fais preuve d'audace... »

C'était ce soir ou jamais.

— Qui est cette déesse ?

Depuis qu'il avait rejoint son ami, Gavin ne pouvait détacher son regard du groupe d'hommes de tous âges qui s'empressaient autour de Callie.

— C'est Caledonia Rivers, indiqua Hadrien.

Le grand foyer de l'opéra brillait de tous ses ors, et tout ce qui comptait dans la bonne société londonienne se pressait sous ses lustres et ses girandoles illuminés. La file des voitures s'étirait jusqu'aux berges de la Tamise, et il leur avait fallu plus d'une demi-heure pour arriver au bas des marches.

Depuis, Hadrien n'avait pas pu dire deux mots à Callie. Bien sûr, il était heureux de la voir si gaie et si belle, parfaitement à son aise tandis qu'elle devisait en buvant du champagne, mais voir sa petite chenille, une fois métamorphosée en magnifique papillon, l'ignorer aussi complètement le remplissait d'amertume.

— La célèbre Caledonia Rivers ? La suffragette ?

— Oui. Ça te dérange ?

— Oh ! pas du tout, ne te mets pas en colère ! J'ai beaucoup de sympathie pour la cause féministe, même si je n'approuve pas toujours leurs méthodes.

— Que veux-tu dire ? s'inquiéta Hadrien.

Si Callie risquait d'avoir des ennuis, il entendait bien tout faire pour la protéger. Il lui fallait absolument en apprendre plus afin d'être en mesure de la prévenir.

— Il existe une branche du mouvement, très minoritaire, certes, mais très active, qui ne recule pas devant la violence ou la grève de la faim pour faire avancer sa cause. Quand un groupe de ces militantes a été arrêté l'année dernière à Manchester, ces dames ont déclaré qu'elles refuseraient de s'alimenter jusqu'à leur libération.

— Elles ont été relâchées ?

— Finalement, oui, mais en attendant, elles avaient été nourries de force. Comme tu peux l'imaginer, c'est une épreuve particulièrement pénible, et certaines d'entre elles prétendent souffrir d'affections de la gorge et du tube digestif qui seraient des séquelles de ce gavage. Je ne souhaite pas à une personne aussi charmante que Mlle Rivers de se trouver soumise à des traitements aussi douloureux.

Hadrien se remémora la façon dont Callie avait épousé la cause des ouvrières et comment elle s'était jetée dans la bagarre pour les soutenir, sans songer un seul instant aux risques qu'elle courait. Ce jour-là, il était à ses côtés pour la mettre en sécurité, mais si une prochaine fois…

— Oh ! je suis tranquille, Callie a la tête sur les épaules ! assura-t-il d'un air détaché, en espérant ne pas se tromper.

— Épaules qu'elle a fort belles, d'ailleurs, remarqua Rourke, qu'ils n'avaient pas vu approcher.

— Pas touche ! Elle n'est pas pour toi ! s'exclama Hadrien.

— Ne t'en fais pas, mon vieux. Si jolie que soit Mlle Rivers, je suis pris ailleurs, déclara l'Écossais en passant le doigt dans sa cravate comme s'il s'agissait d'un nœud coulant.

Hadrien suivit le regard de son ami jusqu'à l'endroit où lady Katherine Lindsey trônait au milieu d'un groupe de jeunes gens visiblement éblouis. Il l'avait photographiée à maintes reprises mais, jusqu'à ce soir, il ne l'avait jamais rencontrée ailleurs qu'à son atelier. Il n'avait donc jamais eu l'occasion de mesurer la fascination qu'elle exerçait sur les représentants du sexe fort. C'était tout à fait la femme de caractère qu'il fallait à Patrick, et elle allait lui donner du fil à retordre.

— Si vous voulez bien m'excuser, une dame m'a promis cette danse, même si elle ne le sait pas encore, annonça celui-ci en souriant.

— Depuis quand aimes-tu la danse ? s'étonna Gavin.

— Depuis ce soir !

En le regardant se frayer un chemin jusqu'à la dame de ses pensées, ses amis ne purent s'empêcher d'admirer la façon dont il enleva la belle à ses admirateurs avant même qu'ils aient eu le temps de comprendre ce qui se passait. Ce soir au moins, l'audace de la rue l'emporta sur le sang bleu et lady Katherine posa sa main gantée sur le bras de Rourke pour le suivre jusqu'à la piste de danse. Quant à Patrick, il n'avait jamais dû avoir l'air aussi fier, même le jour où il avait pris le contrôle de sa compagnie de chemin de fer.

— J'ai l'impression que Cupidon a encore frappé, remarqua Gavin.

— Tu crois que Rourke a un cœur ?

— Il a bien deux pieds gauches ! J'espère qu'il ne va pas lui écraser les orteils, en tout cas pas avant qu'elle ait eu le temps d'apprécier ses innombrables qualités.

— C'est peut-être mon sixième sens, mais j'ai dans l'idée qu'elle n'hésiterait pas à riposter. Et tu as peut-être remarqué qu'elle a des talons très hauts et pointus !

— Je la verrais plutôt lui donner un bon coup de genou dans les parties sensibles, mais je n'ai pas beaucoup d'expérience en la matière. La délicieuse lady Katherine n'est pas la seule à ensorceler tout un aréopage d'admirateurs. Ta demoiselle Rivers a l'air de faire sensation. Je suis prêt à parier tout ce que tu voudras que dans moins de vingt-quatre heures, sa superbe robe sera copiée par toutes les couturières de Londres.

— Ce n'est pas « ma » demoiselle Rivers ! protesta Hadrien, piqué au vif. Et si tu veux tout savoir, sa robe est une copie de celle portée par Mme X dans le portrait de Sargent.

— Je comprends pourquoi j'avais l'impression de l'avoir déjà vue. Quoi qu'il en soit, sur Mme X, elle ne faisait pas tant d'effet !

— Si tu veux bien m'excuser, il faut que j'aille à son secours.

— Mais comment donc !

L'ironie du ton et le sourire de son ami n'étaient pas faits pour améliorer l'humeur d'Hadrien tandis qu'il se frayait un chemin vers sa cavalière.

— Mais bien entendu, monsieur Winston, je suis entièrement d'accord avec vous, mais jusqu'à un certain point seulement. Il est vrai que beaucoup de maris abusent de leur influence sur leurs épouses, et empiètent ainsi sur leur droit et même sur leur capacité à se forger un jugement indépendant. Mais il faut reconnaître que l'on peut en dire autant de beaucoup de pères envers leurs fils adultes. Pourtant, le gouvernement britannique ne refuse pas le droit de vote à ces jeunes gens influençables. Je ne comprends pas comment cet argument peut être utilisé, en toute bonne conscience, pour refuser aux femmes le droit de vote, qu'elles soient mariées ou non.

— Mademoiselle vient de marquer un point, Winston ! glousse un jeune homme au visage poupin encadré de favoris roux.

— Touché, mademoiselle ! reconnut le dénommé Winston en s'inclinant, ce qui eut l'avantage d'amener son nez exactement au niveau du décolleté de Callie. Vous m'avez convaincu, et je n'ai maintenant pas d'autre choix que de reconnaître ma défaite et de déposer mon glaive à vos pieds.

— Vous feriez mieux de garder votre glaive au fourreau, Winston. Et pendant que vous y êtes, boutonnez-le bien ! intervint Hadrien.

— Hadrien ! s'exclama Callie en s'empourprant.

— Messieurs, si vous voulez bien avoir l'amabilité de nous excuser, il me semble que cette danse m'est promise, lança-t-il en s'emparant de la main de la jeune femme.

C'était un mensonge. Il ne s'était pas donné la peine de réserver une seule danse, persuadé que si jamais elle avait le courage de s'aventurer sur la piste, sa compagne n'aurait pas d'autre cavalier que lui.

— Comme je viens juste de le dire à ces messieurs, qui ont eu la gentillesse de m'inviter, je préfère regarder.

Hadrien regarda la coupe de champagne qu'elle tenait à la main et se demanda à quel point le vin était responsable de cet entrain et de cette gaieté qu'il ne lui avait encore jamais vus. C'était une nouvelle facette de Caledonia Rivers qu'il découvrait, mais il n'allait certainement pas s'en désoler.

— Un rafraîchissement, peut-être ?

Sans lui laisser le temps de répondre, il la prit par le bras et l'entraîna dans un coin un peu à l'écart, de l'autre côté de la pièce.

— Tu es absolument ravissante, ce soir.

— J'ai l'impression d'être à moitié nue, répondit-elle en regardant son décolleté, mais merci quand même.

— Tu es contente d'être venue ?

— Est-ce que c'est la peine de me le demander ? Cette soirée dépasse toutes mes espérances. Et... y être avec toi me rend encore plus heureuse, chuchota-t-elle.

— Alors, danse avec moi, implora-t-il avec son sourire le plus enjôleur.

— Très bien, mais si je t'écrase les pieds, tu ne viendras pas te plaindre ! concéda-t-elle en posant sa coupe de champagne.

— C'est noté. Mais si tu m'estropies, il faudra que tu me soignes jusqu'à complet rétablissement. Je suis sûr que tu seras aussi ravissante en infirmière qu'avec cette robe !

L'orchestre attaquait une valse. Elle accepta la main qu'il lui tendait et lui adressa un sourire radieux tandis qu'il la prenait par la taille.

— Je suis au regret de t'informer que mon emploi du temps ne me laisse pas le temps de donner à manger et à boire aux libertins handicapés.

— Dans ce cas, je mourrai de faim et de soif ! Est-ce que ton emploi du temps te permettra de venir passer une heure ou deux avec moi demain après-midi ?

— Voyons... J'ai une réunion du comité dans l'après-midi et ensuite, il faut que je prépare avec Harriet mon rendez-vous avec le Premier ministre. Je pourrai peut-être m'échapper vers l'heure du thé...

Voilà qui était mieux. Une petite dînette au coin du feu constituerait le préliminaire idéal à son entreprise de séduction et, surtout, elle lui fournirait l'occasion de discuter de ce que lui avait appris Gavin. Si Callie se livrait à des activités susceptibles de la conduire en prison, il ferait tout ce qui serait en son pouvoir pour la sauver. Il commencerait par essayer de lui faire entendre raison, même s'il ne se faisait pas trop d'illusions. Elle était têtue comme une bourrique, et passionnément dévouée à sa cause.

Mais depuis quand la sécurité de Caledonia Rivers était-elle devenue sa préoccupation principale ?

— C'est parfait, répondit-il. Je vais te préparer un festin qui réjouira ton palais, ravira tes sens, et...

— Pitié ! Si jamais je devais avoir une autre occasion de mettre cette robe, il faudra que je puisse entrer dedans !

— Que dirais-tu d'un peu de fromage avec du pain grillé et une bouteille de vin ?

— Ce serait divin ! Ô mon Dieu, voici lady Stonevale !

Qui était lady Stonevale, Hadrien n'en avait pas la moindre idée, et il s'en moquait éperdument. Callie se fit cependant un plaisir de l'éclairer.

— Son mari, expliqua-t-elle, est un personnage important de la Chambre des lords. Avant d'hériter de son titre, c'était un protégé de Disraeli et il a longtemps été député à la Chambre des communes.

— Et tu penses que glisser un mot à l'oreille de sa femme pourrait faire avancer ta cause, c'est ça ?

— Oui, mais notre danse…

— … n'est que la première d'une longue série, compléta Hadrien en la conduisant au bord de la piste. C'est une opportunité qui ne se représentera peut-être jamais. C'est peut-être le premier pas vers la victoire, qui sait ? Tu as déjà trop donné pour ne pas essayer. Allons, vas-y !

— Tu es sûr ?

— Va !

Il l'encouragea d'un sourire, mais il avait le cœur gros. Callie appartenait à un monde qui n'était pas le sien et ces moments si doux passés en sa compagnie étaient des moments volés. Quand elle découvrirait qui il était en réalité, elle refuserait certainement de lui accorder le moindre regard.

— Va ! Je t'attends !

Callie trouva sa tante en grande conversation avec un gentleman de fière allure, au visage altier encadré de magnifiques favoris blancs. Elle allait faire demi-tour lorsque Lottie lui fit signe d'approcher.

— Callie, viens que je te présente un vieil ami à moi, Maximilien St John. Max, voici ma nièce, Caledonia Rivers.

— Vous savez que votre tante est l'une de vos plus ferventes admiratrices, mademoiselle ? dit le vieux monsieur d'un ton où la jeune femme crut déceler une certaine réserve.

— C'est exact, renchérit Lottie. Mais Callie a tant de qualités !

— Ma tante est trop indulgente avec moi, comme d'habitude, sourit Caledonia en lui rendant son salut. Pardonnez-moi de vous interrompre, mais j'aimerais te dire un mot, tantine.

— Mais volontiers, ma chérie. Max, voulez-vous m'excuser un instant, s'il vous plaît ?

— Bien entendu, acquiesça-t-il avec une réticence qui n'échappa pas à Callie.

— J'espérais que tu pourrais me présenter à lady Stonevale, chuchota Callie quand il se fut éloigné.

— Mais certainement ! J'aurais dû y penser moi-même. Où avais-je la tête ?

Bras dessus, bras dessous, les deux femmes se dirigèrent vers le petit groupe qui se pressait autour d'une dame très élégante dans sa robe de soie ambre, escortée d'un grand jeune homme brun. Lottie expliqua à sa nièce que, lord Stonevale étant souffrant, son fils aîné Simon le remplaçait pour recevoir aux côtés de sa mère.

Une fois les présentations faites, Lottie s'écarta discrètement avec le jeune homme.

— J'ai suivi avec beaucoup d'attention dans la presse toutes vos interventions, mademoiselle, et je dois dire que j'ai beaucoup d'admiration pour votre action.

— Je vous remercie, milady.

— Je vous en prie, appelez-moi Christine !

— J'en serai très honorée mais dans ce cas, appelez-moi également par mon prénom. Je me nomme Caledonia, mais tous mes amis m'appellent Callie.

— Comme j'espère que nous deviendrons d'excellentes amies, je vous appellerai donc Callie, si vous le permettez. J'aimerais beaucoup que vous me parliez de votre cause, conclut lady Stonevale avec un sourire si chaleureux que Callie sentit toute sa timidité s'envoler.

— Et moi, j'aimerais que vous me parliez de votre école.

— Allons nous asseoir, voulez-vous ?

— Avec plaisir, Christine.

— Le but de notre école est d'offrir une éducation et une formation, aussi bien académique que pratique, à d'anciennes prostituées. Mais après notre conversation, il me semble de plus en plus évident que l'éducation ne constitue qu'une pièce du puzzle.

— Effectivement. Pour les femmes, l'oppression ne connaît pas les limites de classe. Une femme reste encore largement sous la dépendance de son mari ou de son père, qu'elle soit née dans un château ou dans le ruisseau, qu'elle ait ou non une éducation ! Oh ! voilà que je me laisse emporter !

— Ne vous excusez pas ! Votre sincérité me va droit au cœur. Demain est justement mon jour de réception. Passez donc me voir, si vous êtes libre. Je veillerai à ce que mon mari soit là également. Il est souffrant ce soir, mais je pense que demain il sera suffisamment rétabli.

— Ce sera avec grand plaisir, remercia Callie en se levant, juste quand Simon revenait avec deux coupes de champagne.

— Vers deux heures, ce sera parfait. Dès qu'il s'agit de politique, nous ne sommes pas toujours du même avis, mon mari et moi, précisa lady Stonevale avec un grand sourire en se levant également, mais je peux vous assurer que c'est le plus sensé et le plus ouvert des hommes. Je serais extrêmement surprise qu'il n'apporte pas son soutien à votre projet de loi.

Ravie de cette conversation, Callie prit congé et partit se refaire une beauté. Elle avait besoin d'un moment de réflexion avant de retrouver l'agitation du bal… et Hadrien. Quels que soient ses sentiments pour lui, elle sentait qu'elle risquait de succomber à une fièvre qui n'était pas seulement une simple attirance physique. Elle avait l'impression de vivre un conte de fées, quelque chose d'aussi merveilleux et fragile que les bulles de sa coupe de champagne. Sachant que la bulle risquait d'éclater à tout moment, elle entendait profiter de chaque instant sans réserve ni regret.

Comme trois jeunes filles bavardaient devant le grand miroir, Caledonia voulut faire demi-tour, mais il était trop tard ; elles avaient déjà aperçu la nouvelle venue.

— Mesdemoiselles, les salua-t-elle tandis que trois paires d'yeux inquisiteurs se braquaient sur elle.

— Mademoiselle Rivers ! Nous ne voudrions surtout pas vous chasser ! Venir se repoudrer n'est qu'un prétexte pour bavarder tranquillement. Voulez-vous vous joindre à nous ?

La jeune femme qui venait de l'interpeller ainsi était Isabelle Duncan, la fille aînée de l'Honorable Herbert Duncan, un ami de Josiah Dandridge et l'un des plus farouches opposants au vote des femmes.

— Quelle robe ravissante, mademoiselle ! J'ai voulu vous en complimenter tout à l'heure. Pour ma part, je n'aurais pas le courage de porter un vêtement d'une coupe aussi audacieuse, persifla sa jeune sœur, Pénélope. Enfin… je suppose que se moquer de l'opinion des autres est le privilège de l'âge !

— À en juger par sa couleur, vous avez certainement subi la perte d'un être cher, renchérit la troisième, une grande blonde vêtue de rose pâle.

— La seule perte qu'ait jamais subie Mlle Rivers, c'est celle de son fiancé, qui l'a abandonnée il y a une dizaine d'années. N'est-ce pas, mademoiselle ? s'esclaffa la plus âgée des sœurs Duncan. Mais quand on connaît les occupations masculines de Mlle Rivers, qui pourrait l'en blâmer ?

Dix ans plus tôt, Callie aurait immédiatement quitté les lieux, en larmes. Mais en dix ans, beaucoup d'eau avait coulé sous les ponts, et elle avait appris à se défendre.

— Je doute fort que renoncer à ses facultés de réflexion pour sacrifier à une prétendue féminité de façade puisse passer pour une grande vertu. Quant au privilège de l'âge, je vous donne entièrement raison, et j'en profite pour vous dire à toutes les trois d'aller vous faire pendre.

— Ah, ça ! Je n'ai jamais..., s'étrangla l'aînée avant de s'éclipser, suivie des deux autres commères.

— Bravo ! s'exclama une voix du fond des toilettes. Quelles petites pestes ! À votre place, je ne prêterais aucune attention à leurs paroles.

Callie avait déjà remarqué la petite femme brune au visage étrangement familier qui vint se rincer les mains sous le filet d'eau parfumée qu'une femme de chambre impassible lui versait. Elle dansait alors avec un ami d'Hadrien, ce grand Écossais au regard moqueur et à l'accent chantant.

— Je suis Katherine Lindsey, mais vous pouvez m'appeler Kat, poursuivit l'inconnue. C'est le nom que me donnent ma famille et mes amis, et j'ai dans l'idée que nous allons devenir de grandes amies, voyez-vous.

— Qu'est-ce qui vous le fait croire ? s'enquit prudemment Callie en examinant le visage aux traits réguliers que pimentait un nez un peu long sous un haut chignon retenu par un diadème de perles.

— Nous sommes toutes deux des rebelles, chacune dans notre genre, expliqua lady Katherine en prenant place à ses côtés sur une méridienne de velours rose. Vous à cause de vos activités politiques, moi parce que je refuse de m'enchaîner au premier homme venu sous le prétexte fallacieux que c'est vivement conseillé à toute femme de mon âge et de mon milieu.

« M'enchaîner... » Elles avaient effectivement beaucoup de choses en commun. Les yeux bruns de lady Katherine pétillaient d'intelligence et invitaient à la confidence.

— Je me suis comportée comme une imbécile. Je n'aurais jamais dû m'emporter de cette façon, soupira Callie.

— Mais pas du tout ! Vous aviez toutes les raisons de river leur clou à ces péronnelles ! Et surtout, ne prêtez aucune attention à leurs insinuations sur votre tenue ! Elle vous a valu l'attention de tous les hommes présents ce soir. Ceux qui ne sont pas aveugles, en tout cas.

— Tous sauf un, il me semble.

— Si vous pensez à M. Rourke, je vous assure que je n'ai rien fait pour l'encourager, se défendit pensivement lady Kat.

— Vous n'avez apparemment pas besoin de faire quoi que ce soit. Vous paraissez le subjuguer.

— Il me semble qu'on pourrait dire la même chose de vous et d'Hadrien. Je veux dire de M. St Claire.

— Je me souviens où je vous ai vue ! Vous êtes une de ses BP, n'est-ce pas ? Sa vedette, paraît-il.

— Cela fait beaucoup de bruit dans Landerneau, mais enfin, ça aide à payer les factures.

Callie était trop bien élevée pour oser demander pourquoi une dame de qualité comme lady Katherine Lindsey avait besoin de poser pour de l'argent.

— Retournons dans la mêlée, voulez-vous ? J'ai envie d'une coupe de champagne.

Quand on appela les invités pour le dîner, Hadrien commença à s'inquiéter sérieusement de ne pas voir revenir Callie. Même si cela ne se faisait pas, il se mit à sa recherche. Il avait exploré pratiquement tout l'opéra quand il l'aperçut enfin, en grande conversation avec lady Katherine.

— Le souper va être servi, annonça-t-il après avoir salué la plus célèbre de ses Beautés Professionnelles, et je commençais à m'inquiéter.

— Le dîner ? Enfin ! Je meurs de faim ! dit Kat. Je suis ravie d'avoir fait votre connaissance, mademoiselle, et j'espère que nous allons nous revoir bientôt. Je pourrais peut-être venir à une de vos conférences, qui sait !

— Mais j'en serais ravie !

— Vous m'avez l'air d'être devenues de grandes amies ! remarqua Hadrien, une fois la pétulante lady Kat envolée.

— C'est une femme intelligente et énergique, qui a des idées très modernes. Il est un peu tôt pour le dire, mais j'ai effectivement l'impression que nous pourrions devenir amies. En tout cas, je l'espère.

— Quelque chose t'a contrariée ? s'inquiéta-t-il, la trouvant bien moins gaie que lorsqu'il l'avait quittée.

Comme elle ne répondait pas, il l'entraîna dans une petite pièce adjacente où ils pourraient s'expliquer tranquillement.

— Dis-moi ce qui s'est passé, je t'en prie. Je veux savoir !

Si un homme l'avait insultée, il était prêt à aller le provoquer en duel.

— Ce n'est rien ! Des sottises auxquelles j'attache beaucoup trop d'importance. Des jeunes femmes m'ont lancé quelques perfidies que j'ai prises trop à cœur.

— Quel genre de perfidies ?

— Oh ! des remarques sur ma robe, mon âge et... mon physique !

— Callie, regarde-moi, veux-tu ?

À regret, elle lui raconta l'incident avec les sœurs Duncan.

— Tu vois, c'est finalement un bien. Je me suis trouvée obligée d'affronter mes vieux complexes et maintenant, je me sens beaucoup mieux.

— Isabelle Duncan n'est qu'une idiote, une dinde sans cervelle, gronda Hadrien avec une férocité qui le surprit lui-même. C'est la jalousie qui lui a dicté ses paroles. Et ce n'est pas étonnant, tu es éblouissante ! Quand nous dansions ensemble, tous les hommes présents auraient voulu se trouver à ma place. S'ils avaient pu me poignarder et me remplacer, plus d'un l'aurait fait.

— Tu es trop gentil !

— Tu devrais savoir que je n'ai rien de gentil, Callie. Cependant, malgré tous mes défauts, je suis un homme et j'ai non seulement des yeux, mais aussi un regard de photographe. Et si je te dis que tu es resplendissante, tu peux me croire.

— Si on peut admirer quelqu'un dans cette salle, c'est toi. Tu es... Le noir te va très bien. Tu es très séduisant, avec cet habit de soirée.

— Je suis heureux de te plaire.

Doucement, son doigt suivit la ligne du décolleté, caressant la peau plus douce que le satin du corsage et cette caresse si légère suffit à enflammer la chair de Callie.

Elle aurait voulu qu'il puisse lire ses pensées. Elle voulait sentir ses doigts la pénétrer, elle voulait qu'il la pénètre ; elle voulait le sentir en elle. Elle avait beau essayer de mettre ces mauvaises pensées sur le compte du champagne qu'elle avait bu, elle savait bien que c'était faux. C'était lui. S'il voulait glisser la main sous ses jupes, elle le laisserait faire, elle le laisserait la prendre, elle se donnerait à lui tout entière.

— Tu veux que je t'embrasse, c'est ça ? souffla-t-il.

— Oui.

Oui, elle voulait qu'il l'embrasse, mais elle voulait plus encore. Beaucoup plus !

Elle prit la main d'Hadrien, la posa sur son entrejambe et se cambra pour mieux s'offrir à lui.

— Je veux...

— Chut, mon amour, je sais ce que tu veux. Je sais ce qu'il te faut, ce qu'il nous faut.

Son autre main se posa sur la poitrine de Callie, son pouce agaça le téton qui se dressa à travers le corsage de satin. C'était donc cela, s'abandonner, se laisser conquérir, songea-t-elle en effleurant sa bouche.

— Rentrons, s'il te plaît. Ramène-moi ! Tout de suite. Je t'en prie !

— Tu as raison, soupira-t-il. C'est plus raisonnable. Je vais prévenir ta tante et faire appeler sa voiture.

Callie hésita. « Profite du présent ! Ne laisse pas passer ta chance. »

— Ce n'est pas la peine. C'est chez toi que je veux aller, pas chez ma tante. Tout de suite !

12

La séduction doit être réciproque.
L'amour est impossible sans séduction
au meilleur sens du terme.

Victoria Woodhull et Tennessee Claflin,
Woodhull & Claflin Weekly

Par un accord tacite, ils n'échangèrent pas un mot durant le trajet. Assis l'un en face de l'autre sur le cuir fatigué des banquettes, leurs genoux se cognaient de temps en temps lorsque la voiture cahotait. Ce silence et ce contact physique occasionnel ne faisaient qu'augmenter leur impatience et, quand ils arrivèrent chez Hadrien, Callie n'en pouvait plus d'attendre.

— Tu es bien certaine ? s'inquiéta-t-il tandis qu'il payait la course.

— Absolument certaine.

Un brouillard épais enveloppait la ville, et Callie resserra autour d'elle les plis de sa cape. Son impatience n'avait d'égale que son anxiété. Elle était déjà venue plusieurs fois dans l'appartement d'Hadrien, mais jamais en pleine nuit, et jamais avec l'intention déclarée de partager son lit. Il n'était ni son mari ni même son fiancé, et voilà qu'elle s'apprêtait à passer la nuit avec lui.

Elle allait passer la nuit avec ce quasi-inconnu au regard ironique, au sourire ravageur, au passé incertain. Elle allait l'avoir pour elle toute seule pendant une nuit entière…

Pourtant, tandis qu'ils gravissaient l'escalier étroit menant à l'appartement, une inquiétude nouvelle se fit jour dans son esprit. Son amant n'était pas le premier venu ; il s'agissait d'Hadrien St Claire, un véritable bourreau des cœurs. Il était merveilleusement beau, merveilleusement séduisant, merveilleusement élégant et, surtout, il avait une grande pratique de ce que faisaient ensemble les hommes et les femmes. Elle redoutait de se montrer gauche, de ne pas savoir comment s'y prendre, de ne pas être à la hauteur.

À en juger par l'érection qui déformait ses vêtements, la nature l'avait fort bien pourvu. Que faire si elle n'arrivait pas à le prendre tout entier ou s'il lui faisait mal ? Ou, pis encore, si elle le décevait ?

Comme il s'effaça pour lui céder le passage, Callie entra dans cet appartement qu'elle connaissait bien maintenant, mais qu'elle voyait sous un jour nouveau. Quoi qu'il arrive, c'était elle qui l'avait désiré. Elle ne pourrait pas dire qu'elle avait été traîtreusement séduite.

— Laisse-moi faire, proposa Hadrien en la voyant s'escrimer sur les agrafes de sa cape de velours.

Ses mains étaient si douces tandis qu'il effleurait ses épaules nues qu'elle se sentit frissonner.

Il posa son habit sur le dossier d'une chaise et se baissa pour rallumer le poêle. Caledonia se surprit à contempler le dos athlétique, les fesses et les cuisses musclées et, malgré le froid qui régnait dans la pièce, sentit une vague brûlante la submerger. Cette nuit, pourtant, elle voulait apparaître comme une femme calme et sûre d'elle ; elle voulait se sentir élégante, séduisante, libre et heureuse.

— Je n'ai jamais fait une proposition de ce genre à aucun homme avant toi, tu sais.

— Je n'en ai jamais douté, et je te remercie de ta confiance. Si tu l'avais fait, je suis sûr que tous auraient accepté avec joie. Tu es tellement belle ! poursuivit-il avec une ferveur qui ne laissait aucun doute sur sa sincérité. En te regardant, je ne peux pas m'empêcher de penser que la Mme X de Sargent ne t'arrive pas à la cheville.

Au lieu de se sentir embarrassée ou intimidée tandis que le regard d'Hadrien détaillait le décolleté en forme de cœur qui moulait sa poitrine, Callie s'ouvrait à des sensations nouvelles pour elle.

Elle se sentait belle, tout simplement.

— Et tu as la peau la plus douce du monde, comme un pétale de rose, murmura-t-il en faisant glisser une des bretelles ornée de brillants pour suivre du doigt la ligne de l'épaule.

Qui aurait cru que Harry Stone, le fils d'une prostituée, voleur à la tire lui-même, s'émerveillerait un jour sur la peau d'une femme comme n'importe quel puceau amoureux ? C'était incroyable, absurde…

C'était merveilleux. Tout simplement merveilleux.

— Rien ne nous oblige à aller plus loin, poursuivit-il néanmoins, prouvant ainsi qu'il avait plus d'honneur qu'il aimait à le proclamer. Il est encore temps de rentrer chez toi. Je ne parlerai jamais de cette soirée à qui que ce soit, je te le promets.

— Je ne veux pas rentrer chez moi. Ce que je veux, c'est toi.

— Je ne suis pas le genre d'homme à se marier, il faut que tu le saches.

— Et qui te dit que je suis le genre de femme à se marier ? répliqua-t-elle du tac au tac. Les hommes satisfont leurs désirs physiques en dehors du mariage sans que personne n'y trouve à redire. Personne ne leur demande d'abdiquer leur indépendance. Pourquoi en irait-il différemment d'une femme ?

« Le cœur féminin est une chose très fragile »... Les mots de Charlotte Rivers n'avaient cessé de le hanter.

— Parce que ce n'est pas la même chose. Si nous faisons l'amour ensemble, tu voudras très rapidement plus, tu voudras une relation durable. Je préfère te le dire tout de suite, Callie, je ne suis pas capable de donner plus. À toi ou à n'importe quelle femme.

— As-tu jamais essayé ?

— Il y a dehors un vaste monde qui n'attend que toi pour le sauver, dit-il en souriant avant de prendre la main de Callie pour y déposer un baiser. Tu perdrais ton temps et gâcherais tes innombrables talents à essayer de sauver un gredin de mon espèce.

— Tu ne crois pas que c'est à moi de décider ?

— Tu n'as pas besoin d'un homme comme moi, Callie. Tu es trop bien pour moi. Si tu as deux sous de jugeote, et je sais que tu es une femme intelligente, pars maintenant, et ne reviens jamais.

— Je veux faire l'amour avec toi, insista-t-elle en repoussant une mèche dorée qui retombait sur le front d'Hadrien. Je crois que j'en ai envie depuis notre première rencontre à Parliament Square. Je ne te demande pas de promesses pour l'avenir, je te demande simplement de me donner cette nuit.

— Dans ce cas, ce sera sans excuses ni regrets ! murmura-t-il en l'embrassant dans le cou.

C'était la devise qui l'avait guidé depuis son plus jeune âge, et il s'y était toujours tenu. Il avait fait tout ce qu'il pouvait pour la dissuader, mais il la désirait plus que tout. Il tremblait de désir et avait besoin de ne plus faire qu'un avec elle, de faire partie de sa vie, au moins pour cette nuit.

— Défais tes cheveux, s'il te plaît. Défais-les pour moi.

Quand elle commença à ôter les épingles qui retenaient la somptueuse masse d'ébène, il vit qu'elle tremblait. Comment n'y avait-il pas pensé plus tôt ? Elle était sans doute plus au fait des choses de la politique que de celles de l'amour.

Il se devait de la rassurer.

— Ne t'inquiète pas des conséquences. J'ai une boîte de préservatifs.

— Tu as fait l'amour avec beaucoup de femmes, n'est-ce pas ?

— Je peux te donner du plaisir de plusieurs façons, expliqua-t-il en lui caressant les cheveux. Je n'ai pas forcément besoin de te pénétrer. C'est à toi de choisir.

— Tout, je veux tout de toi !

— Je n'ai encore jamais fait l'amour avec une vierge, mais je ne te ferai pas mal. J'irai doucement, je te laisserai le temps de t'habituer à moi et après, je te donnerai ce que tu demanderas.

— Oh ! Hadrien ! Je ne suis qu'une tricheuse !

Il ignorait de quoi elle parlait mais, pour les éprouver pratiquement tous les matins devant son miroir, il ne connaissait que trop bien ce sentiment lancinant de culpabilité, ce terrible mépris de soi.

— Les journaux m'appellent la Rose de Mayfair parce que tout le monde croit que je suis pure mais en fait, je ne suis plus une jeune fille ! s'écria-t-elle, au bord des larmes.

— Que veux-tu dire ?

— Que je ne suis plus vierge. Depuis dix ans… J'ai laissé dire pendant tout ce temps, mais c'est un mensonge !

— Je ne suis qu'une hypocrite de la pire espèce, Hadrien !

— J'en doute fort, mais continue tout de même, dit-il d'une voix apaisante en lui caressant doucement le dos.

Elle avait décidément la peau la plus douce du monde.

— J'ai été fiancée, il y a longtemps. J'étais jeune, dix-neuf ans à peine, et j'arrivais de ma campagne pour la Saison. Mon entrée dans le monde s'était révélée un désastre. Les autres débutantes cette année-là étaient apparemment toutes plutôt petites, minces et blondes, et les jeunes gens disponibles de la même taille que moi, voire plus petits. Je ne savais pas ce que je redoutais le plus, être remarquée ou ignorée. Chaque bal constituait un véritable calvaire, et même si je savais que rentrer chez moi sans fiancé me marquerait d'un sceau infamant, je m'en moquais. Je n'aspirais qu'à retourner à la maison.

— Mais tu as trouvé un fiancé ? demanda Hadrien en lui prenant la main pour l'encourager.

— J'ai rencontré Gérald à une soirée musicale chez une amie de ma tante. Il était agréable, prévenant même. Quand il m'a confié que lui aussi détestait danser, je me suis sentie à l'aise pour la première fois depuis des mois. Le lendemain, il est venu demander à mon père la permission de me faire la cour. Je dois bien admettre que j'ai été flattée.

— Tu l'aimais ? questionna-t-il avec une pointe de jalousie.

— Disons qu'il m'avait tourné la tête. Il était jeune, plutôt beau garçon, assez viril dans le genre gentilhomme campagnard. Mes parents commençaient à désespérer et à redouter de rester avec une vieille fille sur les bras, et Gérald correspondait à tout ce qu'ils attendaient d'un gendre. Il venait d'une famille tout à fait respectable, et je n'étais pas ce qu'on appelle une affaire.

— Je ne suis pas de cet avis, mais continue.

— La seule à ne pas l'aimer, c'était Lottie.

— Ta tante est une femme de tête, et j'ai beaucoup d'estime pour elle

— Tu as raison. Il m'a fait la cour pendant quelques mois, avant de demander ma main.

— Et tu disais que tu n'étais pas le genre de femme à te marier !

— À l'époque, j'avais lu une ou deux revues féministes, mais je n'étais pas militante. Gérald ne cessait de répéter qu'une fois mariée, je n'aurais plus de temps pour de telles sottises. Sa condescendance me blessait, mais il ne me venait pas à l'idée de refuser de l'épouser. Jamais je n'avais songé que je pourrais faire autre chose de ma vie qu'être la femme de M. Untel. À peine m'avait-il passé la bague au doigt qu'il a commencé à me harceler.

— Pour coucher avec lui !

— Je l'ai repoussé aussi longtemps que j'ai pu. Ce n'est pas que je n'y pensais pas... Il m'avait embrassée plusieurs fois, et cela m'avait plu.

Et puis, il faut bien le reconnaître, j'étais curieuse.

— Tu as un tempérament passionné, ma chérie, l'encouragea Hadrien en lui prenant la main. Il n'y a aucun mal à reconnaître que tu avais envie de faire l'amour, ni que tu aimes ça.

— J'avais très peur, et j'étais très intimidée. Être l'objet de tous les regards pendant que je dansais n'était rien à côté de ce que j'ai ressenti quand Gérald a déboutonné mon chemisier et qu'il a fait une remarque sur la taille de mes seins.

Le salaud ! songea Hadrien.

— Il t'a fait mal, c'est ça ?

— Oh ! il n'avait rien d'un monstre, mais il avait bu ! Le moins qu'on puisse dire est qu'il ne s'est pas montré très patient avec moi. Quand je lui ai demandé d'aller plus doucement, il s'est mis à rire et m'a répondu que la souffrance était le lot des filles d'Ève et que si je n'aimais pas ça, je pouvais toujours fermer les yeux et penser à autre chose en attendant qu'il ait fini.

— Le salaud ! répéta-t-il, à haute voix cette fois, en l'attirant contre lui. Tu as rompu avec lui, j'espère ?

— J'aurais dû, mais je n'ai pas osé. J'étais très jeune, je te l'ai déjà dit, et plutôt conventionnelle, malgré mes convictions. Je lui ai offert ma virginité sur un plateau d'argent.

— C'est lui qui a rompu, alors ?

— Pas exactement…

À l'altération de sa voix, il comprit que le plus pénible restait à venir.

— C'était pendant notre bal de fiançailles, reprit-elle. Depuis qu'il avait eu ce qu'il voulait, il faisait preuve d'une certaine froideur envers moi et se montrait tout juste poli. Nous avons bien entendu ouvert le bal ensemble, puis nous avons passé la soirée chacun de notre côté. Je me représentais une vie entière côte à côte, mais sans rien de commun. Deux existences séparées... J'avais besoin d'un peu de calme pour réfléchir tranquillement. Je venais de m'asseoir dans le jardin quand Gérald et un de ses amis sont sortis sur le balcon pour fumer. Il faisait nuit noire et, juste au moment où j'allais révéler ma présence, je compris que la fille dont ils parlaient, c'était moi.

— J'imagine qu'ils n'étaient pas particulièrement aimables et qu'ils se sont conduits comme des mufles.

— C'est le moins qu'on puisse dire. J'ai oublié les détails, mais je me souviens qu'ils me qualifiaient de « vache à lait » et comparaient la taille de ma dot à celle de ma poitrine. Après cela, Gérald pouvait bien dire ou faire ce qu'il voulait, mes parents pouvaient bien tempêter, supplier ou menacer, rien ni personne n'aurait pu m'obliger à l'épouser. La seule qui m'ait soutenue, c'est Lottie. Elle a tout de suite accepté de m'accueillir à Londres le temps que les choses se calment. Il y a plus de dix ans de cela. C'est une visite qui se prolonge, tu ne trouves pas ?

— Ma chérie, si tu ne vois pas comme tu es belle, laisse-moi au moins te le montrer ! s'écria-t-il en déposant un baiser sur le bout de ses doigts. Laisse-moi te rendre heureuse au moins cette nuit ! Dis-moi de quoi tu as envie !

— À part être avec toi, je ne sais pas trop, avoua-t-elle avec ce demi-sourire énigmatique qu'il aimait tant.

— Caledonia Rivers ne sait pas ce qu'elle veut ? Je n'y crois pas une seconde !

— Eh bien, je te veux... dans moi.

— Tu ne peux pas te montrer un peu plus précise ? demanda-t-il avec un petit sourire, attendri par sa candeur et sa dignité.

— Je veux… prendre ton sexe à l'intérieur de moi, expliqua-t-elle en le regardant bien droit dans les yeux. Là, tu es satisfait ?

— Pas encore, mais cela ne va pas tarder, pour toi comme pour moi ! s'amusa Hadrien avant d'effleurer sa bouche de la sienne.

Dégrafer la robe sombre dans la pénombre ne fut pas une tâche aisée. Callie se tourna pour enlever son corset, son pantalon et sa fine chemise de batiste et se retrouva entièrement nue, à l'exception de ses bas de soie noire et de ses jarretières de dentelle.

Hadrien la rejoignit, la prit par les épaules, et caressa doucement la peau soyeuse de ses bras nus.

— Tourne-toi, s'il te plaît. Je voudrais te regarder, te voir tout entière.

Après un moment d'hésitation, Callie s'exécuta. Se trouver entièrement nue, à l'exception de ses bas et de ses jarretières, devant un homme qui n'avait même pas encore desserré sa cravate, était une situation étrange, extrêmement érotique, un rien perverse, qui aurait pu devenir rapidement vulgaire avec n'importe quelle femme, songea Hadrien. Mais justement, il ne s'agissait pas de n'importe quelle femme. Il s'agissait de Callie, sa petite Callie.

Et Callie était à l'abri de toute vulgarité.

Quand il la vit frissonner, il ne put se retenir plus longtemps et l'attira dans ses bras pour la serrer contre lui.

— Ne m'en veux pas si je suis un peu nerveuse, implora-t-elle en le retenant dans son élan.

J'ai envie de te faire plaisir, mais je ne peux pas m'en empêcher.

— Alors, aide-moi à me déshabiller, murmura-t-il en enfouissant le visage dans la somptueuse chevelure d'ébène.

Il voulait avant tout la mettre à l'aise et se retrouver avec elle sur un pied d'égalité, comme ils l'avaient toujours été, même si Callie était beaucoup trop bien pour lui. Cependant, maintenant qu'ils étaient tout proches, il ne pouvait plus ignorer les battements désordonnés de son cœur, ni l'attraction érotique que sa compagne exerçait sur lui, et encore moins le désir aigu qui dévorait ses entrailles.

Elle défit sans difficulté le gilet de son partenaire mais, avec ses doigts froids et gourds, elle peina sur les petits boutons de sa chemise à plastron.

— C'est toi qui es beau, s'émerveilla-t-elle en effleurant du bout des doigts son torse musclé.

— Tu n'as pas encore fini, ma chère ! J'ai encore des boutons à défaire. Est-ce que tu sens ce que tu me fais ? Tu sens comme c'est dur ? chuchota-t-il fébrilement en lui prenant la main pour la poser sur son membre dressé.

Sans attendre sa réponse, il se pencha pour couvrir de baisers légers comme des flocons de neige son cou et la somptueuse poitrine dénudée. Du bout de la langue, il agaça les tétons roses qui se contractèrent sous la caresse et se délecta du goût délicat de sa chair.

Il aurait pu continuer ainsi pendant des heures mais il se souvint de ce qu'elle venait de lui confier à propos de son fiancé, et préféra ne pas lui rappeler de pénibles souvenirs. Il se débarrassa prestement de ses derniers vêtements, l'entraîna jusqu'au lit et s'agenouilla devant elle comme il l'avait si souvent fait dans ses rêves.

Cette fois, ce n'était pas le fruit de son imagination enfiévrée qu'il étreignait, mais une femme de chair et de sang, celle qu'il désirait plus que tout au monde. Doucement, il écarta les cuisses nues au-dessus des bas de soie et plongea dans le nid palpitant au creux de la toison. Sa langue trouva la fente rose moite de nectar et Callie l'accueillit par un long gémissement.

— Hadrien, je ne savais pas… Je n'aurais jamais imaginé…, balbutia-t-elle en soulevant ses hanches généreuses pour venir à sa rencontre.

— Allonge-toi et laisse-moi te rendre heureuse. Laisse-moi te montrer ce que c'est que le plaisir.

Elle lui obéit, sa longue chevelure de jais répandue sur le dessus-de-lit, sa peau nacrée luisant de l'éclat des perles à la faible lueur du poêle. Tout en poursuivant ses caresses enivrantes, Hadrien souleva les jambes gainées de soie pour les poser sur ses épaules. Il passa les mains sous elle pour caresser ses fesses avant de les écarter doucement et, tandis que ses lèvres et sa langue s'activaient sur le sexe enfiévré, il caressa du bout du doigt le froncement de chair.

— Hadrien ! Qu'est-ce que tu fais ? gémit-elle en se cambrant.

— Je te fais plaisir. Je l'espère, en tout cas. Tu aimes ça ? Ça te plaît ? insista-t-il.

— Oui, mais…

— Pas de « mais », alors ! Rien que du plaisir ! intima-t-il en enfonçant doucement son doigt, tandis que le bout de sa langue décrivait de furieuses arabesques sur le bouton de rose qui palpitait.

— Ô mon Dieu !

Ce fut alors qu'il la fit jouir, que sa tendre chair de femme se mit à palpiter contre sa bouche comme un oiseau éperdu. Hadrien comprit que lui non plus ne pourrait plus attendre très longtemps.

En hâte, il chercha ses capotes anglaises dans le tiroir de la table de nuit, le désir de rendre heureuse sa partenaire l'aidant à tempérer son impatience.

De la rendre plus qu'heureuse…

Il tenait à ce qu'elle garde de cette nuit un souvenir ébloui, et savoir qu'elle n'était plus vierge rendait plus lourde encore sa responsabilité envers elle. Il devait non seulement lui faire aimer l'amour, mais lui faire à tout prix oublier une première expérience désastreuse. Que son ex-fiancé se soit servi du sexe pour humilier la jeune fille innocente qu'elle était ne faisait que le renforcer dans sa détermination à lui donner autant de plaisir qu'elle le lui permettrait.

Il enfila le préservatif sur son membre turgescent, comme il l'avait déjà fait si souvent, mais cette fois, tout était différent.

Cette fois, il était avec Callie…

Quand il se retourna, il vit qu'elle l'observait, ses immenses yeux émeraude brillant comme des escarboucles, et il sut que ce regard le hanterait jusqu'à la fin de ses jours.

— Tu as une peau splendide, s'émerveilla-t-il pour la seconde fois en la prenant dans ses bras.

C'était vrai, et il savait qu'elle avait besoin de compliments.

Il s'allongea doucement sur elle et la pénétra d'un seul coup. Elle se cambra pour mieux l'accueillir et enroula ses jambes gainées de soie autour de sa taille. Cela faisait un certain temps qu'il n'avait pas été avec une femme, et ce mouvement soudain, ainsi que les spasmes qu'elle éprouvait encore, faillirent le faire jouir immédiatement.

Il se reprit et commença son va-et-vient très lentement, sans quitter des yeux le visage de sa compagne.

Renversée sur les oreillers, les yeux fermés, Callie était aussi tendue qu'un arc. S'il en avait le temps, s'ils avaient encore d'autres nuits, il lui apprendrait à lui faire confiance, suffisamment pour qu'elle le laisse attacher ses poignets fragiles aux montants de cuivre du lit. Il lui apprendrait que la soumission peut aussi être douce, même si elle est complète.

Mais pour le moment, il fallait profiter de l'instant, jouir pleinement de chacune de ces secondes volées que la vie leur accordait. L'heure n'était pas aux regrets de ce qui ne serait jamais, mais au bonheur de ce qu'ils vivaient.

Il accéléra sa danse tout en couvrant de baisers son visage, sa gorge et sa poitrine.

— Ouvre les yeux, mon amour. Je veux voir ton regard quand tu jouiras !

Il glissa la main entre leurs ventres ruisselants de sueur pour chercher le bouton de rose encore palpitant, qu'il caressa du bout du doigt.

— Hadrien..., haleta Callie, pantelante, en ouvrant tout grands les yeux.

Le spasme qui la secoua lui disait assez clairement qu'il n'avait plus besoin de se retenir. D'un seul coup, il se libéra et la rejoignit dans le brasier de leur passion avant de s'effondrer contre elle, le visage entre ses seins voluptueux.

Callie reprit ses esprits la première.

— Merci, murmura-t-elle en caressant le dos couvert de sueur d'Hadrien.

— Je t'en prie, souffla-t-il, éperdu, en levant la tête pour la regarder bien en face. Est-ce que quelqu'un t'a dit que tu étais la femme la plus délicieuse qui soit sur terre ?

Non, fit-elle de la tête.

— C'est dommage, parce que c'est la pure vérité. En fait, tu es absolument succulente ! D'ailleurs…

Sur ce, il plongea entre ses jambes pour la pénétrer de la langue.

— Hadrien, je n'en peux plus ! protesta-t-elle. Vraiment, je ne crois pas…

— Vous me mettez au défi, mademoiselle Rivers ? demanda-t-il en souriant.

— Cendre de roses, chuchota Hadrien en suivant le contour d'un téton.

Il avait parlé si bas que Callie douta de l'avoir entendu.

— Tu dis ?

Elle s'était abîmée dans une délicieuse torpeur qui, pour elle, constituait un merveilleux avant-goût du paradis.

— Le bout de tes seins est de ce même rose cendré que les couturières de Londres appellent « cendre de rose », expliqua-t-il en titillant du doigt le téton dressé.

— Pince-moi, s'il te plaît, dit Callie, parcourue de la tête aux pieds d'un délicieux frisson.

— Avec plaisir, répondit Hadrien en riant. Mais pourquoi ?

— Pour être sûre que je suis bien réveillée, et que je ne vis pas un rêve.

— Je suis tout ce qu'il y a de plus réel, si ça peut te rassurer.

Avant de poursuivre ce badinage, Callie tenait absolument à lui faire comprendre ce qu'il était devenu pour elle.

— Je crois que je t'ai attendu toute ma vie, déclara-t-elle en se tournant vers lui.

— Tu ne sais pas qui je suis. Tu ne me connais pas vraiment.

— Eh bien, parle-moi de toi, suggéra-t-elle pour ne pas entrer dans une polémique avec lui. Raconte-moi qui tu es vraiment !

— Tu devrais être plus prudente, Callie. Si je fais ce que tu me demandes, tu n'aimeras peut-être pas ce que tu découvriras !

Elle avait beau être à moitié amoureuse de lui, ce qu'elle lut dans son regard d'azur la glaça.

— Je veux tout savoir de toi ! En tout cas, plus que je n'en sais actuellement, qui n'est effectivement pas grand-chose !

— On dirait un chien qui vient de trouver un os ! Tu ne vas plus me lâcher jusqu'à ce que tu m'aies rongé jusqu'à la moelle… Eh bien, puisque tu tiens à tout savoir, Hadrien n'est pas mon vrai nom, avoua-t-il en croisant les mains sous la tête.

— Pardon ?

Callie aurait été incapable d'expliquer pourquoi, mais elle sentit toute sa tranquille félicité s'évanouir d'un coup. Une appréhension incompréhensible l'envahit subitement.

— Hadrien St Claire n'est qu'un pseudonyme, un nom d'emprunt. Ce n'est pas une personne, c'est un personnage inventé pour toutes sortes de raisons.

— Tu parles sérieusement ?

— On ne peut plus sérieusement.

Le jour de leur équipée dans l'East End lui revint en mémoire. C'est lui qui avait insisté pour l'emmener visiter ces quartiers misérables. La femme au marché et Sally Potts, la « Madame » de la maison de tolérance l'avaient toutes deux appelé Harry, avant de se reprendre.

Qu'avait-il à cacher ? Était-il un criminel en fuite ? Dans ce cas, quelle était la gravité de ses forfaits ? Il ne pouvait pas être Jack l'Éventreur, sinon il l'aurait assassinée depuis longtemps.

Pour le moment, le seul de ses organes qu'il ait mis en danger, c'était son cœur.

— Pourquoi as-tu changé de nom ?

— Parce que... Et pourquoi pas ? Il n'y a aucune loi qui l'interdise. Les comédiens prennent des noms de scène, et personne n'y trouve à redire. Regarde cette danseuse de music-hall qui est devenue la coqueluche du Tout-Paris. Elle se fait appeler Dalila du Lac, mais ce n'est pas son vrai nom. Elle doit s'appeler Jane ou Marie, comme tout le monde, mais Dalila sonne mieux.

Il commençait à s'échauffer, et la sagesse aurait consisté à ne pas insister, mais maintenant qu'il avait soulevé ce lièvre, Callie voulait en avoir le cœur net.

— Cette femme, au marché, et ton amie Mme Potts t'ont toutes les deux appelé Harry. C'est ton vrai nom, n'est-ce pas ?

— Harry Stone.

— C'est sous ce nom qu'elles t'ont connu quand tu vivais dans l'East End, avant de partir pour l'orphelinat, cet endroit que tu aimais tant, à la campagne, c'est ça ?

— Roxbury House, oui. Ça peut paraître curieux, mais cet orphelinat a été la plus grande chance de ma vie. Avant d'y arriver, je n'avais jamais vu un coin de ciel bleu, bu de lait frais et encore moins cueilli de fraises des bois ou de mûres le long des chemins creux. Tu as grandi à la campagne, tu comprends ce que je veux dire...

— Je trouve que Henry ne te va pas mal du tout, le taquina-t-elle en repoussant de son front une longue mèche blonde.

Elle souhaitait détendre l'atmosphère, mais le cœur n'y était plus. Leur merveilleuse complicité s'était évanouie subitement, et c'était sa faute. Qu'avait-elle besoin de chercher à ouvrir à tout prix la boîte de Pandore ?

— C'est dommage, parce que mon nom, c'est Harry. Harry tout court.

— J'aime bien Harry aussi, cela te va bien. Est-ce que tu veux que je t'appelle Harry, maintenant ?

— Surtout pas ! Tu m'as demandé de te dire qui j'étais vraiment, et je l'ai fait, répliqua-t-il en roulant sur elle. Il me semble que cela mérite une récompense. Maintenant, c'est à moi de te demander ce que je veux, puisque je me suis mis à nu pour toi !

Il lui emprisonna les poignets entre ses mains. Quand il les leva au-dessus de sa tête, le cœur de Callie se mit à battre follement et une vague brûlante déferla en elle.

— Mais j'ai déjà mis mon corps et mon âme à nu devant toi, il me semble !

— C'est vrai, et j'ai découvert une très belle âme. Mais pour le moment, je préférerais que tu dévoiles pour moi ta superbe poitrine.

Elle ne répondit pas et, à l'expression de son visage, Hadrien comprit qu'il venait de commettre un impair.

— Tu t'imagines peut-être que tous les hommes sont aussi mufles que ton ex-fiancé, et qu'ils ne voient que ta poitrine quand ils te regardent. Oui, tu as des seins magnifiques, mais toute ta personne est resplendissante, ajouta-t-il en voyant qu'elle ne disait toujours rien.

— Je t'en prie, Hadrien ! J'ai un miroir, tu sais !

— Puisque tu as besoin d'être convaincue, laisse-moi te dire que souvent, seul dans mon lit, je t'ai imaginée seule dans le tien. J'imaginais ce que tu portais, comment tu étais réellement une fois débarrassée de ces vêtements sans grâce que tu aimes tant… Je me demandais si tout ton corps était aussi blanc et doux que ton cou, si la délicate cambrure de tes reins était complètement naturelle et aussi, oui, j'imaginais la beauté de tes seins, comme il devait être délicieux de les toucher, de les embrasser, de les sucer !

— Hadrien, je ne…

— Chut ! Tu vois, tu m'as demandé de te parler de moi, de te raconter qui je suis et maintenant, tu voudrais fermer tes jolies oreilles sous prétexte que tu n'aimes pas ce que tu entends. Eh bien, tant pis, ma chère, parce que si moi je me suis honnêtement exécuté, tu dois en faire autant !

— Très bien. Que veux-tu savoir ?

— Si tu penses à moi de la même façon. Si, lorsque tu es couchée dans ton petit lit de jeune fille, tu écartes tes longues jambes pour te donner du plaisir, si tu imagines que ce ne sont pas tes doigts qui pénètrent ton sexe, mais les miens. Si tu cherches mes lèvres, ma langue, ma verge.

— Tu fais exprès d'être vulgaire ?

Callie se voulait véhémente, mais elle manquait de conviction. Il ne servait à rien de se leurrer. Ce qu'il venait de dire, c'était exactement ce qu'elle avait maintes et maintes fois pensé, imaginé, désiré, fait, depuis quelques semaines.

— Je suis peut-être vulgaire, mais je suis honnête. Allons, avoue, Callie ! Montre-toi aussi honnête que je l'ai été, intima-t-il en glissant la main entre ses cuisses pour la pénétrer des doigts.

Callie sentit une onde brûlante l'envahir. Elle ignorait ce qu'il comptait faire, mais elle était prête, elle le savait. Les doigts d'Hadrien allaient et venaient en elle avec une lenteur affolante.

— Qu'est-ce que tu veux que je te dise ? gémit-elle.

— Je veux que tu me racontes tout ce que tu rêves de faire avec moi dans ces moments-là, ordonna-t-il en s'arrêtant, comme pour mieux exiger. Tout ce que tu rêves que je te fasse, tout ce que tu rêves que nous fassions ensemble. Je veux que tu te caresses comme quand tu es seule. Mais cette fois, tu ne seras pas seule. Je serai là, je te regarderai te donner du plaisir. Je veux voir ton visage quand tu crieras mon nom, je veux te voir jouir !

13

Rien n'est plus lourd qu'un secret.

Proverbe français

L'aube se levait lorsque Callie se faufila à pas de loup dans la maison de Half Moon Street. Après avoir posé soigneusement la robe froissée sur le dossier d'une chaise, elle se glissa dans son lit. Elle était épuisée et une bienheureuse langueur s'était emparée de tous ses membres.

Jamais elle ne s'était sentie aussi bien. En fait, jamais elle n'avait été aussi heureuse. Pour la première fois de sa vie, elle avait fait l'amour, vraiment fait l'amour, et les sensations merveilleuses qu'elle avait découvertes dépassaient tout ce qu'elle avait jamais pu imaginer.

Elle voulait croire qu'Hadrien avait éprouvé la même félicité, qu'il avait reconnu cette force magnétique qui avait uni non seulement leurs corps mais aussi leurs esprits et leurs âmes. Sinon, où aurait-il trouvé ces trésors de tendresse, pourquoi lui aurait-il témoigné tant de délicieuse sollicitude, comme si elle était un bibelot fragile et non une femme de chair et de sang ?

Quant à elle, jamais encore elle n'avait éprouvé un désir aussi violent, éprouvé un besoin aussi impérieux de caresser, de toucher une autre personne.

Ensuite, quand il l'avait accompagnée jusqu'à la station de fiacres, elle avait eu bien du mal à le quitter et n'avait pu résister à l'envie de l'embrasser une dernière fois. Malgré sa fatigue, elle réfléchissait déjà au moyen de le retrouver rapidement, de se blottir à nouveau dans ses bras.

En attendant, elle devait aller prendre le thé chez les Stonevale et préparer le rendez-vous tant attendu avec lord Salisbury, qui avait lieu le lendemain. D'ordinaire, elle était sur le pied de guerre dès sept heures du matin, heure à laquelle, aussi ponctuelle qu'une horloge, elle se versait sa première tasse de thé avant de parcourir la presse tout en dégustant son petit déjeuner.

Ce matin, elle était d'humeur à se faire plaisir et même si elle n'avait aucune envie de se rendormir, elle paressa un peu au lit. Pelotonnée sous les couvertures, elle revécut ces dernières heures passées en compagnie d'Hadrien. Elle sentait sa langue agacer ses seins, ses doigts la mener au bord de la folie, elle revivait le frisson qui l'avait ébranlée tout entière quand il l'avait pénétrée pour la première fois.

Un petit coup discret à la porte vint la tirer de cette délicieuse rêverie.

— Entrez ! dit-elle, s'attendant à voir Lottie.

La porte s'ouvrit sur Jenny qui portait un plateau.

— Bonjour, mademoiselle ! Votre tante s'est dit que puisque vous vous êtes couchée tard, vous auriez peut-être envie de prendre votre petit déjeuner au lit.

— Comme c'est gentil à elle ! s'exclama Callie de son air le plus innocent, en faisant de son mieux pour ne pas rougir.

Le petit déjeuner au lit était un luxe réservé aux grandes occasions telles que les anniversaires ou les retours de voyage, mais Lottie professait des idées fort avancées pour tout ce qui touchait au domaine sentimental et, de son point de vue, voir sa nièce chérie prendre enfin un amant après dix ans d'abstinence valait toutes les fêtes civiles ou carillonnées.

Tandis que Callie sirotait son thé, Jenny s'affaira à remettre un peu d'ordre dans la chambre. Quand elle prit la robe froissée, elle laissa échapper un petit sifflement admiratif qui confirma l'impression de Caledonia. Sa tante et la femme de chambre savaient parfaitement à quelle heure elle était rentrée et avaient très bien compris à quoi elle avait passé la nuit.

Elle préféra donc éviter le regard entendu de la soubrette et consacrer toute son attention au véritable festin qu'on lui avait préparé : une corbeille de scones et de muffins encore chauds, de la compote de fruits du jardin et, douceur suprême, un pot de chocolat crémeux. Après une seconde d'hésitation, elle déclina l'offre de Jenny de lui monter les journaux ; il serait toujours temps d'apprendre les mauvaises nouvelles. Elle pouvait bien se permettre un moment de détente une fois dans sa vie et profiter en paix de ce plantureux petit déjeuner.

Ce matin, elle voulait voir le monde avec les yeux de l'espoir et de l'optimisme !

Elle s'aperçut tout à coup qu'elle mourait littéralement de faim. Elle avait sauté le souper de la veille, après tout, même si c'était pour la bonne cause, et elle avait besoin de reprendre des forces.

Hadrien… Comment avait-il qualifié sa silhouette ? Ah oui… « Généreuse… » C'était lui qui se montrait généreux, avait-elle pensé sur le moment mais, tout bien considéré, une petite vérification s'imposait peut-être. La dernière bouchée avalée, elle rejeta les couvertures et alla d'un pas décidé jusqu'à la psyché.

La femme aux longs cheveux dont elle croisa le regard inquisiteur dans le miroir n'était bien évidemment pas une sylphide, mais elle n'avait rien d'une vache, laitière ou non, comme elle se l'était imaginé depuis le soir de son bal de fiançailles. Sa poitrine était opulente, certes, mais elle était ferme et bien dessinée. Sa taille était bien marquée, ses jambes longues et fines, ses cuisses et ses chevilles suffisamment musclées, aussi belles que celles des danseuses de cabaret en jupes courtes et bas résille dont elle avait vu les photographies dans l'at elier d'Hadrien.

Un instant, elle s'imagina dans la même tenue, pour le seul bénéfice de son amant, bien entendu, et elle se sentit rougir. Restait le plus important, au propre et au figuré. Elle se tourna pour examiner son postérieur dans le miroir et, là non plus, ne découvrit rien de dramatique.

Dire que depuis des années elle se croyait laide, qu'elle considérait son corps comme un ennemi irréductible ! Cette période était révolue. Elle entendait désormais vivre en paix avec son passé et oublier le sentiment d'insécurité ainsi que toutes les vieilles peurs qui la hantaient depuis si longtemps. Son corps n'était ni celui d'un laideron ni celui d'une déesse ; c'était le corps d'une femme ordinaire, avec ses défauts et ses qualités.

Pour la première fois depuis plus de dix ans, elle se vit avec le regard des autres, avec le regard d'Hadrien. Ce que lui montrait son miroir, c'était une jolie femme, saine et encore jeune, qui avait les désirs et les besoins d'une jeune femme normale.

Des désirs qu'Hadrien avait satisfaits au-delà de ce qu'elle aurait pu imaginer dans ses rêves les plus fous. Elle attendait pourtant beaucoup plus de lui, beaucoup plus que la satisfaction de ses désirs physiques. Ce qu'elle voulait, c'était un amant, dans tous les sens du terme. Elle ne voulait pas seulement son corps, si divin soit-il, elle voulait aussi son cœur et son esprit ; elle voulait son âme.

« Si nous faisons l'amour ensemble, tu voudras très rapidement plus, tu voudras une relation durable. Je préfère te le dire tout de suite, Callie, je ne suis pas capable de donner plus. À toi ou à n'importe quelle femme. »

Pour la première fois depuis son réveil, elle sentit retomber son euphorie. Elle savait pourtant qu'elle aurait dû se contenter du peu qu'il était prêt à lui accorder. Il s'était montré parfaitement honnête et l'avait avertie dès le départ. Mais maintenant qu'elle avait entrevu le paradis, comment pourrait-elle raisonnablement retrouver ses anciennes habitudes et reprendre le cours de sa vie comme si de rien n'était ?

Vouloir toujours plus, n'était-ce pas le drame de sa vie ?

Callie n'était pas la seule à avoir passé une nuit blanche. Après l'avoir quittée, Hadrien avait marché sans but dans les rues de Londres, et ses pas l'avaient finalement conduit devant chez son ami Gavin.

Lorsque le valet de chambre l'introduisit dans la petite salle à manger, Hadrien ne fut pas surpris d'y trouver également Rourke, attablé avec Gavin devant un copieux petit déjeuner.

— Vains dieux, Harry, tu as une mine épouvantable ! Assieds-toi et mange vite quelque chose avant de nous faire une syncope ! s'exclama l'avocat, tiré à quatre épingles comme toujours même à cette heure matinale.

— Tu aurais quelque chose à boire ? demanda Hadrien en se laissant tomber sur une chaise.

— Je ne pense pas qu'il veuille parler d'une tasse de thé, ni même de café, remarqua Rourke. Tiens, mon vieux, ça va te donner un coup de fouet. C'est du whisky, et du meilleur. Aucun Écossais digne de ce nom ne partirait sans sa fiasque.

— Merci, ça va mieux ! soupira Hadrien après une copieuse lampée.

— Pour un homme qui a disparu avant le souper, la ravissante Caledonia au bras, tu ne m'as pas l'air particulièrement resplendissant.

— Je l'ai raccompagnée, c'est tout !

— Oui, mais chez qui ? gloussa Patrick.

— Où en es-tu avec lady Kat ? questionna Hadrien, qui entendait bien respecter sa promesse de ne souffler mot à âme qui vive de ce qui s'était passé au cours de cette nuit mémorable.

— Ça avance, ça avance. Je prends de l'emprise sur elle.

— Je vois ! Comme le lierre sur un vieux mur.

Rourke se pencha et asséna à Hadrien une vigoureuse bourrade qui leur rappela l'époque insouciante de leur enfance.

— En fait, nous parlions justement de la nature de l'amour quand tu es arrivé, intervint Gavin. Le Dr Rourke, ici présent, soutient que l'amour n'existe pas ou alors seulement comme une affection temporaire, une folie passagère en quelque sorte. Moi, je suis au contraire convaincu que chacun a, quelque part dans ce vaste monde, son âme sœur. Mes parents, par exemple, étaient profondément amoureux l'un de l'autre. Quand ma mère a défié sa famille pour épouser mon père, elle a tout abandonné – famille, amis, position sociale, fortune –, et jamais je ne l'ai entendue exprimer le moindre regret. Le garni dans lequel nous vivions n'était qu'un galetas, mais elle en avait fait un endroit bien plus chaleureux que n'importe quel château.

Sa voix se brisa, et il s'absorba dans la contemplation de sa tasse de thé. Sans doute était-il revenu à ce jour terrible où, à peine âgé d'une dizaine d'années, il était rentré chez lui pour trouver leur immeuble en flammes. Ses parents et sa petite sœur avaient péri dans l'incendie, le laissant seul sur terre. Depuis, un besoin impérieux de combattre toute la misère du monde et de secourir toutes les détresses qu'il rencontrait sur son chemin ne l'avait plus quitté et ne le quitterait vraisemblablement jamais.

Déjà, alors qu'ils n'étaient encore que des enfants, Gavin possédait un charisme qui le distinguait des autres gamins de leur âge. Leurs camarades l'appelaient souvent « St Gavin », même s'ils n'avaient rien de très angélique, ni les uns ni les autres. Hadrien avait beau l'aimer comme un frère, jamais il n'avait vraiment compris Gavin comme il comprenait Patrick.

— C'est très touchant, intervint le jeune Écossais en se versant une généreuse rasade de whisky, et tes parents étaient peut-être l'exception qui confirmait la règle, mais je persiste et signe. Il faut être fou pour tomber amoureux. Tout ce que je demande à Kate Lindsey ou à ses semblables, c'est de réchauffer mon lit, de porter mes enfants et d'égayer ma table ! Une femme qui remplirait toutes ces conditions, ce serait déjà beaucoup, il me semble. Pas vrai, Harry ?

Quelques semaines plus tôt, Hadrien aurait abondé dans ce sens mais depuis que Callie était entrée dans sa vie, tout avait changé.

Il avait changé, surtout.

Pour un homme qui, toute sa vie, avait considéré le sexe comme une question d'hygiène physique et mentale, engager dans l'amour tout son corps mais aussi tout son cœur constituait une véritable révolution, une expérience aussi radicale que la révélation sur le chemin de Damas. Un véritable miracle en un mot, aussi merveilleux que terrifiant.

Cependant, il était allé trop loin pour revenir en arrière et, bientôt, il lui faudrait affronter Dandridge. Même si ce parlementaire sans scrupule devait l'écraser comme un moustique, jamais il ne le laisserait toucher à un seul cheveu de Callie.

— Je suis dans le pétrin, confessa-t-il, ravalant sa fierté.

— Raconte, intima Rourke qui appréciait la concision.

Sans chercher à masquer ses responsabilités, Hadrien leur raconta sa rencontre avec Callie dans les jardins de Parliament Square, ses démêlés avec les hommes de main de Bull Boyle, et enfin la visite de Dandridge et le marché qu'ils avaient conclu.

— Jésus, Marie, Joseph ! tonna Rourke en abattant sur la table une main aussi impressionnante qu'un battoir. Mais qu'est-ce que tu as dans le crâne, mon vieux ? Tu n'avais qu'à me demander, je t'aurais avancé cet argent. Je te l'aurais donné ! Je vais te le donner, d'ailleurs ! Tu vas me faire le plaisir d'aller voir ce Dandridge, de lui rendre son fric et de lui dire d'aller se faire pendre ailleurs !

— Si ça pouvait être aussi simple… J'en sais trop pour qu'il me laisse tranquille. Il m'a menacé de mort à mots couverts. Ce n'est pas que ma vie importe beaucoup, mais si je ne lui apporte pas la photo qu'il veut, il trouvera un autre moyen de déshonorer Callie, de l'écraser, comme il dit. Et si cette loi sur le vote des femmes finit par passer, sa vie sera sans doute encore plus menacée que la mienne.

— Le salaud ! gronda l'Écossais. Nous pourrions alerter la presse…

— Ce serait ma parole contre celle d'un parlementaire respectable et respecté. Étant donné nos antécédents respectifs, laquelle aurait le plus de poids, à ton avis ?

— Il a raison, intervint Gavin. Il faut trouver autre chose. Tu dois avouer la vérité à Caledonia. Toute la vérité, ne serait-ce que pour la mettre en garde !

— Je sais bien, soupira Hadrien. Elle va me maudire, après ça, et ne m'adressera certainement plus jamais la parole, mais c'est tout ce que je mérite.

— Je n'en serais pas si sûr, si j'étais toi. Laisse-lui au moins la possibilité de te pardonner. Elle pourrait te surprendre, tu sais.

— Oui, si elle ne t'arrache pas tes bijoux de famille, tu as tes chances, renchérit Patrick.

Quelque peu soulagé après cette confession, Hadrien se leva et se dirigea vers la porte.

— Où vas-tu ? lui demanda Gavin.

— Chez moi, faire un brin de toilette avant d'aller tout raconter à Callie.

Une fois dans la rue, il lui vint à l'esprit que, jusqu'à sa rencontre avec Callie, le sexe avait toujours été pour lui une chose extérieure, un intermède agréable qu'il oubliait une fois la parenthèse refermée. Un interlude, en quelque sorte, qui engageait brièvement son corps, mais jamais son esprit et encore moins son cœur, un organe auquel il n'avait d'ailleurs jamais accordé de considération particulière.

Callie avait tout changé, et pour de bon. Même s'il devait ne plus la revoir, il ne serait plus jamais le même. Il souffrait comme un damné, tremblait de peur jusqu'aux tréfonds de son être, mais il se sentait soulagé. Il s'était donné un mal fou pour composer son personnage, mais rester Hadrien St Claire était dorénavant au-dessus de ses forces. Il ne savait pas qui était au juste Harry Stone, mais il était tout prêt à l'accueillir de nouveau dans sa vie.

Lord et lady Stonevale habitaient une modeste maison de style géorgien sur Arlington Street. Le cœur de Callie battait follement tandis qu'elle gravissait les marches du perron. Avant de lever le heurtoir de cuivre, elle passa en revue tout ce qu'elle savait de la carrière politique de Stonevale. Avant d'hériter de son titre de comte, celui qui n'était à l'époque que Simon Belleville avait été le protégé de Benjamin Disraeli, le Premier ministre conservateur de l'époque. Pendant les quinze ans qu'il avait passés à la Chambre des communes, il s'était acquis une réputation d'homme aussi avisé qu'intègre, vivement intéressé par l'amélioration du sort des femmes et des enfants.

Un peu rassérénée par cette pensée, elle laissa retomber le heurtoir d'un geste assuré. Avec son sourire chaleureux, le majordome qui vint lui ouvrir ne ressemblait en rien au lugubre domestique qu'elle imaginait de mise dans la maison d'un parlementaire.

— Par ici, mademoiselle, dit-il en s'inclinant au lieu de la faire attendre dans le hall comme elle s'y attendait.

Ils dépassèrent ce qui parut à Callie le grand salon pour se diriger vers une pièce plus intime donnant sur le jardin. Par la porte ouverte, elle aperçut lord et lady Stonevale, main dans la main devant la cheminée. Un grand chat noir ronronnait sur les genoux de lady Stonevale tandis qu'un chien de race incertaine dormait aux pieds du maître de maison. Toute la scène respirait un bonheur paisible et chaleureux.

Cette ambiance familiale alla droit au cœur de Caledonia et acheva de la mettre à l'aise. Elle avait sous les yeux ce que les philosophes et les poètes avaient chanté depuis la plus haute antiquité, le bonheur simple d'un couple aimant. Par le passé, elle avait considéré ces écrits comme des billevesées sentimentales destinées à faire aimer aux femmes leur sujétion. À présent, elle se demandait s'il n'y avait pas un fond de vérité. Les Stonevale avaient tous deux de multiples activités, mais leur foyer constituait un havre de paix où ils pouvaient se ressourcer et, surtout, se retrouver.

Ils étaient deux…

Pour un peu, elle aurait protesté quand le majordome, en frappant discrètement à la porte, rompit ce tableau idyllique.

— Mademoiselle Rivers ! Je veux dire, Callie ! Je suis tellement heureuse que vous ayez pu vous libérer ! s'exclama lady Stonevale en posant le chat sur le fauteuil qu'elle venait de quitter.

Lord Stonevale s'était levé lui aussi et, en les voyant côte à côte, Callie fut frappée par l'harmonie du couple qu'ils formaient. Lord Stonevale était grand, bien bâti, droit comme un I, et on lui aurait facilement donné une vingtaine d'années de moins que sa petite soixantaine. Quant à son épouse, vêtue d'une robe d'après-midi très simple qui mettait en valeur sa silhouette juvénile, elle s'avança à la rencontre de sa visiteuse avec la grâce aérienne d'une ballerine.

La maîtresse de maison demanda le thé et fit asseoir sa visiteuse auprès d'elle. Callie sentait sur elle le regard plutôt bienveillant du maître des lieux.

« Il est en train de me jauger », pensa-t-elle en se redressant instinctivement.

— J'ai suivi votre action et les progrès de votre proposition de loi avec le plus vif intérêt. Et depuis votre rencontre hier soir, ma femme ne me parle plus que de vous, commença lord Stonevale après quelques échanges de propos anodins. Elle n'est pas facile à impressionner, et c'est la raison pour laquelle j'ai accepté de vous rencontrer aujourd'hui.

— J'en suis très honorée, milord, et je vous remercie du temps que vous et lady Stonevale voulez bien m'accorder.

— Ma femme a une très haute opinion de vous, mademoiselle, et je vous assure qu'on ne gagne pas facilement son estime.

L'arrivée des domestiques qui apportaient le thé interrompit un instant la conversation. Callie profita de ce que la maîtresse de maison remplissait les tasses et passait les assiettes pour observer ses hôtes à la lumière des informations glanées auprès de Lottie. Leur mariage, s'il n'avait pas fait scandale à proprement parler, sortait des conventions et, vingt-cinq ans plus tard, après cinq enfants et un nombre respectable de petits-enfants, tout le monde s'accordait à reconnaître qu'ils étaient toujours aussi profondément amoureux l'un de l'autre.

Caledonia le croyait bien volontiers. Il suffisait de regarder le couple qu'ils formaient pour en être convaincu.

— Comme je vous le disais, si j'apprécie les mérites de vos arguments, j'ai tout de même certaines réserves.

— Et lesquelles, milord ?

— Un certain nombre de vos condisciples semblent croire que briser des vitrines et se livrer à des déprédations est un bon moyen de faire avancer votre cause. Je peux vous assurer que de telles méthodes vous apportent peu de sympathisants, que ce soit au Parlement ou dans la rue.

Il voulait la tester, Callie le comprenait à l'intensité avec laquelle il l'observait, mais elle était bien décidée à passer tous les barrages.

— Je peux vous assurer que ni la Société londonienne pour le vote des femmes ni la Confédération nationale dont nous sommes membres ne soutiennent ce genre d'actions. Cela dit, on peut comprendre la frustration de ces dames. Cela fait plus de vingt ans que John Stuart Mill a déposé devant le Parlement le premier projet de loi sur le vote des femmes, et nous ne sommes toujours pas représentées. Nous n'avons toujours pas de voix... Pour dire les choses crûment, nous avons le droit de payer des impôts mais pas de les voter. C'est une telle situation qui a conduit nos colonies d'Amérique à se révolter il y a un peu plus d'une centaine d'années. C'est tout simplement injuste et, avec tout le respect que je vous dois, il est grand temps de mettre fin à cette injustice !

— Le vote des femmes pour les élections nationales est encore un concept révolutionnaire pour beaucoup. Comme tous les jeunes gens, il vous reste à apprendre la patience, mademoiselle. Si les années que j'ai passées en Orient m'ont appris quelque chose, c'est justement que les Britanniques sont toujours prêts à imposer des réformes aux autres, mais qu'ils montrent une grande répugnance à les décider chez eux.

— Et pourtant, milord, nos concitoyennes ont le droit de vote pour les élections locales depuis deux ans, et la société britannique ne s'en porte pas plus mal.

— Vous avez des arguments de poids, mademoiselle. Du temps où j'étais célibataire, je me serais certainement opposé à une telle mesure. Toutefois, un quart de siècle d'union avec une femme aussi intelligente et courageuse que mon épouse m'a ouvert les yeux et l'esprit, et m'a permis de reconnaître la force stupéfiante du beau sexe, et son extraordinaire capacité de compassion.

Avec un sourire plein de tendresse, il se pencha pour prendre la main de lady Stonevale.

— Christine est ma plus loyale et ma plus fervente admiratrice, mais aussi ma plus honnête critique. Elle est beaucoup plus pour moi qu'une simple épouse, une aide et la mère de mes enfants, même si elle remplit tous ces rôles à merveille. Elle est avant tout ma conscience et ma foi. Il est rare que je ne cherche pas conseil auprès d'elle.

Callie croisa le regard plein d'émotion de lady Stonevale et sentit le sien s'embuer. Se voir autant désirée, autant estimée, autant respectée, à ce point aimée devait être une expérience merveilleuse.

Si délicieuse qu'ait été la nuit passée dans les bras d'Hadrien, cela ne lui suffisait pas. Elle voulait plus qu'une seule nuit d'amour ou même que toute une suite de nuits d'amour. Elle voulait l'homme qu'elle aimait à ses côtés pour le restant de ses jours, pour le meilleur et pour le pire, année après année.

— Ce que Simon met beaucoup de temps à vous dire, intervint Christine Stonevale en se tournant vers sa visiteuse, c'est qu'il a décidé de soutenir le projet de loi sur le vote des femmes. N'est-ce pas, chéri ?

— Tu as toujours eu l'esprit de synthèse, ma douce, sourit son mari en déposant un baiser sur le bout des doigts de son épouse. J'ai rendez-vous ce soir avec mon vieil ami lord Salisbury, reprit-il en se tournant vers Callie. Avant la fin du dîner, le Premier ministre saura que je soutiens inconditionnellement le projet de loi accordant le droit de vote aux femmes.

Tout ce que Callie demandait, c'était que lord Stonevale ne rejette pas d'emblée tous ses arguments et qu'après mûre réflexion il accepte de voter en faveur du projet de loi. Jamais elle n'aurait osé espérer qu'il lui proposerait de se faire leur champion auprès du Premier ministre.

Pour un peu, elle en aurait laissé tomber sa tasse de thé !

— Vous ne pouvez pas imaginer ce que votre soutien signifie non seulement pour moi, milord, mais aussi pour les milliers de femmes qui, dans toutes les îles Britanniques, se battent depuis des décennies pour obtenir le droit de vote sinon pour elles, au moins pour leurs filles et leurs petites-filles. Le temps vous montrera que vous avez eu raison de nous accorder votre confiance, milord. À moi et à nous toutes.

— Dans ce cas, mademoiselle, vous avez ma parole que je ferai tout ce qui sera en mon pouvoir pour que votre projet de loi soit adopté. Je serai le premier à me lever pour réclamer haut et fort « le droit de vote pour les femmes, tout de suite ! ».

14

On peut tromper tout le monde pendant un moment, certaines personnes pendant un certain temps, mais on ne peut pas tromper tout le monde indéfiniment.

Abraham LINCOLN

En sortant de chez Gavin, Hadrien se dirigea vers les bureaux de Callie à Langham Place, où une secrétaire lui apprit sèchement que Mlle Rivers n'était pas venue de la journée ce qui, tout le monde s'accordait à le dire, ne s'était encore jamais produit.

Sachant à quelle heure elle avait quitté son atelier, Hadrien n'en fut pas le moins du monde surpris. Après tout, elle avait bien mérité de paresser au lit toute la journée si ça lui chantait. Malgré sa fatigue, la seule pensée de Callie blottie entre des draps suffit à le mettre en émoi.

Trop heureux d'échapper à la curiosité de la douzaine de regards inquisiteurs qui le scrutaient sans la moindre indulgence, il quitta les bureaux de la Société pour remonter Regent's Street et héler un fiacre.

Il donna au cocher l'adresse des Rivers à Half Moon Street et répéta mentalement ce qu'il allait dire à Callie. Plusieurs possibilités s'offraient à lui, mais il en revenait toujours au même point. La vérité était incontournable, et elle n'avait rien de flatteur pour lui. Quand il lui aurait fait des aveux complets, Callie le haïrait, il en était certain, mais il se devait de la mettre à l'abri des manigances de Dandridge – du moins autant qu'une personnalité publique aussi controversée qu'elle pouvait être protégée des polémiques et des calomnies. En tout cas, le sacrifice en valait la peine.

Les nerfs à fleur de peau, Hadrien, pressé d'en finir, sauta à bas du fiacre et sonna à la porte des Rivers. La soubrette au regard effronté qui vint lui ouvrir l'informa avec un sourire ironique que « Mlle Rivers n'était pas à la maison ». Hadrien ne sut s'il devait maudire ce contretemps ou se réjouir de ce répit, et encore moins comment l'interpréter.

Callie regrettait-elle déjà leur nuit d'amour et refusait-elle de le voir ? Pire, Dandridge en avait-il eu assez d'attendre le cliché sulfureux qui la décrédibiliserait ? Avait-il décidé d'employer des moyens plus expéditifs pour la réduire au silence ?

Il fallait absolument qu'il la mette en garde mais, pour ce faire, encore fallait-il qu'il la trouve. Il était déjà en bas du perron lorsque la gracieuse silhouette de Charlotte Rivers apparut sur le seuil de la porte.

— Monsieur St Claire ! Entrez donc ! Ma nièce n'est pas à la maison pour le moment, mais nous pouvons bavarder tranquillement tous les deux en l'attendant.

Des myriades d'excuses se bousculaient déjà sur les lèvres d'Hadrien, mais Charlotte Rivers n'était pas femme à s'en laisser conter et, quand elle l'assura qu'elle s'apprêtait justement à lui rendre une petite visite, il comprit qu'il valait mieux rendre les armes. De plus, si une personne pouvait l'aider à trouver Caledonia, c'était bien sa tante.

À peine eut-il franchi le seuil que la petite soubrette s'empara de son manteau et de son chapeau, qu'il dut bien lui abandonner avant de suivre la maîtresse de maison dans un charmant petit salon.

— Je suis vraiment ravie de votre visite, cher monsieur. Je m'apprêtais à prendre un verre de porto, et je déteste boire seule. Vous allez vous joindre à moi, n'est-ce pas ?

— Avec plaisir.

Le whisky de Patrick était loin, maintenant, et un doigt de porto l'aiderait certainement à affronter l'épreuve qui l'attendait.

— Je ne sais pas quand Callie va revenir, expliqua Charlotte en sortant un flacon de cristal et deux verres d'un cabinet à liqueurs. Elle est partie voir lord Stonevale, et Dieu seul sait combien de temps cela va lui prendre.

Le fameux rendez-vous avec les Stonevale, bien entendu ! Il avait complètement oublié les succès de Caledonia au bal de la veille, et l'invitation à prendre le thé chez lord et lady Stonevale. Quel idiot il faisait !

La voix de Mme Rivers le ramena à la réalité.

— Je vous remercie d'avoir raccompagné Callie hier soir. Ces migraines sont parfois très éprouvantes, et je sais qu'elle se serait fait couper en morceaux plutôt que de me demander de rentrer et de renoncer à la soirée.

Plutôt que de mentir, Hadrien préféra faire mine de se chauffer les mains devant le feu. Parmi les bibelots qui ornaient le manteau de la cheminée, une photographie retint son attention. Une Charlotte Rivers encore jeune lui souriait au bras d'un homme mince, un peu dégingandé, d'une élégance irréprochable. Derrière eux, une gondole un peu floue glissait sur l'eau tranquille d'un canal.

— Édouard, mon défunt mari. Dieu ait son âme. Cette photographie a été prise à Venise, un an avant sa mort. Les médecins lui avaient recommandé le soleil de l'Italie. Nous nous doutions qu'il s'agissait de notre dernier voyage à l'étranger, et cela en faisait un moment à la fois très doux et un peu mélancolique.

— Je suis certain qu'il se considérait comme le plus heureux des hommes de finir ses jours auprès de vous.

— C'est moi qui avais de la chance. Il n'y a pas de plus grand bonheur qu'aimer et être aimée en retour, vous savez. Que cette félicité absolue dure des années ou un seul instant, c'est toujours un inestimable don du ciel. Quand je pense que beaucoup laissent passer leur chance de goûter à ce bonheur sans mélange, cela me désespère.

Charlotte Rivers était beaucoup trop fine et perspicace au goût d'Hadrien, et il se sentait embarrassé sous son regard perçant. Si elle savait qui il était vraiment, elle le jetterait certainement dehors avec pertes et fracas. Pour se donner une contenance, il prit sur le manteau de la cheminée un second cliché, le portrait d'un très jeune couple, qui faisait pendant au premier.

La jeune fille, presque une adolescente encore, était assise, raide comme la justice, sur une chaise à haut dossier, les dentelles et les volants de ses jupes soigneusement étalés autour d'elle. Un homme un peu râblé, au cou de taureau et à la mine renfrognée, se tenait à ses côtés, une main appuyée au dossier de la chaise, l'autre enfoncée dans sa poche de gilet.

Le visage de la jeune fille avait quelque chose de familier qui retint l'attention d'Hadrien. Callie ! Le visage était plus plein, les pommettes moins marquées, la bouche sensuelle étirée dans un sourire contraint, mais c'était bien elle. Il imaginait parfaitement le supplice qu'elle avait dû subir pour faire de sa somptueuse chevelure cet échafaudage de boucles et de rubans, mais il n'osait mettre sur le compte de cette coiffure ridicule la tristesse insondable de son regard.

— Cette photo a été prise quelques semaines avant son vingtième anniversaire, intervint Lottie.

— Et l'homme à côté d'elle était son fiancé, je suppose ?

Encore une fois, une vague de jalousie aussi violente qu'irrationnelle lui mordit le cœur et, pour un peu, il aurait jeté à terre le cliché sépia et l'aurait rageusement piétiné.

— Ma nièce vous a dit qu'elle avait été fiancée ? s'étonna Charlotte Rivers. Ils n'étaient pas faits l'un pour l'autre, un aveugle l'aurait tout de suite vu, mais ses parents avaient tellement peur d'avoir une vieille fille sur les bras qu'ils se moquaient éperdument qu'elle soit heureuse ou non. Je la garde parce que c'est la seule photographie que je possède de ma nièce. Jusqu'à ce que Mme Fawcett vous engage, elle avait toujours obstinément refusé de revenir devant l'objectif !

Pauvre Callie ! Comment s'étonner qu'elle ait une si piètre opinion des hommes et du mariage, et un tel dégoût de la photographie ? Ce portrait avait dû représenter une véritable séance de torture. À présent qu'il connaissait les humiliations qu'elle avait dû subir non seulement de la part de son butor de fiancé, mais aussi de sa famille, il serait le dernier à le lui reprocher.

— Gérald Dandridge n'était qu'un cadet, mais d'une excellente famille. Pas vraiment le haut du panier, mais très respectable et considérée... Quoi qu'il en soit, j'ai été ravie qu'elle en soit débarrassée, expliqua Charlotte en remettant le portrait en place.

— Gérald Dandridge ? s'étrangla Hadrien. Est-il parent avec Josiah Dandridge ?

— Mais bien entendu. C'est son fils. Le bruit court d'ailleurs que Gérald briguera le siège de son père aux prochaines élections.

Depuis le début, Hadrien avait été convaincu que la haine farouche du vieux parlementaire pour Callie dépassait leurs divergences politiques. Maintenant, il comprenait pourquoi. Cette vieille outre gonflée d'orgueil ne pardonnait pas à la jeune femme d'avoir envoyé promener son rejeton, et il entendait venger cet impardonnable affront.

Il ne savait pas encore comment il pourrait utiliser cette information à son avantage – ou plutôt à celui de Callie. Il avait besoin d'y réfléchir.

— Merci beaucoup de votre hospitalité, madame, mais je ne vais malheureusement pas pouvoir attendre Callie plus longtemps. Pourrez-vous lui dire que je suis passé, je vous prie ?

— Volontiers, mais qu'est-ce qui vous presse tant ? Vous avez à peine touché à votre porto ! s'exclama Lottie en désignant le verre d'Hadrien, encore aux trois quarts plein.

— Nous aurons bientôt l'occasion de lever notre verre tous les trois, j'en suis certain. Mais pour le moment, j'ai une visite urgente à faire. Pour affaires, justement.

La servante, qui devait écouter à la porte, n'eut que le temps de s'écarter lorsqu'il sortit dans le hall. Il n'eut pas la patience d'attendre qu'elle se remette de sa surprise et prit lui-même son manteau et son chapeau au porte-manteau.

Il dévalait les marches du perron lorsqu'il se trouva nez à nez avec un homme élégant vêtu d'un pardessus vert bouteille. Ce visage fin, à la moustache soigneusement lustrée, lui était vaguement familier bien qu'il soit certain de ne jamais l'avoir eu comme client. Pourtant, il n'oubliait jamais un visage...

Il s'apprêtait à passer son chemin après un signe de tête poli lorsque l'inconnu l'arrêta.

— Vous êtes le photographe, n'est-ce pas ? Celui chez qui Callie va poser ?

— Effectivement. Nous sommes-nous déjà rencontrés ?

— Je suis Théodore Cavendish, mais mes amis m'appellent Teddy.

Hadrien faillit rétorquer qu'il y avait peu de chances qu'ils soient un jour amis, mais il se retint à temps. Cet homme ne lui avait rien fait, et il s'agissait manifestement d'un ami de Callie ou de sa tante, d'une connaissance au moins. Il n'avait aucune raison de se montrer impoli avec lui.

— Puis-je me permettre de vous demander votre prénom ?

Un instant, l'idée que le nouveau venu était peut-être un séide de Dandridge effleura Hadrien, mais son allure très comme il faut, son air effacé et ses vêtements qui respiraient l'aisance ne cadraient pas avec ce rôle douteux.

— Je m'appelle Hadrien, bien que je ne comprenne pas l'objet de votre question.

— Hadrien St Claire ! Vos initiales sont donc H.S. ! reprit l'homme à la moustache, dont le sourire s'était effacé.

Hadrien se rappela soudain où il l'avait aperçu. C'était à des meetings féministes. Les représentants du sexe fort y étaient peu nombreux et la mise recherchée, quoique peu conventionnelle, de ce Théodore Cavendish ne passait pas inaperçue.

— J'y suis, maintenant. Vous êtes l'ami de Callie, et vous assistiez au rassemblement de Parliament Square !

— C'est exact.

Les deux hommes se jaugèrent du regard, comme deux chiens qui ne savent pas encore s'ils vont se mordre ou jouer ensemble.

— En fait, reprit Teddy sur le ton de la confidence, Callie et moi sommes bien plus que des amis, si vous voyez ce que je veux dire...

— Je crains que non, mais peut-être aurez-vous l'obligeance de me l'expliquer ?

— Nous allons bientôt nous marier, confia Théodore avec une mine de conspirateur.

Hadrien eut soudain l'impression que le sol se dérobait sous ses pieds et qu'il sombrait dans le gouffre insondable du néant. Callie fiancée ? C'était impossible !

— Je quitte sa tante à l'instant, et elle ne m'en a pas parlé, pourtant, objecta-t-il d'un ton parfaitement neutre.

— Pas étonnant. C'est une affaire décidée depuis des mois, mais avec tous ces journalistes qui ne la lâchent pas d'une semelle, Callie a préféré attendre avant de l'annoncer publiquement, vous comprenez ? se rengorgea l'insupportable Teddy en bombant son torse malingre. Dès que tout ce ramdam à propos du projet de loi sera passé, nous publierons les bans. Mais jusque-là, motus et bouche cousue !

Pour mieux résister à la tentation de les serrer autour du cou de poulet de ce dandy d'arrière-boutique, Hadrien enfonça ses mains au fond de ses poches et tenta de rassembler ses idées. Callie, épouser ce falot personnage ? C'était une plaisanterie ! À moins qu'après ses fiançailles malheureuses avec cette brute de Dandridge junior, elle ait trouvé un charme rassurant au pâle Cavendish ?

— Dans ce cas, permettez-moi d'être le premier à vous féliciter.

La politesse aurait voulu qu'il serre la main de l'heureux fiancé, mais Hadrien se méfiait de ses réactions et préféra s'abstenir.

— Merci, mon vieux ! s'exclama Cavendish en lui assénant une grande tape sur l'épaule comme s'ils étaient des amis de longue date. Si les portraits que vous avez faits de Callie me plaisent, je vous engagerai pour faire les photographies de notre mariage. Et je saurai me montrer généreux, je peux vous l'assurer !

— J'ai bien peur de ne pouvoir honorer de nouvelles commandes pour le moment, malheureusement, grinça Hadrien, qui aurait préféré mourir de faim plutôt que de photographier Callie en robe de mariée, au bras de ce perroquet prétentieux.

L'estomac noué, il fit un pas en avant. Si ce fiancé à la noix faisait seulement mine de le retenir encore une fois, il n'hésiterait pas à lui envoyer son poing sur la figure. Mais soit la mine d'Hadrien était suffisamment féroce, soit Teddy était aveuglé par le bonheur, toujours est-il qu'il s'effaça avec un sourire obligeant.

Pour un peu, Hadrien l'aurait regretté. La satisfaction aurait sans doute été de courte durée, mais il aurait tout de même éprouvé un grand plaisir à écraser comme une mouche cet insupportable crétin.

Callie se serait presque mise à danser dans la rue lorsqu'elle quitta la résidence des Stonevale. Jamais elle n'aurait osé espérer que leur entretien se déroulerait aussi bien, et son entrevue du lendemain matin avec lord Salisbury s'annonçait désormais sous les meilleurs auspices.

Millicent allait être aux anges. Tout à son désir de faire partager sa joie, elle envisagea un instant de s'arrêter dans un bureau de poste pour envoyer un télégramme à son mentor, mais une sorte de superstition la fit renoncer à cette idée. Mieux valait ne pas vendre la peau de l'ours avant de l'avoir tué. De plus, si elle avait appris une chose en se lançant dans la politique, c'était bien que rien n'était jamais gagné d'avance. Trop d'éléments indécelables au premier abord pouvaient faire capoter au dernier moment un projet qui se présentait pourtant bien, et la Fortune était toujours prête à changer de camp.

La prudence la plus élémentaire commandait de garder pour elle la bonne nouvelle et surtout de ne pas l'ébruiter de l'autre côté de l'Atlantique tant que la victoire ne serait pas assurée.

Elle pouvait bien entendu faire confiance à Lottie et lui parler, même si la seule personne avec qui elle aurait aimé partager sa joie était Hadrien. Après une seule nuit dans ses bras, elle entretenait déjà des rêves de midinette où ils traversaient la vie main dans la main pour finir dans une maison chaleureuse, un peu comme celle qu'elle venait de quitter, pleine de livres, de fleurs, d'animaux et de photographies de leurs enfants et petits-enfants.

Bien entendu, ce n'étaient là que chimères qui resteraient à jamais lettre morte. L'arrivée d'Hadrien dans sa vie constituait certes une véritable bénédiction, mais c'était un oiseau sur la branche, et il ne ferait que passer. Le mieux à faire était de mettre à profit le temps qu'il voudrait bien lui accorder et, le moment venu, de se montrer bonne joueuse et de le laisser partir sans pleurs ni supplications vers de nouvelles aventures.

Avec l'aide de Dieu, ce ne serait pas pour demain.

Entre-temps, elle entendait bien profiter de la vie et de son amant.

C'est donc d'un pas léger qu'elle fit son entrée dans le salon de Half Moon Street, où la vue de Théodore Cavendish tempéra quelque peu son enthousiasme.

— Teddy ! Quelle bonne surprise ! s'exclama-t-elle en s'efforçant de dissimuler sa déception.

— Je vous laisse entre jeunes, annonça Lottie avec un sourire de commande. Je suis à côté, si tu as besoin de moi, chuchota-t-elle en passant devant sa nièce.

— Cette mallette que vous avez achetée l'autre jour, c'était pour lui, n'est-ce pas ? attaqua-t-il d'emblée.

Si Hadrien avait manifesté ce genre de hargne jalouse, Callie aurait été ravie. Mais Teddy n'était qu'un ami, rien de plus, et elle estimait avoir passé l'âge de rendre des comptes à qui que ce soit.

— Tout dépend de quel « lui » vous voulez parler, rétorqua-t-elle sèchement.

— Vous le savez très bien. Hadrien St Claire ! Vous êtes amoureuse de lui, n'est-ce pas ?

— Qui vous a raconté de telles sottises ?

Teddy redressa et but une gorgée de porto. Callie coula un regard vers le coffre à liqueurs et, en voyant la carafe de cristal pratiquement vide, se demanda combien de verres il avait avalés.

— Ce n'est pas une réponse, reprit-il.

— Non, effectivement. J'ignorais d'ailleurs que je vous en devais une.

Un instant, ils se défièrent du regard, comme deux bouledogues prêts à se jeter l'un sur l'autre, puis Teddy se dégonfla comme une baudruche sous un coup d'épingle.

— Même s'il disparaissait de la circulation, vous n'accepteriez toujours pas de m'épouser, n'est-ce pas ?

— Non, Teddy, je ne vous épouserais pas. Et si j'ai dit ou fait quoi que ce soit qui vous ait donné de faux espoirs, je le regrette infiniment, répondit-elle, radoucie par la tristesse pathétique de son ami.

Elle était effectivement désolée pour lui. Teddy était un homme loyal et dévoué, qui lui vouait une affection profonde et sincère, et il méritait une vie heureuse et pleine d'amour. Elle éprouvait beaucoup d'affection et de sympathie pour lui, mais c'était Hadrien qu'elle aimait de toute son âme, et le fait qu'il ne lui rende pas son amour n'y changerait rien.

— Pas autant que moi ! soupira-t-il, vidant son verre de porto.

Callie hésita. Elle avait envie de lui témoigner sa sympathie, de poser la main sur son épaule pour le réconforter. Craignant toutefois que, compte tenu des circonstances, ce geste soit mal interprété, elle préféra s'en abstenir.

Elle attendit un long moment qu'il se ressaisisse, mais il resta silencieux, la tête enfouie dans ses mains.

— Oh ! Teddy ! Cela fait des années que nous sommes amis. Je vous en prie, oublions toutes ces sottises et faisons comme si vous ne m'aviez rien dit ! Dans quelques jours, tout sera redevenu comme avant ! plaida-t-elle, n'y tenant plus.

— C'est impossible ! répondit-il d'une voix étouffée en levant vers elle un regard embué de larmes.

— Mais pourquoi ?

— Quand je vous aurai dit ce que j'ai fait, vous me mépriserez jusqu'à la fin de vos jours !

— Je ne pourrai jamais vous mépriser. Quoi que vous ayez fait, ça ne peut pas être si terrible ! protesta-t-elle en s'efforçant d'étouffer l'inquiétude qui l'avait gagnée.

— À votre place, je n'en jurerais pas !

De retour à son atelier, Hadrien se mit à faire les cent pas comme un lion en cage. Callie allait donc épouser cette nullité ! Il ne pouvait pas y croire, mais de toute façon, personne ne lui demandait son avis. Que cela lui plaise ou non, il n'avait pas voix au chapitre. C'était lui qui avait clamé haut et fort qu'il n'était pas fait pour le mariage, et qu'ils n'avaient aucun avenir ensemble. Elle n'avait donc aucune obligation envers lui ni de comptes à lui rendre.

S'il s'était bien gardé de lui faire la moindre promesse, et elle ne lui en avait pas fait non plus. Il comprenait pourquoi, maintenant. Elle s'était déjà engagée auprès de ce Cavendish au regard de chien battu et à la moustache gominée.

Pour elle, leur nuit de passion n'était qu'une aventure avant de passer aux choses sérieuses, une façon d'enterrer sa vie de célibataire en quelque sorte. À moins qu'elle ne soit comme les autres femmes de la bonne société qu'il avait rencontrées, et qu'elle veuille le beurre et l'argent du beurre, un mari respectable avec qui se montrer en public et un amant avec qui se donner du bon temps en privé.

Il n'était certainement pas le mieux placé pour donner des leçons de morale, mais l'idée que Callie puisse l'utiliser, le considérer comme un simple instrument de plaisir, un peu comme une prostituée, le rendait malade. Il n'avait aucun droit sur elle, il le savait, mais ne pouvait rien contre la jalousie aiguë qui le dévorait.

Leur histoire, terminée alors qu'elle avait à peine commencé, ne serait-elle qu'une rencontre sans lendemain ? Peut-être désormais n'entendrait-il plus parler d'elle que par les journaux ou par une lettre de temps en temps ? À moins qu'elle n'ait décidé de changer de vie, de se retirer de la vie publique et d'avoir des enfants pendant qu'il était encore temps ? Elle paraissait tellement s'amuser avec ces gamins, l'autre jour dans le parc.

Peut-être resterait-elle en contact avec lui épisodiquement, peut-être même lui amènerait-elle sa nichée pour qu'il les photographie ? L'image de Callie arrivant dans son atelier suivie d'une ribambelle d'enfants lui donna un haut-le-cœur, et il partit chercher la bouteille de gin. Ne lui avait-il pas dit qu'elle ferait une merveilleuse mère ?

Pourquoi donc se sentait-il tellement vide ? Pourquoi ces pensées le rendaient-elles malade ?

Le carillon de la porte d'entrée le tira de ses sombres réflexions. Il leva les yeux et se trouva nez à nez avec Josiah Dandridge.

— Où étiez-vous passé ? Je suis déjà venu un peu plus tôt, et votre boutique était fermée.

— Mais que fait donc votre espion ? Il ne vous rapporte plus mes moindres faits et gestes ?

Enfin, je suis content de votre visite, cela m'évite de me déplacer.

— Vous avez le cliché ?

En revenant de chez Gavin, Hadrien avait eu tout le temps de réfléchir, et il avait décidé d'oublier sa fierté et d'accepter la proposition de Rourke. Il lui faudrait certainement des années, peut-être tout ce qu'il lui restait de jeunesse, pour rembourser son ami, mais au moins ne devrait-il plus rien à Dandridge.

— Il n'y a pas de cliché, et il n'y en aura pas. J'annule notre marché. Cela va me prendre encore quelques jours, mais je vais vous rembourser intégralement. Vous pouvez considérer cette affaire comme terminée.

Il s'attendait à un éclat de colère or, à sa grande surprise, le vieux parlementaire éclata d'un rire sonore.

— Oh ! Vous allez un peu vite en besogne, monsieur St Claire ! Ou devrais-je dire… monsieur Stone ?

Le sang d'Hadrien se figea dans ses veines. Tout à coup, il se sentit nu, exposé, comme une photographie dans le révélateur.

— Cela vous étonne que je connaisse votre véritable nom ? demanda Dandridge avec un sourire cynique. Vous ne pouvez imaginer tout ce que je sais sur vous, mon jeune ami ! Je connais votre histoire et vos moindres faits et gestes jour par jour, heure par heure ! Je sais non seulement qui vous êtes, mais aussi ce que vous êtes, et si vous ne remplissez pas votre part du marché, je veillerai à ce que tout le monde à Londres l'apprenne immédiatement ! Et voyez-vous, je doute que le fils d'une prostituée de bas étage, et ancien pickpocket de surcroît, trouve beaucoup de gens suffisamment naïfs pour le laisser photographier leurs femmes et leurs filles !

Depuis qu'il avait atteint l'âge adulte, Hadrien n'avait eu qu'une seule crainte, être démasqué, voir révélée sa véritable identité. Pourtant, maintenant que le pire était arrivé, il se sentait étrangement calme.

— Eh bien, j'en prends le risque.

— Ne faites pas l'idiot ! Jouez le jeu jusqu'au bout, et vous aurez encore un brillant avenir devant vous. Et si vous n'avez pas envie de rester à Londres, vous pourrez toujours aller vous établir à Paris. Allons, soyez sage, et prenez-moi cette photographie !

« Soyez sage... »

« Sois sage, sois sage, sois sage... »

Les voix du passé revinrent aux oreilles d'Hadrien avec autant de clarté que si elles résonnaient dans la pièce.

« Laissez ma mère tranquille, salaud ! »

« Je vous en prie, J. D., laissez-le tranquille ! C'est encore un enfant ! »

« Encore un enfant, encore un enfant... »

Comme des images projetées par une lanterne magique, des fragments de mémoire lui revenaient les uns après les autres. Sa mère recroquevillée dans un coin, l'hématome qui bleuissait sur sa peau claire, les morceaux de son appareil photo, qu'il avait fabriqué lui-même, la main de fer qui l'avait poussé sur ce matelas, les motifs à fleurs du dessus-de-lit...

Josiah Dandridge !

L'homme qu'il connaissait par ses initiales, J.-D., l'un des plus riches clients de Madame Dottie, l'un des habitués de sa mère, celui qui l'avait battue et qui avait fracassé l'appareil photo de Harry quand il avait voulu l'utiliser contre lui.

Le sadique qui l'avait violé et lui avait révélé toute la noirceur de la nature humaine.

— C'est vous ! Vous êtes J.D. ! Je comprends maintenant comment vous connaissez mon nom, espèce d'ordure !

Il fondit sur le vieux parlementaire, maintenant voûté par l'âge, l'attrapa au collet et abattit son poing sur le nez patricien avec toute la rage et la violence accumulées au fil des ans. Quand le sang jaillit, Hadrien lâcha sa proie, qui s'abattit sur le sol comme une poupée de chiffon. L'arrogant client qui avait jadis tous les droits venait de perdre sa superbe et n'était plus qu'un vieillard incapable de se relever.

— Vous n'avez aucune preuve, Stone ! s'exclama-t-il. Ce sera votre parole contre la mienne, la parole d'un fils de pute contre celle d'un respectable parlementaire, d'un pilier de la société. Personne ne vous croira !

Un instant, Hadrien envisagea sérieusement de tuer cette ordure. S'il y renonça, ce fut à cause de Callie. Achever le maître chanteur ne les aiderait ni l'un ni l'autre. S'il finissait au bagne ou sur la potence, comment serait-il en mesure de la protéger ?

— À votre place, je n'en serais pas aussi certain ! J'ai peut-être plus de cartes dans ma manche que vous ne pouvez le croire. Et sachez que si vous essayez encore de nuire à Caledonia Rivers de quelque façon que ce soit, jusqu'à mon dernier souffle, j'emploierai chaque minute que Dieu me donnera à vous le faire payer, à vous et à votre cher fils Gérald ! Eh oui, j'ai entendu parler de ces fiançailles rompues, poursuivit-il tandis que le vieil homme pâlissait. La brutalité m'a tout l'air d'un trait de famille, chez vous !

Profitant de la surprise de Dandridge, il le saisit par le col de son manteau, le traîna à travers la pièce comme le vieux vicieux l'avait traîné bien des années plus tôt, ouvrit toute grande la porte et le jeta dehors avant de lui lancer sa canne.

— Et n'approchez plus Caledonia Rivers, Dandridge. Plus jamais !

Il claqua la porte dans un grand fracas de clochettes avec une satisfaction sans mélange, comme s'il l'avait refermée sur le passé et toutes ses peines.

L'avenir ne s'annonçait peut-être pas sous les meilleurs auspices, mais plus jamais il ne serait hanté par ses vieux démons. Après s'être caché pendant plus de quinze ans, Harry Stone était enfin libre de vivre sa vie, et il fallait bien avouer que c'était une sensation merveilleuse.

15

Je parle en mon nom uniquement quand j'affirme que les femmes n'ont pas la voix à laquelle elles ont droit dans le choix de la représentation nationale. Mais je vous avertis qu'il n'y a pas actuellement de question qui divise plus complètement les partis, et que je ne suis même pas certain d'exprimer l'opinion de la majorité de mon propre parti...

Robert GASCOYNE-CECIL, marquis de SALISBURY, *Discours à la Primrose League*, 1896

Pour Callie, le rendez-vous avec le Premier ministre avait été la cause de nombreuses nuits sans sommeil. Maintenant que le grand jour était arrivé, elle était tout simplement heureuse de laisser ce sujet de préoccupation derrière elle.

Lord Salisbury avait toujours montré un grand intérêt pour les Affaires étrangères, dont il avait gardé le portefeuille en plus de sa charge de chef du gouvernement, et il avait préféré gouverner depuis le Foreign Office et non depuis le 10 Downing Street, résidence habituelle de tous ses prédécesseurs.

Tandis qu'elle gravissait derrière le secrétaire particulier de Salisbury les degrés du grand escalier du Foreign Office et qu'ils suivaient les galeries lambrissées du premier étage, ses pensées revinrent aux révélations que Teddy lui avait faites la veille. Elle avait d'abord été furieuse de le voir aussi mal interpréter la nature de leur relation, mais sa colère n'avait pas tardé à se dissiper, surtout lorsqu'il lui avait avoué, les larmes aux yeux, qu'à l'instar de son idole Oscar Wilde il était adepte de l'amour « qui n'ose pas dire son nom ».

Toute sa vie, il avait combattu sa véritable nature et, en désespoir de cause, il avait fini par penser que le mariage avec une femme qui était également son amie la plus proche le guérirait de ses penchants et apporterait la solution à tous ses problèmes. En y réfléchissant, il semblait à Callie qu'elle avait toujours su que les sentiments de Teddy n'allaient pas au-delà de l'amitié. Il fallait dire à sa décharge que, depuis des années, il s'était toujours montré un ami fidèle et sûr.

Malgré son envie de courir retrouver Hadrien et de dissiper le malentendu que Teddy avait suscité, elle n'avait pas pu abandonner le pauvre garçon dans l'état où il se trouvait. Ils étaient restés longtemps à bavarder, et elle avait encore manqué le dîner. Si elle continuait ainsi, elle aurait bientôt une silhouette à faire pâlir d'envie une sylphide.

Pourtant, en dépit du manque de sommeil et de nourriture, elle se sentait parfaitement calme tandis qu'elle se rendait chez le Premier ministre. La raison de ce calme olympien avait un nom ou plutôt un prénom : Hadrien.

Avant leur rencontre, la cause des femmes et l'obtention du droit de vote avaient constitué sa seule raison de vivre. En l'espace de trois petites semaines, tout avait changé. Avoir auprès d'elle une personne qui ne s'intéressait ni de près ni de loin à la politique lui avait ouvert de nouvelles perspectives, lui donnant le recul qui lui avait sans doute manqué, elle s'en rendait compte maintenant, au cours des dix dernières années.

Grâce à Hadrien, elle réalisait qu'une vie réussie ne se mesurait pas uniquement à l'aune des succès matériels. Elle était bien entendu toujours décidée à rallier lord Salisbury à leur cause, mais si le rendez-vous de ce jour échouait, elle et ses consœurs auraient au moins la satisfaction d'avoir fait tout leur possible pour faire avancer les choses.

Lorsque l'autorisation d'entrer retentit de l'autre côté de la porte, Callie retint son souffle. Certaines remarques du Premier ministre pouvaient être interprétées comme un soutien, même tiède, au suffrage féminin. Quoi qu'il en soit, avec les politiciens, il fallait toujours faire la part des choses, et elle ne voulait pas crier victoire trop tôt.

La porte s'ouvrit sur un grand bureau orné de boiseries et d'un impressionnant plafond à caissons. Lord Salisbury se leva pour les accueillir. Il approchait de la soixantaine et son visage volontaire encadré d'une frange de cheveux blancs et d'une barbe poivre et sel évoqua pour Callie quelque moine soldat du Moyen Âge. Le regard dont il l'enveloppa n'avait rien de sévère ou d'hostile ; il dénotait une certaine lassitude. Comment s'en étonner ? Les charges qui pesaient sur cet homme devaient être écrasantes. Il n'était pas grand, avec des épaules tombantes, mais il en imposait néanmoins.

— Asseyez-vous, je vous en prie, mademoiselle. Mon estimé collègue, lord Stonevale, m'a dit le plus grand bien de vous et, après tous les éloges que j'ai entendus à votre sujet, je suis heureux de faire enfin votre connaissance.

— Je vous suis infiniment reconnaissante de m'accorder cette entrevue, milord.

— Vous comprendrez certainement la difficulté de ma position. En tant que Premier ministre, je ne peux pas compromettre l'unité de ma majorité pour une cause que beaucoup de femmes en Grande-Bretagne n'approuvent pas.

Ses dix années de militantisme avaient appris à Callie qu'il y avait un temps pour tout ; un temps pour les sourires et les compromis, et un temps pour l'audace et l'action. Le moment présent entrait plutôt dans la seconde catégorie.

— Avec tout le respect que je vous dois, milord, il me semble que la mission de votre gouvernement est avant tout de protéger les droits de tous les sujets britanniques, quels que soient leur appartenance politique ou leur sexe, et quelles que soient les circonstances, ajouta-t-elle tandis que ses pensées volaient vers Iris Brown.

Pour l'ouvrière et toutes ses collègues, être une femme n'était qu'un obstacle de plus dans leur lutte quotidienne pour obtenir des conditions de vie décentes pour elles et les leurs.

— Mais on me rapporte que des femmes font la grève de la faim, cassent des vitrines et vont parfois même jusqu'à s'enchaîner à des grilles. La police doit venir les déloger physiquement avec des scies à métaux. Ce gouvernement ne peut tolérer de telles violences, mademoiselle, quelle que soit la valeur de la cause que ces dames prétendent défendre.

Salisbury s'était juré d'unifier durablement les différents courants du parti conservateur et, quelles que soient ses opinions personnelles sur le suffrage féminin, il était peu probable qu'il se fasse le champion d'une cause qui risquait de compromettre une unité si difficilement acquise et encore si fragile.

Quand il évoquait des violences commises par des militantes féministes, il faisait allusion à Emmeline Pankhurst qui, avec son époux Richard, avait fondé l'année précédente la Ligue pour l'Émancipation des Femmes. Depuis son siège de Manchester, la ligue multipliait les actions radicales et faisait régulièrement les gros titres de la presse à scandale. Sachant que sa réponse serait déterminante pour le cours que prendrait l'entretien et l'impression qu'en garderait le Premier ministre, Callie pesa soigneusement ses mots.

— On trouve des extrémistes dans tous les mouvements politiques, comme vous le savez, milord, et la cause des femmes n'échappe malheureusement pas à cette règle. Cela dit, permettez-moi de vous assurer que la violence, sous quelque forme que ce soit, n'a jamais eu et n'aura jamais droit de cité dans notre organisation.

Elle avait fait à peu près la même promesse à Stonevale la veille, et elle était bien décidée à faire tout ce qui était en son pouvoir pour la tenir.

— Vous êtes certainement consciente que beaucoup d'hommes politiques, libéraux aussi bien que conservateurs, craignent qu'en accordant le suffrage universel aux femmes, le nombre d'électrices dépasse celui des électeurs. Pour dire les choses crûment, si vous reformuliez votre proposition de loi en limitant le droit de vote aux femmes d'un certain âge soit directement propriétaires, soit épouses d'un propriétaire, vous augmenteriez grandement les chances de voir cette loi adoptée.

Salisbury guettait sa réponse en pianotant nerveusement sur la surface polie de son bureau, mais Callie hésitait. Lier le droit de vote à la qualité de propriétaire avait toujours constitué un sujet de discorde au sein de la Confédération nationale pour le vote des femmes. Même si personnellement elle avait toujours ardemment demandé les mêmes droits pour les femmes que pour les hommes, quelques semaines plus tôt, elle aurait peut-être considéré qu'une moitié de gâteau valait mieux que pas de gâteau du tout.

Depuis sa rencontre avec Iris Brown, cette position était devenue indéfendable à ses yeux. Pour quelle raison l'ouvrière et ses condisciples auraient-elles moins de droits que Mlle Caledonia Rivers ? Parce qu'elles ne possédaient rien d'autre que les vêtements qu'elles avaient sur le dos ? Quelles chances auraient la petite June et toutes les petites filles de sa condition d'obtenir un jour une vie meilleure si on leur déniait le droit de s'exprimer par leur suffrage ? Avait-elle le droit de défendre uniquement les femmes de condition aisée et d'abandonner les plus pauvres et les plus vulnérables à leur vie de misère ?

— En ce qui me concerne, je ne peux pas en conscience défendre de telles restrictions. Ne pas instaurer le suffrage féminin sur les mêmes bases que celui des hommes constituerait un déni de justice flagrant, et reviendrait simplement à établir différents degrés de sujétion.

— Vous faites preuve d'une grande franchise, mademoiselle, et c'est une qualité devenue rare chez nos contemporains. Si vous obtenez des soutiens suffisants pour que votre proposition fasse l'objet d'un vote, je ne ferai rien pour m'y opposer. Voilà tout ce que je peux vous promettre.

Le soir venu, Hadrien referma soigneusement la porte de l'arrière-boutique où séchaient les derniers clichés de Callie. Une fois ses défenses tombées, elle avait fait un modèle aussi charmant qu'intéressant. Il avait là toute une gamme d'expressions. Callie, les yeux étincelants de colère, le défiant du regard et du menton au cours de leur première séance de pose, quand il l'avait délibérément provoquée ; Callie devant un massif de rhododendrons contemplant pensivement les gamins en train de jouer…

Ce qui à l'origine n'était qu'une ruse pour endormir sa méfiance lui avait permis d'obtenir une des plus belles séries de portraits de toute sa carrière, digne d'exposition à côté des plus grands. Mais quels que soient leur intérêt et leur valeur artistique, aucun n'égalait les images plus intimes qu'il gardait en mémoire. Callie, pleine d'ardeur et d'audace, debout sur sa caisse à savon pour haranguer les ouvrières en grève devant les portes de la manufacture ; Callie, les joues en feu, courant pour échapper à la police ; et surtout Callie, renversée en arrière, les yeux mi-clos, un sourire extatique sur ses lèvres entrouvertes, juste après le plaisir.

Il posa son tablier et alla faire un brin de toilette. Il ne lui restait plus qu'à s'habiller pour se rendre chez les Rivers. Il arriverait en même temps qu'elle, à peu de chose près. Il ne pouvait pas différer davantage ses aveux. La belle assurance dont il avait fait preuve devant Dandridge s'était évanouie. Il n'avait évidemment aucune preuve contre le vieux parlementaire et, après ce qui s'était passé la veille, cette canaille n'aurait plus un instant de repos tant qu'il ne l'aurait pas ruiné, au propre comme au figuré.

Sous peu, Callie – et tout Londres avec elle – saurait qui il était et ce qu'il était véritablement. Le lui dire lui-même avant qu'elle n'apprenne la sordide vérité par les journaux était le moins qu'il puisse faire.

Si elle n'avait pas eu ce rendez-vous tant attendu avec le Premier ministre, le point d'orgue de toute son action et de tous ses sacrifices, il n'aurait pas attendu si longtemps. Mais les révélations qu'il avait à lui faire ne manqueraient pas de la bouleverser, et il n'avait pas voulu la déstabiliser avant un entretien qui requérait toute son énergie et toute sa concentration.

Après lui avoir expliqué qui il était et raconté comment Dandridge avait voulu l'utiliser pour la déshonorer, il s'en irait pour ne plus revenir. Il sortirait de sa vie à jamais, et elle en serait vraisemblablement ravie, surtout si elle s'apprêtait à se marier avec un autre.

Toutefois, ce regard de jade qui avait le don de le chavirer continuerait longtemps à le hanter, peut-être jusqu'à la fin de ses jours. Il était amoureux d'elle. Il l'aimait, tout simplement, et ne pouvait plus se le cacher.

L'ironie avait voulu que ce soient précisément les révélations de ce fiancé inattendu qui lui avaient fait comprendre la véritable nature de ses sentiments. Il n'avait pas un naturel romantique et dire « je t'aime » lui avait toujours semblé pure excentricité. Y ajouter « toujours » équivalait à une tentative de suicide. Mais c'était avant qu'il ne rencontre Callie... Même si elle était perdue pour lui, il ne pouvait plus ignorer ce qu'il éprouvait pour elle, pas plus qu'il ne pouvait cesser de respirer.

Un frôlement contre ses jambes et un long miaulement vinrent lui rappeler que, bien que sa vie soit en train de s'écrouler, il avait toujours une bouche à nourrir.

— Eh bien, ma belle, qu'est-ce que tu penses de Paris ? demanda-t-il en se baissant pour caresser Dinah. À moins que tu ne préfères Venise ?

— En ce qui me concerne, j'aime bien Londres ! répondit une voix féminine en haut de l'escalier.

Callie ? Le cœur battant à tout rompre, Hadrien grimpa les marches quatre à quatre et entra dans la pièce doucement éclairée par toutes les chandelles dont il disposait.

— J'espère que vous ne projetez pas de partir en vacances prochainement, cher monsieur ? lança-t-elle, vêtue de la robe de chambre d'Hadrien, sa longue chevelure de jais répandue sur les épaules.

Un instant, le cœur d'Hadrien s'arrêta de battre mais le sourire malicieux de Callie le rassura. Elle ne savait rien encore, sinon elle ne serait pas là, et certainement pas dans cette tenue.

Elle lui jeta les bras autour du cou et l'entraîna dans un baiser si passionné que la tête leur en tourna à tous les deux.

— Me permettez-vous de vous inviter à un petit pique-nique d'intérieur, cher monsieur ? chuchota-t-elle en désignant un panier d'osier et un seau à champagne posés sur la table.

Ainsi, elle avait déployé pour lui tout l'arsenal de la séduction, songea Hadrien. Elle n'avait pas besoin de se donner beaucoup de mal, d'ailleurs, son membre dressé comme un mât de cocagne en témoignait assez. Quant à elle, elle était visiblement dans les mêmes dispositions, à en juger par sa façon de se presser contre lui.

— Cela dépend de ce que ton fiancé penserait s'il savait que tu es ici, répliqua-t-il en se remémorant le sourire satisfait de cet insupportable Teddy.

S'il s'attendait à la surprendre, il en fut pour ses frais.

— Comme je n'ai pas de fiancé, mais seulement un excellent ami à qui il arrive de dire et de faire n'importe quoi quand il est désespéré, tout ce qui m'importe, c'est ce que tu en dis, toi ! répondit-elle en souriant.

Elle l'enlaça et lui expliqua rapidement la nature de ses relations avec Teddy et les raisons de ce mensonge.

— Je me suis conduit comme un idiot, admit Hadrien, vexé de s'être laissé duper aussi facilement. J'aurais dû m'en douter ! Comment ai-je pu tomber aussi facilement dans le piège ?

— Tu as vraiment été terriblement jaloux ?

— Terriblement !

Il avait pourtant décidé de ne pas la toucher avant d'être passé aux aveux complets, mais comment résister à une telle séductrice ? Avec ses yeux étincelants et ses lèvres offertes, elle était l'incarnation même du désir. Il l'attira contre lui et pressa son sexe gonflé de sève contre son ventre.

— Je sais que je ne devrais pas m'en réjouir, mais cela me fait trop plaisir.

Elle glissa la main dans son pantalon et entreprit d'en tirer les pans de sa chemise. La timidité et la retenue de la nuit passée étaient bien loin…

— Callie, attends ! Tu te souviens, l'autre nuit, je t'ai dit que j'avais changé de nom quand j'étais revenu à Londres ?

— Oui, murmura-t-elle distraitement, trop occupée à déboutonner sa chemise pour l'écouter.

— Attends ! Je n'ai jamais eu le temps de t'expliquer pourquoi.

— Mais cela n'a aucune importance ! C'est du passé, tout ça. Tu n'as aucune explication à me donner.

— Au contraire, c'est très important ! Je croyais qu'avec une nouvelle identité, j'allais pouvoir repartir de zéro, commencer une nouvelle vie, me refaire une virginité...

Il s'apprêtait à poursuivre, à tout lui avouer, quand elle se pencha sur sa poitrine pour promener ses lèvres sur sa peau dénudée. Comment garder toutes ses bonnes résolutions sous ces caresses voluptueuses, comment résister à la douceur de cette bouche chaude, à cette langue mutine ?

C'était au-dessus de ses forces.

— Nous aurons bien le temps tout à l'heure, dit-elle en souriant. Pour le moment, emmène-moi dans ton lit ou plutôt...

Tout en couvrant de baisers le visage d'Hadrien, son cou, ses épaules, sa poitrine, elle l'entraîna à l'autre bout de la pièce, jusqu'à ce que le mur les arrête, et entreprit de défaire les boutons de son pantalon.

— Tu es tellement beau, là et là..., chuchota-t-elle en refermant les doigts sur le membre dressé. Tu aimes ça ?

— Oh oui..., gémit-il.

— Ce que je fais est comme il faut, alors ?

— Très bien, même si « comme il faut » n'est peut-être pas le terme qui convient. Je dirais plutôt « délicieux » ou « exquis », mais si tu continues comme ça, je ne vais plus pouvoir me contrôler, et je vais jouir.

— C'est précisément le but, il me semble.

— Mais pas encore ! Pas avant que tu aies pris du plaisir, toi aussi.

— Mais je prends du plaisir ! J'ai plaisir à te regarder, à te toucher. Je n'ai fait qu'y penser depuis que je t'ai quitté hier. J'avais du mal à me concentrer sur ce que me disait lord Salisbury. Tout ce que j'attendais, c'était de venir te retrouver ici.

Elle le lâcha, mais juste quelques secondes, le temps de s'agenouiller devant lui et de prendre son sexe dans sa bouche.

— Callie, tu n'es pas obligée…

— Je sais bien, mais j'en ai tellement envie. C'est tellement difficile à comprendre et à admettre ?

Il s'apprêtait à lui répondre mais ses lèvres s'étaient de nouveau mises en action, et il oublia immédiatement ce qu'il voulait lui dire.

— J'aime ton sexe, il a bon goût, tu sais.

Il la laissait faire, le temps qu'elle trouve ses marques, qu'elle prenne de l'assurance. Appuyé contre le mur, il se contenta de relever la longue chevelure d'ébène pour qu'elle ne retombe pas dans les yeux de sa compagne. Il avait fait toutes sortes de choses avec toutes sortes de partenaires, mais jamais encore il n'avait eu ce genre de prévenance envers aucune. Là, il s'agissait de Callie, de la seule femme que désirait son cœur, de la seule femme qu'il aimait.

Il s'agissait de celle qu'il aimait…

Il n'en pouvait plus, il allait jouir. Callie avait dû lire dans ses pensées car elle se leva et sortit de la poche de la robe de chambre l'un des préservatifs qu'il gardait dans sa table de chevet. Il la regarda le dérouler soigneusement sur son sexe qui n'attendait que ça, contempla les seins qui pointaient sous la soie du peignoir et sentit qu'il ne pourrait plus se retenir très longtemps.

— Enroule tes jambes autour de ma taille et accroche-toi à mes épaules, intima-t-il en se penchant pour la prendre dans ses bras.

La robe de chambre s'ouvrit, révélant la splendeur de sa chair généreuse, de ses seins ronds, de ses cuisses marmoréennes surmontées du triangle sombre.

— Tu es si belle ! soupira-t-il en la soulevant pour que le nid douillet se pose sur son membre frémissant.

Il explora le fourreau moite, qui était prêt à le recevoir. Prenant appui contre le mur, il la pénétra d'un seul coup.

— Hadrien, Harry, je me moque de savoir ton vrai nom ! Je t'aime ! gémit-elle en resserrant son étreinte.

Les joues en feu, la tête rejetée en arrière, sa longue chevelure d'ébène flottant dans son dos, toute trace de timidité envolée, elle était plus belle et plus attirante que la plus superbe des Amazones.

C'était parfait. Presque trop parfait. Callie répondait à chacun de ses assauts avec une ardeur égale à la sienne et jamais Hadrien, qui avait connu plus de femmes qu'il ne pouvait en compter, n'avait fait l'amour avec une telle harmonie. Il s'abandonnait à cette ivresse nouvelle avec l'impression de perdre l'esprit. C'était à peine s'il reconnaissait la voix qui prononçait ces mots d'amour « Tu es si belle ! », « Jamais je n'ai connu... »

Il avait perdu conscience de son corps et, tout à coup, ils ne faisaient plus qu'un.

— Ô mon Dieu, Callie !

Il jouit si brusquement et si fort qu'il lui fallut de longues minutes pour se rendre compte que le goût métallique qu'il avait dans la bouche était celui du sang.

— Ça va mieux ? murmura Callie en caressant du bout du doigt la lèvre ensanglantée d'Hadrien.

— Beaucoup mieux, la rassura-t-il en déposant un baiser sur sa main.

Couchés en chiens de fusil dans le lit en désordre, ils revenaient lentement à la vie. De sa main libre, Callie caressait doucement le dos et les épaules de son compagnon. Même épuisés comme ils l'étaient, elle aurait pu continuer jusqu'à la fin des temps.

— Ça ne t'ennuie pas que je te touche ? s'inquiéta-t-elle.

— Tu peux me caresser pendant un million d'années, je n'en aurai jamais assez, murmura-t-il d'une voix ensommeillée.

Ce n'était pas encore une déclaration d'amour, mais un million d'années parut à Callie une durée suffisante pour bâtir une relation solide.

— Tant mieux, parce que je ne m'en lasserai jamais.

Elle déposa un baiser sur la nuque d'Hadrien et se serra plus fort contre lui, satisfaite. Ils n'avaient pas parlé d'amour, mais sans doute n'était-il pas prêt à exprimer par des mots un sentiment si nouveau pour lui. Pour le moment, la tendresse de ses regards, de ses gestes et de ses caresses depuis qu'il l'avait trouvée en haut de l'escalier, la façon qu'il avait eue de répéter son nom encore et encore avant de jouir étaient suffisamment éloquents pour prouver ses sentiments.

À la lueur des chandelles, sa peau luisait doucement, comme du marbre poli. Lentement, elle suivit du bout du doigt la ligne athlétique des épaules, descendit le long de la colonne vertébrale jusqu'à la taille. Ensuite venaient les fesses et les cuisses si fermes, puis les jambes musclées. Il était aussi beau et bien fait que le David de Michel Ange !

— Tu es tellement beau que je pourrais passer la journée à te regarder, murmura-t-elle.

— Juste me regarder ?

Le petit sourire qu'il affichait et la lueur malicieuse qui dansait au fond de ses yeux d'azur donnèrent des idées à Callie, dont la main descendit sous les draps. Comme elle s'en doutait, sa virilité, dure comme le roc et douce comme la soie, n'attendait qu'elle.

— J'ai entendu dire qu'une femme peut prendre un homme en elle par trois endroits différents. Pour le moment, nous n'en avons essayé que deux…

— Callie ! Qu'est-ce que tu dis ?

— La nuit dernière, quand tu as mis ton doigt… là…, ça m'a plu. Je ne sais pas pourquoi, mais ça m'a plu.

— Ma verge est beaucoup plus grosse que mon doigt. Même avec une crème, je risquerais de te faire mal.

— Ça m'est égal. Je veux être avec toi par tous les moyens possibles.

Le tiroir où il rangeait ses préservatifs renfermait également un pot de crème lubrifiante. Hadrien se pencha par-dessus sa compagne et l'en sortit.

— Alors, commençons par un massage, si tu veux bien. Tu sais que j'aime chaque centimètre de ton corps ? demanda-t-il tandis que sa main enduite de crème commençait par la base du cou, puis descendait lentement jusqu'à la croupe.

Callie se raidit soudain.

— Tu as de belles fesses, tu sais, pleines et généreuses. J'ai très envie de te pénétrer par là. Tu veux savoir pourquoi ?

— Tu aimes les femmes avec un gros derrière ?

— Tu as en partie raison. J'aime ton corps, et j'aime ton derrière. Tu sais que tu as une petite fossette qui me rend fou, juste là ? poursuivit-il en suivant du doigt le sillon entre sa fesse et sa cuisse gauche.

Puis il remonta lentement la raie et commença à doucement caresser la chair plissée.

Callie fut parcouru d'un long frisson.

— Quand je te caresse là, tu sais que la petite fossette que j'aime tremble ?

C'était tout son corps qui tremblait.

— Tu es si belle…

Il écarta les fesses et tout le corps de Callie se tendit vers lui, dans l'attente du dard qui allait la pénétrer, tandis que son pouls s'accélérait et que son cœur s'emballait.

Quand le doigt d'Hadrien se glissa en elle, elle se souleva sur les genoux pour mieux venir à sa rencontre. Elle aurait voulu qu'il la pénètre plus fort, plus loin, jusqu'au fond de son corps si c'était possible.

— Encore ? demanda Hadrien, le souffle court, en la prenant par la taille pour l'attirer contre lui afin qu'elle sente son érection.

— Encore ! implora-t-elle en cambrant les reins pour venir à sa rencontre.

— Tu en veux plus ?

Une petite douleur délicieuse, et deux doigts d'Hadrien se glissèrent en elle. Il lâcha sa taille et elle se sentit soudain abandonnée. Elle s'agita comme un poisson pris au piège, mais elle n'avait aucune envie de s'échapper de la nasse.

Une soudaine sensation de fraîcheur lui indiqua qu'il avait repris de la crème.

— Tu veux que j'arrête ? chuchota-t-il en lui mordillant l'oreille.

Il n'était pas question de s'arrêter maintenant. Elle voulait sa récompense, elle l'exigeait. Elle s'agrippa aux montants de fer du lit et s'arc-bouta pour mieux s'offrir.

— Non ! Oh ! non, je t'en prie !

Il la saisit par les hanches et la pénétra, non pas d'un coup comme tout à l'heure, mais lentement, tout doucement, petit à petit. Il avait bien fait de la prévenir que ça ferait mal, mais la douleur aiguisait tous ses autres sens. Elle savoura l'odeur de leurs sueurs mêlées, la fraîcheur des draps rêches sous ses genoux et surtout, pour la première fois de sa vie, elle se sentit belle, belle de tout son corps.

— Tu es délicieuse ! murmura-t-il à son oreille.

De sa main libre, il s'empara d'un sein, le caressa, titilla le téton qui se dressa sous ses doigts, jusqu'à ce qu'elle soit prête à crier son plaisir.

— Hadrien ! Je...

Il abandonna sa poitrine et descendit jusqu'à la toison ruisselante. Ses doigts s'insinuèrent dans la brèche frémissante et la ramenèrent à la vie.

Unie à lui par-devant et par-derrière, Callie perdit la tête. Tout son être criait grâce, mais tous ses sens demandaient plus.

— Ô mon Dieu ! Hadrien ! gémissait-elle tandis que montait en elle un plaisir qu'elle n'aurait jamais cru possible.

— Tu peux crier si tu veux, il n'y a personne pour t'entendre, sauf moi, haleta-t-il en la mordant doucement dans le cou.

16

J'aurais pu guérir les blessures,
les chagrins et les douleurs.
Mais jamais je n'ai eu l'intention
de jouer ce mauvais rôle,
Car le mal vient du manque d'idées
autant que du manque de cœur.

Mary LEE, *South Australia Register,*
2 avril 1890

La faim finit par les tirer du lit.

En bas, la boutique était fermée et les volets soigneusement tirés. À l'abri du monde et des regards indiscrets, Callie, en sous-vêtements ornés de dentelle, arpentait l'atelier en buvant du champagne dans un verre à moutarde, tout en examinant des photographies qu'elle avait déjà vues maintes fois, mais qu'elle avait l'impression de découvrir.

Les feux de la passion lui faisaient tout considérer d'un œil neuf.

— Mademoiselle Rivers, vous a-t-on dit dernièrement que vous feriez le bonheur d'un photographe ?

Callie abandonna le cliché de la jeune fille nue sur un canapé et découvrit Hadrien au milieu de l'escalier, un plateau de pain, de fromage et de fruits dans les mains. Avec ses cheveux blonds en bataille et son regard d'azur qui pétillait, son torse athlétique que découvrait sa chemise ouverte, il était beau comme un dieu.

— Eh bien, prends-moi en photo.

— Je ne fais que ça depuis des semaines.

— Je ne parle pas de ce genre de photographies. Un cliché comme celui-ci, expliqua-t-elle en désignant le nu qu'avait admiré Dandridge.

— Tu veux que je fasse une photo de toi nue ? s'étrangla Hadrien.

Callie se méprit sur sa réaction. Elle qui pensait avoir surmonté ses vieilles inhibitions sentit soudain revenir tous ses anciens complexes. Et cette fois, ce n'était plus une simple question de fierté ; elle était blessée jusqu'au fond du cœur. Pour la première fois de sa vie, elle aimait vraiment un homme. Elle aimait Hadrien et, même s'il ne l'aimait pas en retour – ou du moins pas encore –, savoir qu'il ne la trouvait pas belle, qu'il faisait l'amour avec elle uniquement pour se distraire, ou peut-être pour se montrer charitable, était trop difficile à admettre.

— Ça ne fait rien, c'était une idée ridicule. N'y pense plus.

Il posa le plateau sur la table et la prit par les épaules.

— Ce n'était pas du tout une idée ridicule, et je n'ai aucune intention de l'oublier mais jusqu'à maintenant, je pouvais m'estimer heureux d'avoir pu te convaincre de poser sans tes horribles lunettes. J'aimerais simplement comprendre ce qui t'a fait changer d'avis.

— C'est que… Je sais que je ne suis pas aussi jeune, ni aussi mince et jolie que la jeune fille du portrait, mais cette nuit et la nuit dernière, tu m'as fait...

Elle ne put poursuivre. Elle savait qu'elle ne pouvait se mesurer avec des beautés comme le modèle de la photographie, mais elle avait besoin qu'on lui dise qu'elle était belle telle qu'elle était, qu'elle pouvait être désirable et, surtout, qu'elle pouvait être aimée.

— Oh ! Callie, ma petite folle adorée ! Tu devrais pourtant savoir que, pour moi, tu es mille fois plus belle que cette fille et ses semblables ! Tu as des seins que t'envieraient la plupart des courtisanes, des jambes à faire pâlir d'envie une danseuse de music-hall, mais tout ce que je voudrais comprendre, c'est pourquoi maintenant précisément.

— Parce que j'aimerais avoir un souvenir de ce moment, quelque chose que je pourrais garder au fond d'un tiroir pour le sortir quand je serai une vieille dame à cheveux blancs et que plus personne ne voudra de moi.

« Pour me souvenir de toi quand tu seras sorti de ma vie depuis longtemps », aurait-elle voulu ajouter.

— Tu seras toujours belle, même avec les cheveux blancs.

— Tu n'es pas obligé de me flatter.

— Je n'essaie pas de te flatter, c'est la vérité, tout simplement. Si tu savais à quel point c'est vrai ! ajouta-t-il en dessinant de la main les courbes voluptueuses de ses seins et de ses hanches.

— Alors, prends-moi en photo ! implora-t-elle en lui caressant doucement la joue. Donne-moi un souvenir de notre si belle nuit, avant que le monde ne vienne l'abîmer.

— Tu es sûre ?

— J'ai confiance en toi, Hadrien.

— Dans ce cas, je serai très honoré de faire une photographie de toi, dit-il.

« J'ai confiance en toi, Hadrien. La foi du charbonnier qu'il avait lu dans le regard de Callie déchirait le cœur d'Hadrien. N'avait-il pas attendu la veille pour rompre avec Dandridge ?

Il savait que ce cliché serait son cadeau d'adieu, et il tenait à ce que tout soit parfait. Il monta son appareil le plus perfectionné et l'installa face au divan qu'il drapa de longues étoles de soie colorées. Une fois les tissus et les coussins soigneusement arrangés, il décida qu'un fond aussi simple que possible serait préférable. Une des règles cardinales de la photographie voulait que le décor et les accessoires mettent en valeur le sujet sans en distraire l'œil.

À la voir si jolie et tellement à son aise, son cœur se serrait de regret à l'idée de tout ce qu'il ne pourrait jamais y avoir entre eux. En même temps, il se gonflait de fierté en voyant à quel point elle avait changé en quelques semaines. C'était son œuvre et, de ce point de vue au moins, il lui aurait fait du bien.

Il choisit un éclairage élaboré, le plus tamisé possible, aussi bien pour la mettre à l'aise que pour mettre en valeur ses courbes voluptueuses et le grain satiné de sa peau. Il passa un long moment à allumer des lampes, à en éteindre d'autres, jusqu'à ce qu'il obtienne une atmosphère intime et chaleureuse, une lumière diffuse qu'il focalisa sur son sujet à l'aide d'un réflecteur de verre.

— Installe-toi comme tu veux. Il faut que tu te sentes à l'aise, expliqua-t-il en lui désignant le divan.

Callie s'allongea sur le côté, un bras élégamment passé sur le dossier ouvragé du canapé. Hadrien apporta quelques corrections mineures, arrangeant une mèche de cheveux, abaissant une bretelle pour mettre en valeur la courbe de l'épaule, posant une soierie colorée pour obtenir un meilleur contraste. Il recula pour juger de l'effet, cadrant déjà mentalement le cliché.

— Ce n'est pas bien ? s'inquiéta-t-elle.

— C'est mieux que bien, la rassura-t-il. Si seulement tu te voyais comme je te vois ! Tu es plus que belle, tu es resplendissante.

Elle ne protesta pas comme elle l'aurait fait quelques jours plus tôt, mais lui rendit son sourire, un sourire si radieux qu'Hadrien sentit tout son optimisme naturel lui revenir. Les yeux brillants, sa peau nacrée luisant doucement à la lueur des lampes, elle soutenait sans ciller son regard et fixait l'objectif sans la moindre appréhension quand, tout à coup, elle fit ce qu'il n'aurait jamais osé lui demander. Elle souleva légèrement une jambe et passa un doigt dans la fente de son pantalon.

La température de la pièce parut s'élever brusquement de plusieurs degrés.

— Tu es sûre ? demanda Hadrien de dessous le voile noir.

Au lieu de répondre, elle commença un lent va-et-vient. Oh oui, elle était sûre, et elle savait parfaitement ce qu'elle faisait !

— Ne bouge plus ! intima-t-il, le front en sueur, tandis qu'un désir brûlant montait au creux de ses reins.

Cet intermède, si délicieux fût-il, ne pouvait se prolonger indéfiniment. Ils se réveillèrent tard et lorsque Callie lui expliqua à regret qu'elle devait rentrer pour préparer la marche sur le Parlement qui devait avoir lieu le lendemain, Hadrien comprit qu'il ne pouvait différer plus longtemps ses aveux. Son courage ayant tout de même des limites, il préféra attendre d'être dans le fiacre qui les conduisait vers Half Moon Street.

Par souci de discrétion, ils s'étaient assis face à face, mais leur envie de se toucher était si impérieuse qu'ils ne pouvaient y résister.

— C'est gentil de ta part de m'accompagner jusqu'à la maison, mais tu n'y étais pas obligé, tu sais, murmura Callie en prenant dans sa main gantée celle de son compagnon.

— Callie, j'ai quelque chose à te dire, commença-t-il après avoir pris une profonde inspiration. Quelque chose que j'aurais dû t'avouer depuis longtemps, depuis des semaines, mais je n'arrivais jamais à trouver le bon moment ni les mots appropriés.

— Je t'écoute.

Il chercha ses mots. Comment révéler à la femme qu'on aime qu'on a accepté de l'argent pour la déshonorer ?

— Tu ne m'avais jamais dit que l'homme avec qui tu as été fiancée était Gérald Dandridge. Pourquoi ?

Ce n'était pas la façon la plus élégante de commencer, mais il n'en avait pas trouvé d'autre.

— Je n'en sais rien. Je n'ai jamais imaginé que sa famille pouvait présenter une quelconque importance.

— Malheureusement, sa famille, elle, t'accorde une grande importance. Son père du moins, Josiah Dandridge.

— Josiah Dandridge n'est qu'une vieille barbe, un conservateur de la vieille école, qui pense que les femmes sont comme les enfants, qu'elles doivent se laisser voir mais surtout ne pas se faire entendre. On raconte qu'il n'est pas en bonne santé et qu'il compte prendre sa retraite et céder son siège à Gérald, ce qui ne constituera pas nécessairement un progrès. C'est l'un de nos plus farouches opposants, mais je doute qu'il y mette quoi que ce soit de personnel.

— Détrompe-toi ! C'est très personnel, au contraire. On pourrait presque parler de vendetta.

— Qu'est-ce qui te fait dire ça ?

— Il y a environ trois semaines, Josiah Dandridge est venu à la boutique, quelques heures à peine après que nous nous sommes rencontrés par hasard à Parliament Square. Dis-toi bien que j'étais dans une situation désespérée, poursuivit-il en lui prenant les mains. Je m'étais mis dans un sacré pétrin. J'avais accumulé les dettes de jeu dans un tripot de l'East End, et le propriétaire m'avait envoyé ses sbires. Bien entendu, je n'avais pas le premier sou pour rembourser. J'étais parvenu à obtenir une semaine de grâce, mais je savais qu'à la fin de la semaine ce serait le prix du sang qu'ils réclameraient. J'étais aux abois quand Dandridge est venu frapper à ma porte.

— Mais qu'est-ce que j'ai à voir dans toute cette histoire ?

— Dandridge te hait, Callie ! Il te hait de toutes ses forces d'abord parce que tu as eu l'audace de rompre tes fiançailles avec son fils, ensuite parce que tu as réussi à amener la question du vote des femmes sur la place publique et à instaurer un véritable débat dans l'opinion comme au Parlement. Il veut te voir ruinée, déshonorée, pour que tu n'aies plus d'autre solution que de te retirer de la vie publique. Et s'il n'a pas matière à scandale, il entend le provoquer lui-même. Il a besoin de fabriquer une preuve qu'il pourra jeter en pâture aux charognards de la presse de caniveau.

— Et un photographe pourrait l'y aider. C'est ce que tu veux dire ?

— Il m'a offert une petite fortune, cinq mille livres… Il me suffisait de lui apporter un cliché compromettant pour toi avant le vote de la proposition de loi. Il m'a donné de l'argent pour te déshonorer, pour t'écraser, comme il dit, et, jusqu'à ces derniers jours, j'avais accepté de lui fournir ce qu'il demandait.

Callie ouvrit la vitre du fiacre et se pencha pour tambouriner contre la paroi.

— Cocher ! Arrêtez ! Arrêtez tout de suite !

— Je ne peux pas m'arrêter ici, mademoiselle ! Il y a trop de circulation.

— Faites ce que je vous demande !

Elle rentra la tête et s'accrocha à la poignée pour se lever. Craignant qu'elle ne saute de la voiture sans attendre qu'elle soit arrêtée, Hadrien la retint par le poignet et la fit rasseoir.

— Callie ! Que fais-tu ?

— Ne me touche pas ! cria-t-elle en se dégageant comme si un scorpion l'avait piquée. Ni maintenant ni jamais !

Le fiacre s'arrêta enfin. Ils étaient au coin de Regent's Street, encore assez loin de leur destination, et Hadrien se précipita pour bloquer la portière.

— Tu ne m'as pas laissé le temps de terminer ! J'ai vu Dandridge avant-hier, et je lui ai dit que notre marché était annulé.

— Mais c'est admirable ! Comme tu es courageux ! Et c'était avant ou après m'avoir sautée, Harry Stone ?

Hadrien, qui s'attendait à un éclat de colère mais pas à cette ironie cinglante ni à cette grossièreté affectée, resta interdit tandis que Callie fouillait fébrilement dans son sac à main.

— Alors, vous voulez descendre, oui ou non ? s'impatienta le cocher.

— Non ! cria Hadrien. Ça ne servira à rien d'attraper la mort en rentrant chez toi à pied, poursuivit-il à l'intention de Callie. Calme-toi et laisse-moi au moins te raccompagner.

— Oui, je veux descendre ! lança-t-elle au cocher avant de se retourner vers Hadrien pour lui jeter sans même les compter une poignée de billets.

— Mais qu'est-ce que tu fais ? Je vais payer la course, bien entendu, protesta-t-il.

— Ce n'est pas pour le cocher, c'est pour toi, en paiement de tes services de cette nuit et de l'autre. Si ce n'est pas suffisant, tu n'as qu'à m'envoyer ta facture !

Assommé par la haine qu'il lisait dans son regard émeraude autant que par ses paroles, Hadrien ne chercha pas à la retenir.

Après le départ de Callie, Hadrien fut incapable de supporter le vide de son appartement, où tout lui rappelait les heures délicieuses qu'ils avaient passées ensemble. Il se fit donc conduire à l'un de ses anciens repaires, une taverne mal famée de Mile End. Mais les flots de gin qui coulaient dans ce bouge n'étaient pas suffisants pour noyer la douleur qui lui transperçait le cœur. Il aurait pu boire jusqu'à rouler dans le caniveau, l'image de Callie, les lèvres tremblantes et les yeux brillants de larmes contenues, continuerait de le hanter.

Il quitta l'assommoir et partit au hasard par les rues. Tout naturellement, ses pas le conduisirent jusqu'à l'ancien établissement de Madame Dottie, jusqu'à la maison de tolérance qu'il avait si longtemps considérée comme sa maison. Depuis que son amie en avait pris la direction, il s'y sentait beaucoup plus à l'aise. Les miroirs sans tain étaient toujours là, mais Sally veillait à ce que ses filles soient bien nourries, décemment vêtues, et à ce qu'elles reçoivent régulièrement la visite du médecin.

Et surtout, quiconque le désirait était libre de partir sans crainte de représailles.

Il frappa les trois coups convenus et son amie, vêtue d'un peignoir de soie pêche, les cheveux encore roulés en papillotes, vint lui ouvrir.

— Harry ! Pour une surprise...

— Je tombe mal, s'excusa-t-il dès qu'il comprit, à son maquillage élaboré, que ce soir, elle « recevait ».

— Qu'est-ce qui ne va pas, mon grand ? Tu empestes le gin, et on dirait que tu as vu la mort en face !

Avec son amie, il était inutile d'essayer de jouer au plus fin ; ils se connaissaient trop bien.

— Oh ! Sally, tu aurais plus vite fait de me demander ce qui va bien !

Ils ignorèrent le salon tendu de velours rouge et ses profonds divans, et se dirigèrent vers la cuisine, comme au temps de leur adolescence.

Sally remplit deux tasses de thé brûlant, ne lésina pas sur le sucre et la crème, et en tendit une à Hadrien.

— Allez, accouche ! Et ne me cache rien.

— Je ne sais pas par où commencer...

— Par le commencement, c'est encore ce qu'il y a de mieux. Ensuite, tu n'as qu'à continuer jusqu'à ce qui t'a amené ici. Il s'agit de Callie, n'est-ce pas ?

— J'ai tout gâché ! Je ne pourrai jamais rattraper les choses entre nous, maintenant.

— Et si tu me laissais me faire mon opinion moi-même ? « Jamais » est un grand mot, surtout quand il s'agit d'amour. Nous autres femmes, nous sommes souvent portées à l'indulgence, tu sais.

— Pas cette fois. À sa place, je ne pourrais jamais me pardonner ce que j'ai fait !

— C'est si grave que ça ? Allez, raconte !

Hadrien but une longue gorgée de thé brûlant. Il avait accumulé tant de mensonges au cours des semaines écoulées qu'il ne savait plus très bien où il en était.

Il lui rapporta brièvement sa rencontre inopinée avec Callie dans les jardins de Parliament Square, puis l'intervention des hommes de main de Boyle, et enfin le diabolique marché que lui avait proposé Dandridge.

— Mais enfin, Harry, tu aurais dû venir me voir ! J'ai un peu d'argent de côté. Peut-être pas quatre cents livres, mais suffisamment pour te faire quitter Londres et te cacher un bon moment, jusqu'à ce que les choses se tassent.

— Mon ami Rourke m'a dit la même chose, mais il n'était pas en Angleterre à ce moment-là, et je ne savais pas où le joindre. Quant à Gavin, je lui dois déjà tellement d'argent que je ne pouvais pas en lui demander encore. Et puis, je ne pouvais m'en prendre qu'à moi-même.

— Et tu as accepté de déshonorer Caledonia… Harry !

— Je sais, je sais ! Quand j'ai accepté la proposition de Dandridge, je comptais faire le travail, mais ensuite…

— Tu es tombé amoureux d'elle...

— Sally, je donnerais ma vie pour elle, pour pouvoir la protéger ! Mais il est trop tard. Je lui ai tout avoué, et elle ne veut plus me voir ! Je ne peux d'ailleurs pas lui en vouloir.

— Donne-lui le temps de digérer. Elle va réfléchir, et elle reviendra.

— Je n'ai plus le temps, justement. Maintenant que Dandridge sait que je ne lui livrerai pas la photo, il ne va pas tarder à m'envoyer ses hommes de main. Tu vois, je vais peut-être devoir profiter de ton offre et aller me mettre au vert pendant quelque temps.

— J'ai quelque chose pour toi, répondit Sally en baissant la voix. Ça fait longtemps que je veux te le donner, mais je n'avais encore jamais trouvé le bon moment.

— Qu'est-ce que c'est ?

— Attends-moi. C'est dans ma chambre. J'en ai pour une minute.

Incapable de tenir en place, Hadrien se mit à arpenter la cuisine de long en large. Son altercation avec Callie dans le fiacre ne cessait de le hanter. Il avait grandi dans un bordel et avait passé son adolescence à mendier et à voler, il n'était pas bégueule et avait l'habitude des insultes, mais jamais il ne s'était senti aussi humilié que lorsqu'elle lui avait jeté de l'argent à la figure.

C'était comme si elle l'avait traité de Judas ou de gigolo, et il ne pouvait pas l'en blâmer. Le moins qu'il pouvait faire était de la laisser le détester et le mépriser en paix. Pourtant, il n'arrivait pas à abandonner tout espoir.

Pas encore...

Elle lui avait dit qu'elle l'aimait, après tout, et même si c'était au plus fort de la passion, elle n'était pas femme à faire ce genre de déclaration à la légère. Dieu seul savait à quel point il avait eu envie de la serrer contre lui et de lui dire « Je t'aime » ! Hélas ! il n'avait pas le droit de les prononcer tant qu'il n'était pas libre. Il les avait donc retenus et s'était contenté de lui offrir tout ce que son corps pouvait lui donner.

— Tu vas finir par user mon carrelage !

Il était si perdu dans ses pensées qu'il n'avait pas entendu Sally revenir. Elle lui tendit un petit paquet carré enveloppé dans un chiffon qui sentait la naphtaline.

— Tiens, c'est un cadeau pour Callie et toi. Non, non, attends ! intima-t-elle comme il s'apprêtait à déballer le mystérieux présent. Attends d'être seul pour l'ouvrir. Ou plutôt, ouvre-le avec Callie. Tu verras, tu sauras tout de suite quoi en faire, conclut-elle en jetant un coup d'œil inquiet vers la porte.

— Sally, quelque chose ne va pas ?

— Tout va très bien, mais tu t'es suffisamment attardé. Il est temps que tu partes. Va, maintenant.

Avec un sourire rassurant, elle le conduisit gentiment mais fermement vers la porte.

Elle avait raison, il était temps de rejoindre Callie, même s'il n'avait pas la moindre idée de ce qu'il pourrait lui dire. Si toutefois elle acceptait de l'écouter.

— Mais enfin, comment pourrais-je espérer qu'elle me pardonne et plus encore qu'elle me revienne ?

— Tant qu'il y a de la vie, il y a de l'espoir ! Avec un peu de chance, elle te reviendra. Si ce n'est pas aujourd'hui, ce sera demain. Et si ce n'est pas demain, ce sera peut-être après-demain !

Aime-la, Harry, c'est tout ce qui compte, conclut Sally tandis qu'une larme roulait sur sa joue. Le reste viendra tout seul.

17

Il est rare, trop rare, que la révélation de la vérité soit le fait des humains. Il est rare qu'un fait ne soit pas quelque peu travesti ou plus ou moins mal interprété.

Jane AUSTEN, *Emma*, 1815

Depuis qu'elle avait laissé Hadrien dans le fiacre pour rentrer à pied, Callie avait passé la plus grande partie de l'après-midi à pleurer dans sa chambre. Une fois à court de larmes, pour quelque temps du moins, elle avait abandonné son oreiller détrempé pour émigrer vers le salon, où le flacon de porto, rempli par les bons soins de Jenny, lui avait fait signe comme un phare au marin en détresse. Il y avait trois verres de cela. Ou peut-être quatre...

C'est dans un état entre le désespoir le plus profond et un début d'ébriété que Lottie la trouva en fin d'après-midi.

— Ma chérie, tu es là ! s'exclama la vieille dame, plus élégante qu'une princesse dans une tenue d'après-midi bois de rose. Quand j'ai compris que tu ne rentrerais pas pour dîner hier soir, je dois t'avouer que je me suis un peu inquiétée, mais j'ai vite deviné où tu devais être.

À cette évocation de la merveilleuse soirée de la veille, les yeux de Callie se remplirent de larmes, et elle s'empressa de tourner la tête pour les cacher à sa tante.

— Comment s'est passé ton rendez-vous avec le Premier ministre ?

— Mieux que je ne l'espérais, articula péniblement Callie, sans oser regarder Lottie, de peur qu'elle ne remarque ses yeux rougis et son visage gonflé par les larmes. Lord Stonevalc a dû être très convaincant, et son soutien m'a semblé très efficace auprès du Premier ministre. Je pense que lord Salisbury est prêt à nous appuyer, même s'il va attendre de voir de quel côté le vent tourne avant de prendre publiquement position.

— Mais c'est merveilleux, ma chérie ! Pourquoi es-tu aussi triste ? demanda Lottie en s'approchant du canapé où Callie s'était pelotonnée.

Incapable de jouer la comédie plus longtemps, Caledonia posa son verre et se tourna pour affronter le regard inquiet de sa tante.

— Parce que je suis vraiment la reine des imbéciles ! Moi qui croyais que je commençais à compter pour lui, que peut-être il finirait par m'aimer, même un tout petit peu...

— Lord Salisbury ?

— Mais non, Hadrien ! Enfin, Harry Stone...

— Harry Stone ? Qui est-ce ? s'enquit Lottie.

— Hadrien St Claire ! Ou plutôt, Hadrien St Claire est en réalité Harry Stone. Enfin, peu importe, c'est un véritable gâchis !

— Si tu veux que j'y comprenne quelque chose, tu ferais mieux de commencer par le commencement, dit Lottie en se laissant tomber sur le canapé auprès de sa nièce pour l'enlacer affectueusement.

Le geste plein de tendresse de sa tante suffit à amener de nouvelles larmes dans le regard émeraude.

— Moi non plus, je n'y comprends rien ! sanglota soudain Callie en cachant sa tête dans ses mains.

— Allons, allons, mon petit..., la consola Lottie. Ce qu'il te faut, c'est un peu de temps.

Sachant que le temps lui était compté, Hadrien ne s'attarda pas chez Sally. Il héla un fiacre pour rentrer chez lui se raser et se changer avant de se rendre chez les Rivers dans l'intention d'implorer le pardon des deux femmes. Même si les chances de voir Callie renouer avec lui étaient minces, il ne pouvait s'empêcher d'espérer.

Il s'apprêtait à introduire la clé dans la serrure lorsque, à sa grande surprise, la porte de la boutique s'ouvrit d'elle-même.

Son sang se figea dans ses veines lorsqu'il pénétra dans le magasin. La table et les chaises étaient renversées, les vitrines fracassées, les portraits arrachés des murs et piétinés.

Fou d'inquiétude, il se rua à l'étage.

Là aussi régnait le plus grand désordre. Son cœur s'arrêta de battre quand il ne trouva pas Dinah. Malade d'angoisse, il fouilla le petit appartement en l'appelant doucement. Il commençait à désespérer à la pensée que sa légèreté avait fait une autre victime innocente lorsqu'un miaulement timide se fit entendre au fond de la cuisine. Les jambes en coton, il se mit à quatre pattes et la dénicha, terrifiée, derrière le garde-manger.

Soulagé, il prit la chatte dans ses bras et caressa lentement le petit corps tremblant pour la rassurer, avant de poursuivre son inventaire des dégâts.

La porte de la chambre noire était grande ouverte, elle aussi. En temps normal, cela aurait signifié la destruction de tout le travail en cours, mais à part la photographie de Callie, il n'avait pas pris un seul cliché depuis quarante-huit heures. Et il avait eu tellement hâte de voir le résultat qu'il l'avait développée sur-le-champ, avant de se remettre au lit.

Mon Dieu ! Callie !

Glacé d'épouvante, il posa Dinah sur le sol et entra dans la chambre noire. Une fouille rapide lui confirma que son travail avait disparu. Incapable sur le moment de se rendre à l'évidence, il examina le moindre recoin à plusieurs reprises, avant d'accepter enfin ce que cela signifiait. Le ou les voleurs étaient partis avec la photographie de Callie en petite tenue !

Dandridge ! Le gredin avait engagé quelqu'un pour cambrioler son domicile. Quant à savoir si cette personne avait trouvé le cliché par hasard ou si c'était précisément ce qu'elle était venue chercher, cela n'avait plus grande importance à l'heure qu'il était. Hadrien avait fini par s'acquitter de sa pitoyable mission et apporté à Dandridge la tête de Caledonia Rivers sur un plateau.

Anéanti, il se laissa tomber sur le divan éventré.

Que faire, maintenant ? S'il prévenait la police, il lui faudrait tout raconter depuis le début, et il n'en avait aucune envie. De plus, à supposer qu'on le croie, il devrait expliquer dans quelles circonstances il avait pris cette photographie et ça, il n'en était pas question.

Non, il n'y avait qu'une solution : faire appel aux talents de Harry Stone. Puisque Dandridge avait volé ce cliché, il ne restait plus qu'à le reprendre par les mêmes moyens. Il avait été un voleur très doué dans sa jeunesse, et même si faire les poches des passants et cambrioler une maison n'étaient pas tout à fait la même chose, cela demandait les mêmes qualités.

S'il se faisait prendre, ce qui n'avait rien d'impossible, cela n'avait aucune importance. Il n'avait plus rien à perdre, Dandridge y avait veillé. Que ce soit sous le nom d'Hadrien St Claire ou de Harry Stone, il n'avait plus ni espérances ni avenir.

Et c'était précisément ce qui en faisait un homme dangereux…

— Nom d'une pipe, décide-toi, mon vieux ! On ne va tout de même pas moisir ici jusqu'à la fin des temps ! J'ai déjà pris ta reine, et je vais bientôt mettre ton roi dans ma poche. Tu n'as plus rien à perdre.

— Je n'arrive pas à me concentrer, admit Gavin en levant les yeux de l'échiquier d'onyx. Je me fais du souci pour Harry. Je n'aime pas du tout la tête qu'il faisait quand il nous a quittés l'autre jour. J'ai l'impression que, cette fois, il est vraiment en difficulté.

Ils prenaient leur madère en jouant aux échecs dans la salle de jeux du Garrick, le club de Gavin. À part quelques messieurs qui jouaient aux cartes ou bavardaient tranquillement, il n'y avait plus grand monde dans la vaste salle ornée de bustes d'auteurs dramatiques et d'acteurs célèbres. Les lieux, bruissant de conversations en début de soirée, s'étaient vidés après l'heure du dîner.

— Harry est comme les chats, qui ont neuf vies. Il se met toujours dans des pétrins invraisemblables, et il finit toujours par s'en sortir. Il se sortira de celui-ci comme des autres. J'ai donné les instructions nécessaires à mon homme d'affaires, et une lettre de change sera prête demain avant midi. Dès qu'il aura remboursé Dandridge, il pourra respirer. Malgré ses menaces, ajouta-t-il en baissant la voix, je n'arrive pas à croire qu'un parlementaire soit prêt à aller jusqu'au meurtre et à risquer sa carrière pour le vote d'une malheureuse loi.

Gavin aurait aimé partager l'optimisme de son ami. Au cours de sa carrière, il avait vu des assassinats pour des motifs aussi futiles qu'un chapeau abîmé ou un dîner raté. Quand il s'agissait de commettre des actes insensés, rien ne le surprenait de la part de l'espèce humaine. Dans le cas qui les occupait, la « malheureuse loi », comme disait Patrick, risquait de bouleverser le paysage électoral britannique pour les siècles à venir.

C'était là un élément digne de considération pour n'importe quel parlementaire.

— Je n'en suis pas si sûr. Même si Dandridge cherche à impressionner Harry, on peut faire beaucoup de dégâts en vingt-quatre heures.

— Tu veux passer chez lui pour vérifier que tout va bien ?

— Je n'y avais pas pensé, mais maintenant que tu en parles, ça me paraît une excellente idée.

— Dans ce cas, si tu voulais bien avancer ton pion ou déclarer forfait, ça me ferait plaisir. De toute façon, quoi que tu fasses, tu es cuit ! triompha Rourke en se tortillant sur son siège, une chaise à haut dossier aussi dure que les bancs du tribunal.

— À ta place, je n'en serais pas si sûr, répliqua Gavin qui tout à coup venait de voir ce qu'il devait faire avec une clarté aveuglante. Souviens-toi du vieil adage selon lequel la patience est une vertu, mon vieux ! Échec et mat ! conclut-il en déplaçant sa pièce.

Lottie aussi avait fait honneur au porto et, le temps que Callie finisse son récit, elles avaient pratiquement vidé la carafe.

— Plus j'y pense, plus il me paraît évident que quelque chose nous échappe, déclara-t-elle en reposant son verre.

— Qu'est-ce que tu veux dire ?

— Si Hadrien est réellement le maître chanteur qu'il paraît être, pourquoi aurait-il trahi Dandridge, et pourquoi t'aurait-il tout avoué, sachant que tu risquais de plus jamais lui adresser la parole ?

— Il a peut-être eu peur de se faire prendre ou…

Callie réfléchissait intensément. Malgré le porto et un début de migraine, elle avait gardé la tête claire. Tout à coup, la remarque d'Hadrien lorsqu'elle était arrivée à l'atelier lui revint en mémoire.

« Eh bien, ma belle, qu'est-ce que tu penses de Paris ? À moins que tu ne préfères Venise ? »

Il parlait à Dinah et ne savait pas encore qu'elle était là. Sur le moment, emportée par la passion, elle n'avait prêté aucune attention à ces paroles mais, à la lumière de ce qu'elle avait appris depuis, elles prenaient un tout autre sens.

— Ou quoi ? Explique-toi, ne me laisse pas sur les charbons ardents, je t'en prie ! s'impatienta Lottie en remplissant leurs verres.

— Je me demande s'il n'envisage pas de quitter le pays, balbutia péniblement sa nièce.

— Mais enfin, ma chérie, s'il a renoncé à la mission que lui a confiée Dandridge, cela signifie qu'il doit le rembourser. Et s'il avait accepté la proposition de cette canaille par manque d'argent, comment pourrait-il s'offrir un voyage à l'étranger ?

« Prends-moi en photo, Hadrien ! Donne-moi un souvenir de notre si belle nuit, avant que le monde ne vienne l'abîmer. »

Si Callie n'avait pas été assise, elle serait tombée.

— Je ne suis pas certaine qu'il ait renoncé, dit-elle d'une voix blanche.

— Comment cela ? Tu viens de me dire...

— Oh ! tantine, quand je t'ai dit que je m'étais conduite comme la dernière des imbéciles, j'étais encore en dessous de la vérité ! s'exclama Callie en cachant son visage dans ses mains.

Il commençait à faire sombre lorsque Hadrien arriva chez Dandridge, dans Hanover Square. Le heurtoir de cuivre figurant un serpent était levé, signe que le maître de maison était chez lui, prêt à recevoir d'éventuels visiteurs. Entièrement vêtu de noir, le visage noirci à la suie, Hadrien se glissa à l'arrière de la maison et s'accroupit derrière un muret de brique pour attendre que la nuit soit complète.

Tandis qu'il grelottait dans le froid glacial, il se remémora le tendre sourire de Callie, ses mains si douces, la façon qu'elle avait de lever le menton avec défi, la lueur qui étincelait au fond de son regard quand elle riait... Comment avait-il pu ne pas comprendre plus tôt à quel point elle comptait pour lui, à quel point il l'aimait ?

Il était trop tard, maintenant. Elle était perdue pour lui, mais les moments qu'ils avaient passés ensemble resteraient à jamais gravés dans sa mémoire, et il chérirait ces précieux souvenirs tout au long des années de solitude qui l'attendaient. Avant cela, il pouvait encore lui faire un dernier cadeau en récupérant la photographie.

Tapant des pieds et soufflant sur ses doigts pour se réchauffer, il attendit que la dernière lumière se soit éteinte à l'étage pour se diriger vers l'entrée de service. Le pied-de-biche qu'il sortit de son manteau était un outil relativement rudimentaire, mais il lui avait été très utile dans le passé, quand la faim l'avait poussé à s'introduire dans une épicerie pour y dévorer des légumes frais et même de la viande crue. Cela remontait à plus de quinze ans, mais il n'avait pas perdu la main et il lui suffit de quelques minutes pour pénétrer dans la cuisine.

Des ronflements sonores le firent s'immobiliser. Vivement, il se rencogna dans l'ombre, manquant de renverser une rangée de marmites et de casseroles de cuivre. Retenant son souffle, il tendit le cou pour découvrir la source du tintamarre, une grosse femme en tablier qui dormait, la tête appuyée sur ses bras croisés reposant sur la table, à côté d'une tasse vide. Il s'agissait probablement de la cuisinière, conclut-il avant de poursuivre silencieusement son exploration.

Le bureau du maître de maison constituait la cachette la plus probable pour un document volé, et il se trouvait certainement à l'étage. Une fois dans le hall d'entrée, dédaignant les pièces de réception, il obliqua dans le vestibule et monta vers les appartements privés.

Il avait vu juste et arriva sans encombre à une pièce lambrissée de chêne, dont la porte était grande ouverte. Après un coup d'œil aux alentours, il s'y engouffra et referma sans bruit la porte derrière lui.

Il put enfin allumer sa lanterne et inspecter la pièce. Deux niches creusées dans le mur encadraient le bureau. Elles offraient des possibilités de cachette innombrables, mais il imaginait plutôt Dandridge mettant les photographies à l'abri dans un coffre. Son pied-de-biche allait certainement encore lui servir.

— Vous cherchez quelque chose, monsieur Stone ?

La voix devenue familière le cloua sur place. En robe de chambre, Dandridge émergea d'un fauteuil dont le haut dossier le dissimulait jusqu'alors. À la faible lueur de la lanterne, sa longue silhouette voûtée par l'âge projetait des ombres fantomatiques sur les boiseries. Hadrien constata avec satisfaction que son nez était couvert d'un pansement, ce qui laissait supposer qu'il était cassé.

— À votre avis ? rétorqua-t-il en levant sa lanterne pour mieux éclairer le visage du vieil homme.

— Vous ne manquez pas d'audace, il faut le reconnaître ! Malheureusement, votre intelligence n'est pas à la hauteur de votre toupet.

— Vous avez fait cambrioler mon appartement.

— Vous ne pouvez vous en prendre qu'à vous-même. Si vous n'aviez pas fait cette allusion à une preuve concernant mon passé, cela ne me serait jamais venu à l'idée. C'est ainsi que nous sommes tombés sur une photographie délicieusement indécente de cette putain de Rivers. Le hasard fait bien les choses, n'est-ce pas ?

— Rendez-la-moi !

— Même si vous aviez une monnaie d'échange, ce qui n'est pas le cas, vous arrivez trop tard, mon jeune ami.

— Que voulez-vous dire ? demanda Hadrien, l'estomac noué.

— La croustillante photographie de la demoiselle Rivers se livrant à une occupation aussi intime qu'indécente fait déjà le tour des rédactions de Fleet Street. Si tout va bien, elle fera demain matin la une de tous les journaux, partiellement censurée bien entendu, car comme vous le savez, la presse anglaise ne plaisante pas avec la moralité publique.

— Salaud !

Hadrien avait l'impression que le sol se dérobait sous ses pieds. Mon Dieu ! Qu'avait-il fait ?

Il se jeta sur Dandridge et lui asséna un magistral coup de poing en pleine face. De toute façon, il n'avait plus rien à perdre. Un second coup dans le plexus solaire envoya le gredin s'écraser sur le bureau.

— Vous me le paierez, Stone ! haleta Dandridge en cherchant le cordon de la sonnette.

— Ça fait des années que je paie. Le temps de rendre gorge est venu pour vous et vos semblables, crapule !

Il s'apprêtait à poursuivre la correction lorsqu'une main de fer le saisit au collet. Il pivota d'un bond, le poing levé, tandis que la lanterne allait se fracasser sur le plancher, et se trouva face à face avec ses vieux amis Sam Sykes et Jimmie Deans.

— Salut, St Claire ! Quelle heureuse surprise de te retrouver ici, s'exclama Sykes, salivant déjà comme un molosse dans l'attente de la curée.

En retrouvant ici les deux hommes de main, Hadrien se demanda si les menaces de Boyle et de ses séides ne faisaient pas partie d'une machination destinée à le jeter dans les filets de Dandridge. Il n'eut malheureusement pas le temps d'examiner cette possibilité. Un poing de la taille d'un battoir venait déjà s'enfoncer dans son abdomen, pendant qu'une autre main, tout aussi large et brutale, lui tordait les bras derrière le dos.

Les coups plurent sur son visage, sa poitrine, son estomac, ses flancs, jusqu'à ce qu'il abandonne toute velléité de résistance et ne soit plus qu'une masse inerte au visage ruisselant de sang. Une douleur fulgurante le plia en deux lorsqu'un de ses tortionnaires lui asséna un violent coup de genou dans les parties intimes. Un hurlement d'agonie parvint de façon étouffée à ses oreilles, et il ne réalisa pas immédiatement que c'était lui qui l'avait poussé.

Ses bourreaux n'étaient apparemment pas las de le tourmenter...

— Arrêtez ! intima Dandridge. Il saigne comme un bœuf sur mon tapis d'Aubusson, ça suffit ! Emmenez-le.

Les sbires le lâchèrent et Hadrien s'abattit comme une loque sur le plancher.

— Où vous voulez qu'on l'emmène, patron ?

Bien qu'à moitié assommé, Hadrien reconnut Deans, à l'esprit toujours aussi vif.

— Vous êtes justement payés pour le deviner ! Veillez à ce qu'on ne vous voie pas. Passez par la cuisine et la porte de service.

— Allez, par ici la sortie ! On n'a pas toute la nuit, espèce de lopette !

Deux mains empoignèrent Hadrien par les aisselles et le traînèrent comme Dandridge l'avait traîné, tant d'années auparavant, dans cette chambre de bordel. À demi inconscient, il aurait été incapable de dire ce qui se passa dans les minutes qui suivirent. L'air glacial le ranima un peu, et il se demanda où les deux voyous pouvaient bien l'emmener. Sa tête pesait une tonne et la tenir droite exigeait un terrible effort de volonté. Il parvint à ouvrir les yeux et aperçut une voiture attelée devant les écuries. Deans le lâcha pour aller ouvrir la malle arrière et ils le tirèrent jusqu'à la voiture comme un vulgaire sac de pommes de terre.

Hadrien, qui n'avait aucune envie de se laisser enfermer là-dedans, rassembla ses dernières forces pour essayer de résister mais un coup de poing de Deans lui coupa le souffle.

— Si tu montes pas, tu vas voir ce qui t'attend ! menaça Sykes en faisant basculer Hadrien dans la malle.

Il fit bien une dernière tentative pour s'en extraire, mais quelques coups bien placés lui enlevèrent ce qui lui restait de volonté. Ils voulaient de toute évidence le tuer. Il allait mourir, et son dernier regret serait de ne pas avoir revu Callie. Il allait disparaître et, jusqu'à la fin de ses jours, elle le considérerait comme un traître et le haïrait.

— Faut reconnaître que t'as de la suite dans les idées, espèce de bâtard !

Sur ces bonnes paroles, le couvercle de la malle se referma avec un claquement sinistre.

Pendant quelques secondes longues comme des heures, Hadrien fut en proie à une panique sans nom. Puis un étrange sentiment de paix s'installa en lui. La boucle de sa vie, ou du peu qu'il en restait, allait être bouclée.

Hadrien St Claire était né quinze ans plus tôt, par une nuit d'hiver semblable à celle-ci, lorsqu'il était monté dans la voiture du Premier ministre de l'époque. Ce moment lui était toujours apparu comme l'aube d'un avenir brillant mais au bout du compte, tous ses projets grandioses, tous ses grands airs et ses élégantes tenues de dandy ne l'avaient mené à rien.

Il ferma les yeux et s'abandonna à l'obscurité. Son avenir n'était plus si brillant, maintenant.

18

Il n'est jamais trop tard pour devenir
ce que vous auriez pu être.

George ELIOT

— Tu as vu ? souffla Rourke, caché avec Gavin derrière le muret qui entourait les écuries de la maison de Dandridge. Leurs chevaux étaient attachés plus loin, hors de vue. Allez, on y va. Nous sommes deux contre deux, c'est parfaitement jouable. Je suis tellement en colère que je pourrais me les faire tous les deux à moi tout seul !

— Une minute ! dit Gavin en le retenant par l'épaule. Le temps que tu viennes à bout du premier, l'autre aurait quinze fois le temps de tuer Harry. Alors, tu te calmes et tu restes caché, s'il te plaît.

— Mais regarde ce qu'ils lui ont fait ! J'ai déjà vu de la chair à pâté en meilleur état ! Et il risque d'étouffer, tassé dans cette malle comme un tas de vieux chiffons !

Gavin risqua un œil par-dessus le muret. Le grand chauve avait pris place à côté du cocher tandis que le plus corpulent recouvrait les portières d'une substance noire, de la suie probablement, pour recouvrir les initiales de Dandridge.

— Pour le moment, il est toujours vivant et il va le rester jusqu'à ce qu'ils arrivent là où ils ont prévu de l'achever. Qui te dit qu'ils n'ont pas d'autres complices dans la maison ? Si on tente quelque chose maintenant, on risque de se trouver aux prises avec toute une bande de tueurs. Non, il vaut mieux les suivre et les attaquer quand nous serons sûrs de les surprendre.

— Bonsoir, mesdames ! Quelle charmante surprise, même s'il est un peu tard pour une visite de courtoisie !

Dandridge reposa dans le seau à champagne la poche de glace qu'il avait appliquée sur son visage tuméfié et se leva pour saluer les deux dames que le majordome venait d'introduire dans le bureau. Décidément, il avait bien fait de se débarrasser de Stone et de faire nettoyer au plus vite les taches de sang sur le tapis.

— Ce n'est pas une visite de courtoisie, comme vous pouvez vous en douter, rétorqua Caledonia en le défiant du regard. Vous avez quelque chose qui m'appartient, et c'est ce que nous sommes venues chercher.

Derrière la voilette, le vieux gredin distinguait les joues pâles et les yeux rougis et gonflés par les larmes. St Claire avait apparemment réussi au-delà de toute espérance. Non seulement cette péronnelle allait être déshonorée et voir sa carrière politique ruinée, mais elle allait aussi connaître les souffrances d'un cœur brisé. Elle était définitivement vaincue, écrasée au-delà de ses plus folles espérances et, malgré son visage en feu et ses membres douloureux, jamais il ne s'était senti plus heureux.

— Vraiment ? Je ne vois pas, ironisa-t-il en se tapotant la lèvre, le seul endroit de sa figure qui ne lui faisait pas mal. De quoi s'agit-il exactement ?

Charlotte Rivers, qui avait gardé le silence jusque-là, vint se ranger aux côtés de sa nièce, comme une lionne prête à défendre ses petits jusqu'à la mort.

— Vous savez très bien ce que nous sommes venues chercher, Josiah ! Où est-elle ?

Née Charlotte Smythe, Lottie était encore une femme très séduisante, alors qu'elle avait à peu près le même âge que Dandridge. Surnommée Lottie la Jolie à son entrée dans le monde, elle avait été la reine de la Saison, une véritable beauté que tous les célibataires rêvaient de conduire à l'autel. Il s'apprêtait à la demander en mariage quand Édouard Rivers la lui avait enlevée sous le nez.

Il en avait conçu un profond dépit, non parce qu'il était amoureux d'elle – l'amour n'était pas dans sa nature –, mais parce qu'il était grand amateur d'objets d'art et de raretés, et qu'il avait immédiatement rangé Charlotte dans cette catégorie. Ravissante, pleine de charme et d'esprit, dotée de manières exquises, elle aurait fait une épouse beaucoup plus utile à sa carrière politique que la petite provinciale insignifiante qu'il avait finalement épousée. Cela lui donnait donc une raison supplémentaire d'en vouloir aux Rivers.

— Pardonnez-moi, mais je ne vois vraiment pas de quoi vous parlez ! assura-t-il en écartant les bras, comme pour les inviter à le fouiller. Si vous pouviez me décrire précisément cet objet, je serais mieux à même de vous aider.

Tandis qu'il dévisageait effrontément Caledonia, les détails de la photographie lui revinrent en mémoire, et il ne put retenir un sourire ironique.

Même quand elle bouillait de rage, Charlotte Rivers restait une grande dame, l'incarnation même de la dignité.

— Nous n'avons pas dit notre dernier mot, Josiah ! Viens, Callie, nous perdons notre temps. Inutile d'en appeler à l'honneur d'un homme qui ignore jusqu'au sens de ce mot, lança-t-elle d'un ton glacial en entraînant sa nièce. Au fait, Josiah, que vous est-il donc arrivé ? ajouta-t-elle du seuil de la porte.

Pour la première fois depuis qu'elles avaient fait leur entrée chez lui, Dandridge sentit sa belle humeur s'envoler. Le pansement sur le nez était suffisamment laid et douloureux, mais maintenant il avait également un œil au beurre noir et sa mâchoire en bouillie devait encore porter la trace des poings de Harry Stone, alias Hadrien St Claire.

— J'ai fait une malencontreuse chute de cheval en rentrant à la maison.

En fait, cela faisait des années qu'il avait dû renoncer à l'équitation ainsi qu'à la plupart des exercices physiques. Il comprit à son expression que Lottie ne l'ignorait pas, et qu'elle savait certainement encore d'autres choses sur lui. Il prit tout à coup conscience de sa vieillesse et de son pitoyable état. Il était affaibli, tassé, rongé par la goutte et n'était plus que l'ombre de l'homme qu'il avait été jadis.

— Vous m'en voyez désolée, Josiah ! Mais si vous ne me l'aviez pas dit, j'aurais juré que vous aviez reçu des coups de poing sur la figure.

Le cri perçant des mouettes et les flocons de neige qui fondaient sur son cou tirèrent Hadrien de sa torpeur. La douleur s'était un peu apaisée pour faire place à une espèce d'engourdissement de tout son corps. Sykes et Deans le tiraient le long du quai. Malgré la curiosité qui le dévorait, il se força à garder les yeux fermés et continua à faire le mort. À en juger par l'odeur fétide de vase et de poisson en décomposition, ils devaient se trouver sur les docks.

— Allez, avance ! À ce train, il fera jour avant qu'on l'ait balancé à l'eau, grasseya Sykes.

— Je fais ce que je peux ! protesta Deans. Il a pas l'air, mais il pèse son poids, le bougre !

— C'est un poids mort, et bientôt il va être mort pour de bon ! ricana Sykes. T'as pas oublié la corde ?

— Pourquoi faire ?

— Pour lui attacher les pieds et les mains, idiot !

— C'est pas la peine ! Il est déjà à moitié mort !

— Peut-être, mais une fois dans l'eau, la moitié pas morte pourrait bien se réveiller, et Dandridge ne veut prendre aucun risque ! Ce St Claire est comme les chats, tu le mets dehors par la porte, il rentre par la fenêtre.

— Si tu le dis ! La corde est dans la malle, je vais la chercher.

Les yeux fermés, Hadrien écouta Deans s'éloigner. Même si, affaibli comme il l'était, ses chances de l'emporter étaient faibles, une telle occasion ne se représenterait pas. Il devait tenter le tout pour le tout.

Il compta jusqu'à dix avant d'ouvrir les yeux. À côté de lui, Sykes dessinait une silhouette incertaine dont le clair de lune faisait luire la calvitie.

— Alors, c'est l'heure du réveil, mon grand ?

— Et j'aime les réveils en fanfare ! gronda Hadrien en lançant de toutes ses forces son poing dans la mâchoire du gredin, qui tomba de tout son long sur une pile de caisses et de cageots.

Titubant comme un homme ivre, Hadrien s'éloigna aussi vite qu'il le put, essayant d'oublier la douleur qui lui vrillait le corps. En terrain découvert, il n'avait aucune chance mais s'il parvenait jusqu'aux entrepôts qu'il apercevait devant lui, il pourrait peut-être se perdre dans le dédale de caisses et de matériaux. S'il se cachait jusqu'à l'arrivée des mariniers et des dockers, il avait une chance de s'en tirer.

— Hé ! Où tu vas comme ça, salopard ?

Du coin de l'œil, Hadrien vit Deans qui revenait, un rouleau de corde sur l'épaule.

— Mais bouge-toi ! Cours-lui après ! lui cria hargneusement Sykes.

Le colosse hésita avant de lâcher la corde et de s'élancer à sa poursuite. En temps normal, Hadrien n'aurait eu aucune difficulté à distancer cet homme corpulent, mais après le passage à tabac qu'il avait subi et son séjour recroquevillé dans la malle du fiacre, il était couvert d'hématomes et se sentait terriblement courbatu.

Il n'avait pourtant aucune intention d'abandonner. Une seule pensée, un seul espoir, une seule femme, lui donnait le courage de lutter. Si seulement il parvenait à s'échapper, il courrait se jeter aux pieds de Callie pour implorer son pardon.

Deans était sur lui ; Hadrien sentait déjà sur son cou l'haleine avinée du gredin. Un instant plus tard, une masse s'abattit sur son dos, le projetant au sol. Les débris de toute sorte, tessons de bouteille, coquillages, éclats de bois, qui jonchaient les pavés lui tailladèrent les mains comme autrefois les morceaux de verre de son appareil.

Ce souvenir ranima toute sa combativité. Il ne réussirait pas à s'échapper une nouvelle fois, il le savait, mais il entendait bien donner du fil à retordre à ses adversaires qui s'en souviendraient jusqu'à la fin de leurs jours. Pensant l'avoir immobilisé, Deans ne se méfia pas. Hadrien en profita pour se redresser brusquement, lui faisant perdre l'équilibre.

Il était déjà sur les genoux lorsqu'une main implacable s'accrocha à son revers. Mais cette fois, c'était Hadrien qui se trouvait au-dessus. Quelques crochets bien placés eurent tôt fait de donner au visage du voyou à peine meilleure apparence qu'au sien. C'était un combat à mort contre des adversaires qui ne feraient pas de quartier. Hadrien saisit le cou de Deans et chercha le larynx.

— Bouge pas, St Claire ! ordonna une voix de rogomme tandis que la pointe d'un couteau le piquait entre les omoplates.

Hadrien se figea. La pression de la lame se fit un peu plus insistante, l'obligeant à relâcher son adversaire.

— Voilà, c'est mieux comme ça ! approuva Sykes. Toi, dépêche-toi d'aller chercher cette corde et de m'attacher ce fils de pute ! On va s'amuser un peu avec lui avant de le donner à manger aux poissons.

Ainsi, avant de le tuer, ils avaient l'intention de le torturer ! Cette fois, Hadrien perdit tout espoir et se laissa emmener sans résistance. Ils le firent asseoir sur une caisse et lui lièrent solidement les mains derrière le dos.

— Et si je commençais par te couper les oreilles ? grasseya Deans en l'attrapant par les cheveux. Ou la trique ? Elle fera peut-être de l'effet dans le pot de cornichons !

— Si tu la prends, ça t'en fera au moins une ! répliqua Hadrien en implorant tous les dieux du Panthéon de le tuer avant que les brutes aient le temps de faire étalage de leurs talents.

— T'as toujours aimé faire le malin, mais tu vas plus le faire longtemps, St Claire ! On va voir ce que tu nous chanteras quand t'auras une voix de soprano.

Avec un horrible rictus, il fit signe à Deans qui abaissa le poignard jusqu'à l'entrejambe de leur victime. Hadrien, qui n'avait aucune envie de voir comment ils allaient s'y prendre pour le châtrer, ferma les yeux. Une détonation les lui fit rouvrir, juste à temps pour voir Deans s'écrouler en portant la main à son épaule.

— Allons, ce n'est pas aujourd'hui qu'on va mettre tes bijoux de famille au Mont-de-piété ! lança un grand brun élégamment vêtu, un pistolet fumant à la main.

Son compagnon, un peu plus petit et râblé, était armé lui aussi et tenait une lanterne à la main. Saisi d'un tremblement nerveux, Hadrien, le visage ruisselant de sang et de sueur, n'osait en croire ses yeux.

Gavin et Rourke étaient venus à son secours !

— Vous en avez mis, du temps ! dit-il en tentant de sourire malgré ses lèvres enflées.

— C'est des pistolets à un coup, ils peuvent pas nous tuer tous les deux ! s'exclama Sykes qui avait reculé, les mains en l'air, pour s'approcher de son acolyte qui s'était relevé en grimaçant de douleur, la main plaquée sur son épaule ensanglantée.

— C'est vrai, mais d'aussi près, je ne peux pas vous manquer, fit remarquer l'Écossais en agitant son pistolet de l'un à l'autre. Alors, lequel de ces messieurs vais-je choisir ?

Les deux bandits se consultèrent du regard, hésitant sur la conduite à tenir, ce qui laissa à Gavin le temps de recharger son arme.

— Ce doit être la police, expliqua Gavin tandis que retentissait une sirène. Le magistrat de permanence est un vieil ami. Nous serions arrivés plus tôt si je ne m'étais pas arrêté pour lui faire porter un message. Il ne reste à ces messieurs que trois ou quatre minutes à patienter avant de se retrouver au chaud dans le panier à salade...

Si Callie avait fini par accepter de se rendre chez Dandridge, c'était sur les instances de Lottie, qui lui avait fait remarquer qu'elles ne pouvaient tout de même pas rester à ne rien faire et passer la nuit à boire du porto. Cette visite s'était révélée une perte de temps et d'énergie, comme elle s'y attendait, mais il était parfois impossible de résister à l'insistance de la vieille dame.

Pour la même raison, elle n'avait que modérément protesté lorsque sa tante s'était mis en tête de s'arrêter chez Hadrien sur le chemin du retour. Aucune lumière ne brillait derrière la vitrine ni aux fenêtres lorsque la voiture des Rivers s'arrêta devant la boutique. Mais cette fois, Lottie eut beau déployer des trésors de persuasion, sa nièce refusa obstinément de descendre de voiture.

— Tu ne crois pas que j'ai subi suffisamment d'humiliations pour les dix années à venir ?

— Enfin, ma chérie, nous ne savons même pas s'il a vraiment livré cette photographie à Josiah ! Elle est peut-être toujours en sa possession ! Il faut en avoir le cœur net.

— Tu as vu l'expression de Dandridge aussi bien que moi quand nous sommes arrivées. Rien qu'à sa façon de me regarder, il n'y avait pas besoin d'être grand clerc pour savoir que je n'avais pas une chance. Il a la photo, c'est certain. Et s'il l'a, c'est qu'Hadrien la lui a donnée. Il a accepté l'argent de Dandridge pour me déshonorer, il l'a lui-même reconnu. Qu'est-ce qu'il te faut de plus ?

— Je dis simplement que tu te dois d'en avoir le cœur net, et de lui laisser une chance de s'expliquer.

— Ses explications ne m'intéressent pas vraiment, vois-tu. Comment veux-tu que j'accorde le moindre crédit à ce qu'il raconte ? Même son nom n'est qu'un masque. Il ne s'appelle pas vraiment Hadrien St Claire. Il a pris ce pseudonyme pour échapper à… son passé.

Elle s'était arrêtée avant d'en avoir trop dit. Même si Hadrien l'avait trahie et probablement déshonorée, elle ne se sentait pas le droit de révéler les secrets de son tumultueux passé, même à Lottie.

— Les temps changent, et les gens aussi, ma chérie, pour peu qu'ils s'en donnent vraiment la peine !

— Si tu insistes ! concéda enfin Callie avec la désagréable impression que cette dernière remarque valait aussi pour elle. Si Hadrien a des choses à me dire, je l'écouterai. Mais cette fois, tantine, c'est lui qui devra faire le premier pas !

L'aube pointait et les rues commençaient à s'éveiller lorsque les trois amis sortirent du poste de police où ils venaient de signer leur déposition. Impliquer Dandridge dans les événements de la nuit n'était pas une mince affaire mais, tels qu'il connaissait Sykes et Deans, Hadrien était certain qu'ils préféreraient passer aux aveux plutôt que de se balancer au bout d'une corde.

— Eh bien, quelle aventure ! pouffa Rourke en rangeant les pistolets.

— En tout cas, c'est une aventure que je me passerais bien de renouveler, d'autant que les pistolets de mon grand-père n'avaient pas dû servir depuis l'époque napoléonienne, maugréa Gavin.

— Au cas où j'aurais oublié de vous le dire, merci d'avoir sauvé ma misérable carcasse. En tout cas ce qu'il en reste, intervint Hadrien.

Une rapide inspection dans le miroir de la salle de police lui avait révélé un visage couvert de plaies et de bleus. Une bosse grosse comme un œuf de pigeon enflait à vue d'œil sur le haut de son crâne, et il était certain d'avoir le nez cassé. Pourtant, il se moquait éperdument de garder jusqu'à la fin de ses jours un visage tout cabossé si cela pouvait lui gagner la pitié de Callie et la convaincre de revenir vers lui.

— Mais de rien, c'était un véritable plaisir pour nous ! Seulement, la prochaine fois que tu décideras de partir en croisade comme un chevalier errant, sois gentil, préviens-nous ! répondit Gavin. Qu'est-ce qui t'a pris au juste d'aller cambrioler la maison de Dandridge ?

La voix d'un petit crieur de journaux lui épargna de répondre.

— Édition spéciale ! Édition spéciale ! La Rose de Mayfair s'effeuille !

— Nom de Dieu ! gronda-t-il en se précipitant pour arracher le journal des mains du gamin.

— Hé ! Faut pas vous gêner ! Pour qui vous vous prenez, vous ?

Indifférent aux protestations du garçon, Hadrien ne voyait plus que la première page où s'affichait en grand la photographie de Callie, celle qu'il avait prise chez lui. On distinguait nettement la naissance de ses seins et la ligne marmoréenne de ses cuisses nues malgré le bandeau « censuré » qui s'étalait en son milieu.

Dandridge avait bel et bien mis sa menace à exécution. Même si cette crapule n'avait plus très longtemps à sévir, il aurait tout de même réussi à entraîner Caledonia dans sa chute.

— C'est combien le tout ?

— Vous voulez les acheter tous ? demanda le gamin, stupéfait.

— Tiens, prends ça ! s'impatienta Hadrien en fourrant une liasse de billets dans la main du petit marchand avant de s'emparer de tout le paquet de journaux.

— Il est plus atteint que je ne le pensais ! Cette bosse a dû toucher le cerveau, commenta Patrick en se tournant vers Gavin.

— Il faut que tu voies un médecin. Tu ne m'as pas l'air bien du tout ! renchérit l'avocat.

— Ça attendra ! coupa Hadrien, l'air farouche. Je dois d'abord rendre visite à une dame. Trouvez-moi un fiacre et aidez-moi à monter dedans. Il n'y a pas de temps à perdre !

La certitude de n'avoir plus que quelques heures avant de voir le couperet tomber tint Callie éveillée toute la nuit. Quoi qu'il en soit, elle ne pouvait pas passer le restant de ses jours terrée au fond de son lit et, quand elle entendit Jenny s'activer en bas, elle décida de se lever elle aussi. Résolue à affronter ce qui l'attendait avec toute la dignité possible, elle fit sa toilette, se coiffa et s'habilla pour descendre.

Le projet de loi accordant le droit de vote aux femmes devait être examiné par le Parlement en session de nuit, et le rassemblement de présentation d'une pétition signée par plus de trois mille femmes de tout le pays était prévu à midi. On pouvait donc supposer que Dandridge veillerait à ce que la photographie soit publiée avant la fin de la matinée.

D'ici là, elle entendait bien vaquer à ses occupations comme s'il s'était agi d'une journée ordinaire, ce qui n'était bien entendu pas le cas. Après quoi, elle démissionnerait de toutes les fonctions qu'elle assurait dans le mouvement, pour de bon vraisemblablement. Ce dont elle avait besoin dans l'immédiat, c'était d'un peu de calme et de solitude pour définir ses priorités, ses buts et, surtout, ce qu'elle entendait faire de sa vie.

Elle voulait également réfléchir au rôle qu'Hadrien avait joué dans sa ruine à venir. Tout au long de ces semaines, il l'avait poussée à sortir de sa réserve, à abandonner ce masque imperturbable derrière lequel elle se cachait comme elle dissimulait son visage derrière les lunettes de son oncle. Elle s'était laissée aller, elle s'était exposée et, malgré les conséquences désastreuses de cet abandon, elle ne le regrettait pas.

Ses pensées revenaient sans cesse vers Hadrien. Elle ne pouvait pas s'en empêcher, pas plus qu'elle ne pouvait s'empêcher de l'aimer ou plutôt d'aimer l'homme qu'elle avait cru voir en lui. Pourtant, même en faisant abstraction de ses sentiments pour lui, la conduite d'Hadrien restait largement incompréhensible à ses yeux. Pourquoi par exemple avait-il montré tant de réticence à prendre ce cliché ? Avait-il joué la comédie ? Et, plus que tout, pourquoi avait-il tenu à lui avouer ses rapports avec Dandridge ? Elle ne connaîtrait probablement jamais la réponse, mais cela avait-il vraiment de l'importance ?

De toute façon, elle était déshonorée.

Dans la salle à manger, sa place à table lui parut étrangement vide. D'habitude, une pile de journaux soigneusement pliés l'attendait près de son assiette. Sa tante, encore en robe de chambre et bigoudis, semblait très occupée à regarder par la fenêtre. Elle ferma précipitamment les rideaux dès que Callie fit son entrée, malgré ce qui paraissait un soleil resplendissant.

— Ah ! Callie, ma chérie, il me semblait bien t'avoir entendue descendre ! lança Lottie.

Son visage fermé et son air préoccupé démentaient la gaieté de ce salut.

— C'est vraiment grave ? Je veux la vérité ! implora Callie en désignant le journal qu'elle avait à la main.

— Oui, c'est grave ! Il vaut mieux que tu t'assoies d'abord, répliqua-t-elle en lui tendant un exemplaire du *London Times*.

Les jambes flageolantes, Callie se laissa tomber sur un siège avant de prendre le journal. Elle pensait s'être préparée au pire, mais quand elle vit la première page, son sang se glaça dans ses veines. Le visage qu'elle découvrait sur la photographie était le sien, et pourtant il lui était étranger. Cette pose abandonnée, ces yeux mi-clos, ces lèvres gonflées, cette chevelure en désordre, tout disait que cette femme venait de connaître le plaisir. Quant à ce corps alangui, tout ce qu'elle voyait de cette chair nacrée et de ces courbes généreuses, c'était qu'elles étaient nues. Le seul point positif, était ce bandeau « censuré » qui masquait sa main et son geste indécent.

Combien de temps resta-t-elle à contempler en silence l'image de sa ruine, elle n'aurait su le dire. L'entrée de Jenny, qui pour la première fois depuis qu'elle était au service des Rivers ne les gratifia pas d'une joyeuse salutation, la tira de son hébétude.

— Je vous ai apporté le courrier, mademoiselle.

— Merci, Jenny, ce sera tout, répondit Lottie.

— Mais que dois-je répondre à tous ces reporters qui frappent à la porte toutes les trente secondes ?

— Je vous ai dit que ce serait tout !

Le ton de Lottie, exceptionnellement coupant, suffit à renvoyer la soubrette à ses occupations.

— De qui parlait-elle ? demanda Callie une fois la servante sortie.

— Autant que tu le saches... Toute la presse campe devant notre porte depuis le lever du soleil, soupira Lottie.

— Je vois.

Callie posa le journal et avisa le tas de courrier posé sur le plateau. Sur le dessus se trouvait une lettre de Mme Fawcett, qui avait dû rentrer la veille des États-Unis. Elle qui connaissait bien l'écriture de sa protectrice pouvait dire sans se tromper que le mot avait été écrit avec beaucoup de précipitation. D'une main tremblante, elle décacheta l'enveloppe et parcourut les quelques lignes.

— Que dit-elle ? questionna Lottie en essayant de lire par-dessus l'épaule de sa nièce.

— Mon comportement immoral et mes actes irréfléchis occasionnent un grave préjudice à notre cause. Elle explique qu'elle se voit dans l'obligation de faire une déclaration publique pour désapprouver l'indécence de ma conduite et se désolidariser de moi et de mes actions. Qui plus est, elle a convoqué une réunion extraordinaire du Comité directeur de la Confédération nationale pour le vote des femmes afin de demander l'exclusion de la Société londonienne pour le vote des femmes, à moins que je n'en abandonne immédiatement la présidence. Et elle me conseille de ne pas me montrer, même habillée, à la marche de cet après-midi.

— Que vas-tu faire ?

— Démissionner, bien sûr. Les déclarations de Millicent vont certainement faire beaucoup de bruit et, même dans le cas contraire, chercher à me maintenir ne ferait que diviser le mouvement.

— Et ensuite ?

— Je ne sais pas encore. Peut-être prendre des vacances et voyager. J'aimerais revoir la France. C'est bien ce que font les femmes déchues, non ? Courir à Monte-Carlo et passer leur temps à jouer au baccarat et à contempler les photographies du temps de leur splendeur… À la réflexion, je crois que je ferai l'impasse sur les photographies, ajouta-t-elle avec un sourire amer.

— Je n'aurais jamais pensé que je verrai un jour ma nièce prendre la fuite ! s'exclama Lottie. Je n'en crois pas mes oreilles.

— Je ne prends pas la fuite ! Je… je prends ma retraite !

— Ce n'est pas ce qu'on appelle partir la queue entre les jambes ?

— Mes jambes et le reste de mon anatomie font la une du *Times* et de je ne sais combien d'autres journaux. Que voudrais-tu que je fasse ?

— Que tu restes debout et que tu fasses front.

— Je n'ai pas d'armes et aucun avenir pour lequel me battre, soupira Callie, qui se sentait soudain épuisée, vaincue et vieillie d'un seul coup.

— Callie, ma chérie, personne ne peut t'enlever ton honneur, si tu ne te laisses pas faire !

19

Nous avons vu suffisamment de femmes sacrifiées au nom de cette hypocrisie sentimentale qu'on appelle « pureté » pour ne pas nous égarer à en accroître le nombre. Les femmes ont voué aux gémonies les Mary Wollstonecraft, les Fanny Wright et les George Sand de tous les temps. N'augmentons pas cette déplorable liste et montrons-nous solidaires de nos sœurs. Et si cette femme doit absolument être rejetée, laissons ce soin aux hommes !

Elizabeth Cady STANTON, en réponse aux critiques de Victoria Woodhull, 1871

— Dernière édition ! Dernière édition ! La Rose de Mayfair s'effeuille !

De la fenêtre de la salle à manger, Callie contemplait la rue bondée de reporters, de photographes et autres chasseurs de scandales. L'avenir s'annonçait sombre, il fallait bien l'admettre. Pourtant, le premier choc passé, elle commençait à retrouver un peu de calme et toutes ses facultés de réflexion.

Sa rencontre avec Hadrien l'avait obligée à prendre du recul et à réfléchir à ce qu'elle faisait de sa vie. Même si leur idylle ne lui avait en définitive apporté que ruine et tracas, elle préférait la femme qu'elle était devenue à celle qu'elle était encore quelques semaines plus tôt.

Que dire d'une femme parfaitement à l'aise devant une assistance de plusieurs centaines de personnes mais incapable de soutenir une conversation détendue avec un ami ? Que dire d'une femme qui savait donner des ordres mais pas sourire ? Que dire d'une femme dont toute la personne exigeait le plaisir mais qui, depuis dix ans, n'avait jamais trouvé le courage de laisser un homme l'approcher ? Donc, même si le prix à payer était exorbitant, même si ses consœurs du mouvement féministe l'ostracisaient à jamais, même si elle était mise au ban de la bonne société, le bilan de leur rencontre n'était pas entièrement négatif.

En tout cas, avant de se retirer de la vie publique, elle tenait à expliquer son point de vue. À cette fin, elle allait faire une déclaration qui resterait longtemps dans la mémoire collective.

— Je me suis acquittée du message comme tu me l'avais demandé, vint lui annoncer Lottie qui avait retrouvé son élégance habituelle. Encore une fois, ma chérie, tu es bien certaine de ce que tu fais ?

— Parfaitement certaine, et le plus vite sera le mieux.

— Est-ce que tu les veux ?

La question de sa tante arrêta Callie sur le pas de la porte.

— Merci, mais je crois que je n'aurai plus jamais besoin de me cacher derrière les lunettes d'oncle Édouard, assura-t-elle en déposant un baiser sur la joue de la vieille dame.

La promesse d'un bon pourboire stimula le cocher, qui conduisit Hadrien chez lui en un temps record. Il avait hâte d'aller se jeter aux pieds de Callie, mais il ne tenait pas à plaider sa cause alors qu'il sentait le poisson pourri et saignait comme un bœuf. Peut-être cette entrevue serait-elle la dernière et, dans ce cas, il tenait à paraître à son avantage, pour qu'elle garde de lui le souvenir d'un bel homme.

Il se débarrassait de ses vêtements souillés lorsqu'un bruit sourd attira son attention. Quelque chose venait de tomber de sa poche intérieure, mais il était si pressé qu'il ne se donna pas la peine de le ramasser, jusqu'à ce que Dinah s'en empare et commence à jouer avec.

Avec un juron, il enleva à la chatte le petit paquet si bien enveloppé qu'il était impossible de deviner de quoi il s'agissait. Il avait complètement oublié le cadeau de Sally ! Elle lui avait conseillé d'attendre d'avoir retrouvé Callie pour l'ouvrir mais, compte tenu des circonstances, elle ne lui en voudrait certainement pas de lui désobéir.

De ses doigts écorchés, il défit maladroitement l'emballage et en sortit un petit carré de métal qu'il retourna. L'image qu'il découvrit amena un sourire rêveur sur ses lèvres enflées, qui se mirent à saigner.

« Oh ! Sally, tu mérites vraiment un gros baiser ! »

Sa vieille amie lui avait fait le plus beau cadeau dont il pouvait rêver, un véritable laissez-passer pour l'avenir. Le sien et sans doute aussi celui de Callie.

Caledonia drapa un châle sur ses épaules et fit signe à Jenny d'ouvrir la porte. Les larmes aux yeux, la femme de chambre s'exécuta avant de s'écarter, tandis qu'un courant d'air glacé leur apportait le tumulte des clameurs et des interpellations. Callie avait beau savoir ce qui l'attendait, le spectacle la laissa sans voix. Leur petite rue, si calme d'ordinaire, ressemblait à un champ de foire un jour de marché. En plus des reporters et des crieurs de journaux qui se pressaient en nombre, toutes sortes de vendeurs à la sauvette étaient accourus pour proposer qui des marrons chauds, qui des beignets, qui des pains d'épice, qui du thé aux épices.

Et partout, absolument partout où se posait son regard, elle retrouvait l'image en noir et blanc de son corps pratiquement nu.

— C'est elle, c'est la Rose qui s'effeuille ! s'écria une voix haut perchée dotée d'un solide accent faubourien.

— Sers-toi de tes jumelles, mon grand, tu verras peut-être son bouton de rose ! lança un autre au milieu des éclats de rire.

Droite comme un I, la tête haute, Callie réclama le silence d'une voix claire.

— Je ne peux pas aller plus loin, je suis désolé, s'excusa le cocher lorsqu'ils arrivèrent à Half Moon Street. Je ne sais pas ce qui se passe, un mariage ou une révolution, mais en tout cas, ça amène du monde. Et si c'est jour de paie, elle doit être bonne, c'est moi qui vous le dis !

Glacé d'angoisse, Hadrien le paya et sauta à terre. À en juger par le bruit, la moitié de la ville s'était donné rendez-vous devant la porte des Rivers.

Avec détermination, il se fraya un chemin au milieu de la foule, jusqu'à la grille devant la maison. Cela lui prit un temps considérable, mais il y parvint. Sa haute taille lui permettait d'apercevoir, par-dessus les têtes, la façade palladienne de la maison. Une femme plus que replète, qui avait pris position devant l'entrée pour vendre des fleurs fraîches, refusa de bouger d'un pouce pour le laisser passer, jusqu'à ce qu'un billet de cinq livres lui serve de sésame.

Une douzaine de personnes avaient réussi à passer la grille pour se presser sur la bande de pelouse devant le porche. Juste au moment où il refermait derrière lui, toutes les têtes se tournèrent dans la même direction et Hadrien vit une grande femme brune s'avancer sur le perron.

Callie !

Il se figea. Les cernes bleuâtres sous ses yeux gonflés disaient clairement ce qu'elle avait enduré au cours des dernières vingt-quatre heures, mais elle n'avait rien perdu du calme et de la dignité qui l'avaient tant impressionné lors de leur première rencontre. Il y avait cependant quelque chose de différent dans son attitude, une aisance nouvelle qu'il remarqua immédiatement, avant même qu'elle ne prononce un mot.

— Mes chers amis..., commença-t-elle comme si tous ces journalistes, ces crieurs de journaux, ces vendeurs à la sauvette, et même ces gens qui se gaussaient d'elle en proposant des caricatures salaces étaient des amis ou des voisins qu'elle avait invités. Je voudrais tout d'abord vous remercier de me donner cette opportunité de faire entendre ma voix et ma version des faits. Je sais qu'il fait froid et que la matinée est déjà bien avancée, mais je vous promets d'être brève.

— Montre-nous plutôt tes roberts, ma jolie ! Pour ça, on est prêts à rester toute la journée si tu veux ! s'écria une voix masculine.

— Je tiens à préciser que je regrette infiniment l'embarras dans lequel ma conduite a pu mettre les militantes et les sympathisants de la cause des femmes de ce pays, et plus particulièrement la Société londonienne pour le vote des femmes, ainsi que mon estimée consœur et mentor, Mme Fawcett. Je suis certaine que nos distingués représentants au Parlement examineront avec objectivité les avantages du projet de loi et lui accorderont toute la considération qu'il mérite lorsqu'il viendra en discussion ce soir.

Le cœur d'Hadrien se gonfla d'amour et de fierté. Jamais il ne serait digne de Caledonia Rivers et jamais elle ne pourrait lui pardonner, encore moins lui revenir, il le comprenait, mais il l'aimerait tant qu'il lui resterait un souffle de vie.

— Sur le plan personnel, je dois admettre que je n'ai pas ou peu de regrets. J'ai peut-être aimé follement, mais j'ai aimé à la folie. J'ai peut-être mal placé mon amour, mais j'ai aimé sincèrement. Oui, j'ai donné mon corps en dehors du mariage, mais j'avais donné mon cœur auparavant. Et si j'ai toujours la conviction que tout sujet britannique, sans considération de sexe, devrait naître avec le droit de vote, j'ai appris que les biens les plus précieux dans la vie ne sont pas les droits accordés par le gouvernement ou les princes, mais les bienfaits dont nous a gratifiés notre Créateur. Le droit d'aimer librement qui bon nous semble est le don le plus précieux qu'il nous a fait, la plus grande liberté qu'un homme ou une femme puisse désirer.

« Callie, ma princesse combattante, comme je t'aime ! Je t'ai aimée au premier regard… »

Et comme il l'aimait de tout son corps et de tout son cœur, de toute son âme et de tout son esprit, Hadrien ne pouvait pas la laisser affronter seule cette épreuve une seconde de plus. Malgré les tiraillements douloureux que lui causait son corps meurtri, il se fraya un chemin au milieu des photographes et des reporters qui notaient fébrilement les paroles de son aimée.

— Hadrien ! Mon Dieu ! Mais qu'est-ce qui t'est arrivé ? s'exclama Callie, ses magnifiques yeux émeraude agrandis d'horreur.

— Je t'expliquerai, mais commençons par le commencement ! répondit-il en grimpant les marches quatre à quatre.

— Un instant ! cria-t-il par-dessus le brouhaha de la foule qui commençait à se disperser. Je suis le photographe qui a pris ce cliché. Si vous voulez connaître toute l'histoire, vous n'avez qu'à rester et m'écouter !

— Mais qui c'est, celui-là ? s'écria une voix dans l'assistance.

— C'est M. Josiah Dandridge, député de Horsham, qui m'a commandé, je dis bien commandé, cette photo, commença-t-il tandis que les spectateurs qui avaient déjà tourné les talons revenaient se presser devant la grille. En fait, Dandridge m'a fait chanter pour discréditer Mlle Rivers qui, soit dit en passant, est la personne la plus morale et la plus honnête que j'aie jamais eu l'honneur de connaître, *a fortiori* d'aimer.

Il coula un regard vers Callie, mais son expression était impénétrable.

Cette révélation avait valu à Hadrien toute l'attention du public et de Callie. Les cris et les exclamations se calmèrent et, maintenant certain d'être entendu et écouté, il put poursuivre tranquillement ses explications.

— Quand j'ai refusé d'exécuter les ordres de Dandridge et de lui remettre ce cliché, il a fait cambrioler mon atelier et voler la photographie. Lorsque je suis allé le voir hier soir pour exiger qu'il me la rende, ce lâche m'a informé qu'il l'avait déjà livrée à la presse, puis il a appelé ses hommes de main, qui m'ont battu avant de tenter de me noyer.

L'exclamation horrifiée de Callie parvint à ses oreilles. Il crut même entendre son nom, mais il n'était pas sûr de ne pas prendre ses désirs pour des réalités.

— Si le visage tuméfié que vous avez devant vous ne vous paraît pas une preuve suffisante de la duplicité de Dandridge, je dispose d'une preuve indiscutable que cet homme est la dernière personne au monde à pouvoir juger de la moralité de qui que ce soit !

Il tira de sa poche le cadeau de Sally, une photographie que les séides de Dandridge ne s'étaient pas donné la peine de chercher sur lui, ce cliché un peu passé mais encore parfaitement lisible où un Dandridge encore jeune abattait son poing sur le visage terrifié d'une prostituée, la mère d'Hadrien.

— C'est moi qui ai pris cette photo il y a plus de quinze ans. Elle a été sauvée des débris de mon appareil et soigneusement conservée par mon amie Sally Potts, propriétaire d'une maison de tolérance dans l'East End. J'ai également son témoignage manuscrit attestant que, pendant des années, elle a servi de couverture au véritable propriétaire, un dénommé Josiah Dandridge.

Dans l'assistance, les exclamations fusèrent. Tout le monde savait qu'en Angleterre, posséder une maison de tolérance était illégal. Dandridge pouvait très bien se retrouver en prison pour proxénétisme, s'il n'y était pas envoyé pour tentative d'homicide et incitation au meurtre. De toute façon, sa carrière politique était terminée. En voulant déshonorer Caledonia, l'écraser, comme il avait dit, c'était à sa propre ruine qu'il avait travaillé.

En tout cas, tant qu'Hadrien vivrait, plus jamais Callie ne serait obligée d'affronter seule les épreuves qui l'attendaient.

— Pour conclure, je ne suis pas venu pour porter un jugement mais pour rétablir la vérité, toute la vérité, et pour réfuter tous les mensonges, y compris les miens, une bonne fois pour toutes. Si méprisable soit-il, Dandridge n'est pas le seul menteur ici. Certains d'entre vous me connaissent déjà sous le nom d'Hadrien St Claire, mais je m'appelle en réalité Harry Stone. Et la prostituée sur la photo, c'est ma mère, Annie Stone.

Voilà, tout était dit et, quelles que soient les conséquences pour son avenir, Hadrien était soulagé. À peine avait-il fermé la bouche qu'une nuée de journalistes et de photographes se rua vers lui. Callie vint glisser sa main dans la sienne.

— Cela fait bien longtemps que nous sommes dehors dans le froid, tu ne crois pas ? chuchota-t-elle à son oreille.

Avant qu'il ait eu le temps de répondre, elle avait ouvert la porte et l'avait entraîné dans la maison.

Lorsqu'ils furent entrés, leurs mains se dénouèrent. La soubrette se précipita pour verrouiller la porte avant de le dévisager comme une bête curieuse, oubliant la discrétion de mise dans les bonnes maisons. Au pied de l'escalier, Charlotte Rivers, visiblement épuisée, l'observait d'un air impénétrable. Hadrien fut un instant tenté de prendre la fuite. Craignant d'espérer, il se tourna vers Callie qui, adossée à la porte, le regardait elle aussi, le visage ruisselant de larmes.

— « Désolé » est un mot un peu faible compte tenu des circonstances, mais je n'en ai pas trouvé d'autre, dit-il. Je n'ai jamais autant regretté un seul de mes actes !

— C'est tout ce que tu as à me dire ? Que tu es désolé ?

Décontenancé, Hadrien hésitait lorsque les paroles de Sally lui revinrent en mémoire et lui donnèrent le courage de continuer.

— Non. Non, ce n'est pas tout. Tu as parfaitement le droit de m'envoyer promener sur-le-champ, je ne pourrai pas t'en vouloir. Mais avant, je veux que tu saches… Je t'aime, Callie.

— Tu m'aimes ?

— De tout mon cœur.

Il aurait voulu en dire plus, mais avant qu'il en ait eu le temps, Callie s'était jetée dans ses bras.

— Je t'aime, moi aussi, murmura-t-elle en effleurant de sa bouche les lèvres tuméfiées d'Hadrien. Je crois que je t'aime depuis le premier jour, depuis que tu es arrivé sur moi comme un boulet de canon dans le square.

— Est-ce que tu pourras me pardonner un jour, mon cœur ? demanda-t-il, osant à peine en croire ses oreilles. Dandridge a volé la photographie dans mon atelier, mais si dès le départ j'avais refusé de travailler pour lui, il n'aurait jamais…

— Quand tu as affronté la presse et que tu leur as révélé tes relations avec Dandridge, tu as fait pour moi ce qu'aucun homme n'avait jamais fait. Tu as sacrifié ta réputation et ton bonheur pour moi. Tu m'as donné la plus belle preuve d'amour qui soit !

Hadrien St Claire ou Harry Stone, il était le plus heureux des hommes. Malgré tous ses défauts et toutes ses erreurs, cette femme admirable l'aimait, elle l'aimait d'amour.

— Oh ! Callie ! Je ne sais pas ce que j'ai fait pour te mériter, mais si jamais tu arrives à me pardonner et à me faire de nouveau confiance, je jure de consacrer à te rendre heureuse tout le temps qu'il me reste à vivre !

— Mais c'est déjà fait. Jamais je n'ai été plus heureuse ! Et tu m'as tellement appris, ajouta-t-elle en passant les bras autour de son cou.

Muet de surprise, il fit un signe de dénégation.

— Je t'assure que si ! Avant de te rencontrer, je n'avais qu'un seul but, le droit de vote pour les femmes. J'étais incapable de voir au-delà. Je n'ai pas renoncé à obtenir le suffrage universel, bien entendu, mais je me rends compte maintenant que les défis auxquels notre société et notre pays sont confrontés sont beaucoup plus vastes que la seule émancipation féminine. Notre but, notre combat si tu préfères, ne doit pas être uniquement les droits des femmes mais les droits humains, la dignité pour tous les sujets britanniques, qu'ils soient riches ou pauvres, enfants ou adultes, hommes ou femmes.

— Oh ! Callie, ma chérie !

— J'aimerais beaucoup faire avancer ce combat, mais je ne peux pas m'y lancer seule. Il me faut un partenaire.

— Un partenaire ?

— Un photographe de talent capable de m'aider à publier un livre de portraits des habitants de l'East End tels qu'ils sont. Il ne s'agira pas de montrer uniquement leur pauvreté, mais aussi de faire connaître leurs joies et leurs aspirations, et surtout leur courage indomptable devant l'adversité.

Du fond de son passé, après toutes ces années, la voix grave de William Gladstone résonna à ses oreilles, aussi claire qu'en cette nuit de neige quinze ans plus tôt.

« Tu es peut-être ce jeune homme capable. »

— Hadrien, ce projet me tient véritablement à cœur, mais je ne pourrai pas le mener à bien toute seule, j'ai besoin d'un partenaire. J'ai besoin de toi.

— Callie, ma courageuse, ma belle Callie ! Moi aussi j'ai besoin de toi, encore plus que tu ne le crois ! Ce n'est pas un bien grand cadeau que je te fais, mais tu peux disposer de moi corps et âme ! Mon cœur, mon corps et mon esprit sont à toi ! jura-t-il en couvrant de baisers le visage encore humide de larmes.

— C'est parfait ! Dans ce cas, il ne te reste plus qu'une toute petite condition à accepter, répondit Callie en souriant.

— Tout ce que tu voudras, ma chérie. Tu n'as qu'à demander !

Pour la première fois depuis qu'il l'avait aperçue affrontant la foule du haut du perron, elle parut moins sûre d'elle. Hésitante, elle scruta son visage tuméfié, comme si elle y cherchait la réponse à ses interrogations.

— Laisse-moi faire de toi un homme honnête ! dit-elle enfin.

Pendant un moment, Hadrien resta sans voix. Tant de sentiments contradictoires se bousculaient en lui qu'il se trouva incapable d'articuler le moindre mot. Le mieux qu'il avait espéré était d'obtenir un jour le pardon de Callie. Jamais il n'avait pensé regagner sa confiance et encore moins mériter son cœur. De tels dons du Ciel lui paraissaient définitivement hors de portée, mais la femme qu'il avait eu pour mission de conquérir et d'écraser avait retourné la situation à son avantage et l'avait conquis, lui, par son honnêteté, son intégrité, son courage et sa générosité.

Et surtout, par son amour sans limites et sans condition.

— Mon amour, mon adorée, dois-je comprendre que tu me demandes en mariage ? chuchota-t-il en l'attirant contre lui pour effleurer sa bouche et son front de ses lèvres tuméfiées.

— Je crois que oui.

Au pied de l'escalier, Lottie et Jenny échangèrent un sourire ravi. L'une des deux murmura quelque chose sur les « chaînes du mariage », mais Hadrien était trop absorbé par la radieuse créature qu'il tenait dans ses bras pour pouvoir dire laquelle.

— Puisque tu me le demandes, mon amour, j'accepte de bon cœur. Mais j'ai peut-être mieux à te proposer, une association indissoluble où nous serons des partenaires loyaux, des amis indéfectibles et des amants passionnés, et ce jusqu'à la fin de nos jours.

Épilogue

Je ne t'aime pas uniquement pour ce que tu es, mais aussi pour ce que je suis lorsque je suis avec toi. Je ne t'aime pas uniquement pour ce que tu as fait de toi, mais aussi pour ce que tu fais de moi.

Elizabeth BARRETT BROWNING

Parliament Square, Londres. Janvier 1918

La victoire, tempérée par un compromis politique, s'était fait attendre plusieurs dizaines d'années et n'était que partielle, mais c'était tout de même une victoire. Il avait fallu près de trente ans de grèves de la faim, de combats parfois violents et de manifestations de la part des suffragettes de tout le pays, y compris le malheureux vendredi noir de Parliament Square, pour que le gouvernement accorde enfin le droit de vote aux femmes de trente ans et plus, à condition qu'elles soient propriétaires ou femmes de propriétaires.

En offrant son visage aux trop rares rayons du soleil d'hiver, Callie ne put retenir un sourire. Obtenir le droit de vote sur les mêmes bases pour les femmes que pour les hommes constituerait la prochaine étape, mais tant que la

Grande Guerre faisait rage, même les féministes les plus militantes convenaient que cette bataille devrait attendre un peu. Maintenant que les États-Unis avaient jeté tout leur poids dans la balance aux côtés des alliés et déclaré la guerre à l'Allemagne en avril 1917, on pouvait espérer voir le conflit connaître rapidement une issue victorieuse. Avec deux fils qui combattaient dans les tranchées pour tenir ce qu'on appelait le front occidental, Callie l'espérait de tout son cœur.

Ironiquement, c'était précisément l'engagement des femmes sur le front intérieur, plus que les actions retentissantes entreprises par des activistes comme les Pankhurst, qui avait retourné l'opinion publique en faveur du suffrage féminin. Le courage et la discipline des milliers de femmes de tous âges et de toutes conditions qui s'étaient portées volontaires pour travailler dans les usines de munitions, les hôpitaux ou les services municipaux s'étaient avérés beaucoup plus efficaces que soixante-dix ans de protestations et de pétitions.

De l'autre côté du jardin, une voix aimée la ramena aux réalités présentes.

— Callie, mon amour, souris, s'il te plaît !

De l'autre côté de la pelouse Hadrien, le dernier modèle des appareils à pellicule à la main, lui faisait de grands signes. Connaissant la manie de son mari de les prendre en photo, elle et leur famille, à toute heure et en tout lieu, elle était ravie qu'il n'ait plus besoin de voile noir, de cordon de déclenchement, de plaques de verre et de tout cet attirail de produits chimiques.

De plus, les nouvelles technologies sur pellicule rendaient les livres illustrés, comme celui qu'ils avaient écrit sur la pauvreté endémique dans l'East End, bien plus faciles et beaucoup moins chers à imprimer. Cet ouvrage, qui avait connu un grand succès et venait d'ailleurs d'être réédité pour la troisième fois, n'était que le premier des nombreux projets qu'ils avaient entrepris ensemble au fil des ans.

Même après toutes ces années de mariage, voir Hadrien traverser d'un pas vif la pelouse gelée pour la rejoindre avait le don de l'émouvoir au-delà de toute expression, et son cœur battait à tout rompre.

— Personne ne t'a dit dernièrement que tu fais un modèle particulièrement peu coopératif ?

Avant qu'elle ait eu le temps de répondre quoi que ce soit, il se pencha pour effleurer de ses lèvres la bouche de sa femme.

— Allons, souris maintenant, mon amour. C'est ta journée, après tout !

De sa main gantée, Caledonia caressa le visage tant aimé, que le temps n'avait fait qu'embellir et lui rendre plus cher. Il lui suffisait de le contempler pour sourire sans avoir à se forcer.

— Mais je te souriais. ! Je te souris... J'ai tellement de raisons de sourire ! Tu sais, ce n'est pas ma journée, c'est *notre* journée, notre journée à tous les deux, mon chéri ! Aujourd'hui, et tous les jours qui viendront.

Notes historiques

Une certaine licence artistique est inhérente à la plupart des romans historiques, et *La Rose de Mayfair* ne fait pas exception à cette règle.

La grève chez Bryant & May Match Factory a eu lieu en 1888, deux ans avant l'action de cet ouvrage et a impliqué 672 ouvrières, et non le pauvre petit groupe isolé mis en scène dans ces pages.

Contrairement à l'issue incertaine décrite dans ce livre, elle a connu un dénouement relativement heureux. Comme c'est souvent le cas, la plume se révéla plus efficace que le glaive ou même que la pancarte des grévistes. La description dans l'hebdomadaire *The Link*, sous le titre « Esclavage à Londres », des conditions de travail effroyables de la manufacture, de ses horaires éprouvants, des salaires de misère, du système des amendes, des brimades des contremaîtres et du caractère répétitif, pénible et dangereux des tâches, fit grand bruit.

La société menaça de poursuivre en diffamation le journal et l'auteur de l'éditorial, la réformiste Annie Besant, et tenta de contraindre les grévistes à signer une attestation réfutant ces allégations, mais les femmes tinrent bon. En représailles, leur chef fut renvoyée. L'opinion publique, la plus capricieuse des composantes de la vie politique, se rangea sans ambiguïté du côté des ouvrières et, en deux semaines, l'employeur se vit obligé de faire des concessions.

Les grévistes, puis finalement tout le personnel de la manufacture, manifestèrent, soutenus cette fois par les syndicats. Le 18 juillet, la société consentit à toutes les revendications des femmes et, le 27 juillet, les ouvrières fondèrent le Syndicat des Ouvrières de l'industrie des Allumettes.

Même si beaucoup restait à accomplir, l'aube d'un jour nouveau se levait pour elles et leurs consœurs.

Le suffrage féminin mit beaucoup plus de temps à connaître ses « lendemains qui chantent », mais ils finirent par arriver aussi.

En 1918, prenant acte du rôle actif tenu par les femmes pour compenser le manque de main-d'œuvre pendant la Première Guerre mondiale, le Parlement accorda le droit de vote aux femmes de plus de trente ans à condition qu'elles soient propriétaires ou épouses de propriétaires.

Toutefois, c'est seulement en 1928 que fut enfin instauré en Grande-Bretagne le suffrage universel et que toutes les femmes adultes (c'est-à-dire d'au moins vingt et un ans) se trouvèrent enfin à égalité avec les hommes.

Le progrès demande parfois du temps.

Jusqu'à la prochaine étape...

En souhaitant que vos rêves les plus fous se réalisent,

Hope Tarr

Printemps 2006
www.hopetarr.com

Hope Tarr

Hope Tarr est l'auteur de trois romans historiques dont *Tempting*, nominé pour le titre de Roman historique le plus novateur par le « Romantic Times Book Club ». Quand elle n'écrit pas, elle assouvit ses autres passions, l'aide aux félins abandonnés et la sauvegarde du patrimoine.

Pour participer au concours mensuel sur les ouvrages de Hope ou pour lire des extraits de ses livres, visitez son site internet à l'adresse suivante : www.hopetarr.com.

Un pacte avec le diable

« Je veux la photographie la plus scandaleuse que vous puissiez faire. Je veux voir Caledonia Rivers non seulement discréditée, mais vaincue. Vaincue, St Claire, vous m'entendez ? »

Sa vertu sans tache, son inaltérable ténacité et sa dignité tranquille ont valu à la célèbre féministe Caledonia Rivers, Callie pour les intimes, le surnom de « la Rose de Mayfair ». La jeune politicienne est un parfait contre-exemple des calomnies que répandent les détracteurs des suffragettes, qui les décrivent comme des fauteuses de troubles, des hystériques, et des femmes de mœurs légères. Mais pour que soit rejeté le projet de loi accordant le droit de vote aux femmes, qui doit prochainement entrer en discussion au Parlement, un politicien en vue est prêt à tout, y compris à ruiner la réputation de celle qui est à la pointe du mouvement.

Après de faramineuses pertes de jeu qui risquent de le conduire au fond de la Tamise, le photographe Hadrien St Claire accepte à contrecœur de séduire la belle suffragette et d'immortaliser par un cliché le spectacle de sa ruine.

Sous un prétexte fallacieux, Hadrien parvient à infiltrer le cercle des intimes de Callie.

Mais au lieu de la vieille fille aigrie et détestant les hommes qu'il s'attendait à rencontrer, c'est une jeune femme aussi charmante qu'intelligente qu'il découvre.

Et tandis que s'embrase la passion qui couvait entre eux, c'est Hadrien qui se trouve maintenant en grand danger d'être vaincu.

Découvrez les prochaines nouveautés de nos différentes collections J'ai lu pour elle

AVENTURES & PASSIONS

Le 4 mai

Les frères Malory —4. Magicienne de l'amour
Johanna Lindsey

Warren n'en peut plus. Amy, cette gamine insupportable, ne cesse de le poursuivre de ses assiduités, jusqu'à lui proposer le mariage, jusqu'à le suivre dans un bouge... Warren a du souci à se faire : Amy est une Malory, et les Malory ne renoncent jamais.

Le maître de mon cœur **Joanna Bourne**

INÉDIT

Pourquoi le capitaine Sebastian Kennett a-t-il accusé le père de Jess d'être le fameux espion Cinq que tous les policiers d'Angleterre recherchent ? Jess, jeune fille rusée et intrépide, a bien l'intention de prouver l'innocence de son père, et d'affronter le capitaine pour le confondre et l'envoyer en prison.

Les Hathaway —3. La tentation d'un soir
Lisa Kleypas

INÉDIT

La famille Hathaway séjourne à Londres. Un soir, Poppy va faire connaissance avec Harry Rutledge le mystérieux propriétaire de l'hôtel où ils séjournent. Harry est immédiatement séduit par la jeune fille, qui va bientôt se fiancer. Le jeune homme qui ne s'est jamais embarrassé de scrupules va tout mettre en œuvre pour conquérir l'élue de son cœur.

Le 18 mai

Les enquêtes de Lavinia et Tobias. Une alliance de choc
Amanda Quick

Si Tobias March a accepté l'invitation des Beaumont au bal costumé qu'ils organisent dans leur luxueux domaine campagnard, c'est uniquement pour profiter de deux nuits tranquilles avec Lavinia. Il en a plus qu'assez des rencontres furtives, où l'on risque à tout moment d'être dérangé ! Lavinia, elle, obéit à des raisons plus mercantiles. Tout le gratin londonien se retrouvera chez les Beaumont. Ce serait bien le diable si elle ne parvenait pas à trouver quelques nouveaux clients...

Jeunes filles en fleurs —3. Désirs secrets
Laura Lee Guhrke

INÉDIT

Philippe Hawthorne, un vrai gentleman, est prêt à tout pour protéger sa famille du scandale. Or, quand Maria vient s'installer dans le voisinage, il sait que le scandale va inévitablement éclater. Elle est toujours aussi attirante, et plus il la voit, plus il a du mal à garder secret le désir qu'il éprouve pour elle.

Le guerrier irlandais ❧ **Kris Kennedy**

INÉDIT

Capturé par l'impitoyable lord Rardove, le légendaire Guerrier irlandais, Finian O'Melaghlin, réussit à s'évader grâce à l'aide de Senna de Valery, également prisonnière. Le Guerrier irlandais a juré de protéger celle qui lui a sauvé la vie et qui détient un trésor inestimable que des hommes avides de pouvoir et de puissance veulent à tout prix récupérer.

2 rendez-vous mensuels
aux alentours du 1er et du 15 de chaque mois.

Des romances contemporaines
pour des moments d'émotion

PROMESSES

Le 4 mai

Cedar Springs —1. L'été des deux amours ❧
Julia London

INÉDIT

Macy a épousé l'amour de sa vie, Finn. Après trois ans de bonheur, le jeune homme est parti combattre en Afghanistan et a été victime d'un attentat-suicide. Macy a refait sa vie avec Wyatt,. Quand on leur annonce que Finn est de retour après trois années de captivité chez les Talibans, elle est folle de joie, et Wyatt est accablé. Perdra-t-il la femme qu'il aime ? Finn, meurtri par la guerre, retrouvera-t-il son amour ? Comment va réagir Macy ?

Comme ton ombre ❧ **Julie James**

INÉDIT

Cameron Lynde avait tout prévu : une nuit de délassement dans un luxueux hôtel de Chicago, un massage hors de prix, un buffet de roi... Tout, sauf le cadavre découvert dans la chambre voisine ! Faisant d'elle le témoin du crime. Quand le FBI arrive sur les lieux, Cameron découvre que l'agent chargé de l'enquête n'est autre que Jack Pallas, son ennemi juré qui, trois ans auparavant, avait commis l'irréparable. Mais, dans l'ombre, l'assassin guette... Sous surveillance rapprochée, Cameron va devoir s'habituer à la présence quasi constante du sombre Jack, aux charmes duquel elle ne reste pas insensible.

Nouveau ! 2 romans tous les 2 mois
aux alentours du 1er de chaque mois.

9543

Composition
CHESTEROC LTD

Achevé d'imprimer en Italie
par GRAFICA VENETA
le 6 mars 2011.

Dépôt légal mars 2011.
EAN 9782290026915
ÉDITIONS J'AI LU

87, quai Panhard-et-Levassor, 75013 Paris
Diffusion France et étranger : Flammarion